Monika Held
Sommerkind

Weitere Titel der Autorin:

Augenbilder
Melodie für einen schönen Mann
Der Schrecken verliert sich vor Ort
Trümmergöre

MONIKA HELD
SOMMERKIND

ROMAN

eichborn

Der Satz, mit dem sie ihn fortschickte, verschmolz mit dem Geräusch der Tür, die sie leise hinter ihm ins Schloss drückte.

Jetzt geh und schau, was du angerichtet hast.

Sie hatte den Weg auf einem Zettel skizziert. Linien und Pfeile vom Haus zum Ortsausgang, über den Berg ins Tal. Er drehte sich nicht um. Er wusste, dass sie wie eine Statue hinter der Gardine stand, ihm mit den Augen folgen, aber nicht winken würde. Er ging schnell. Als sie ihn nicht mehr sehen konnte, warf er die Wegbeschreibung in den Straßengraben. Als ob er sich verlaufen könnte – er kannte hier mehr Straßen und Pfade als sie. Er spürte den Wind im Haar. So zart war sein Kopf lange nicht mehr berührt worden. Ihr Spiel zu zweit – sein Gesicht in ihren Händen, ihr Gesicht in seinen Händen, Stirn an Stirn, vier Augen im Dunkeln, zwei Eulen in der Nacht – hatte sie abgeschafft.

Er hielt sein Gesicht der Sonne entgegen und schloss die Augen. Der Tag war zu schön für den Weg, auf den sie ihn geschickt hatte. Er machte zwei kleine Schritte vorwärts und drei große Schritte zurück. Nicht so schnell dort ankommen. Am besten nie. Vor ihm lag das Tal mit den weißen Quadern aus Glas und Beton.

Jetzt geh und schau, was du angerichtet hast!

Bisher hatte er immer nur etwas angestellt – das Wort ›angerichtet‹ gehörte in die Küche und zur Mutter. Zum Garnieren, Servieren, Dekorieren. Zu einer schönen Ordnung auf dem Teller.

Wasch die Hände, es ist angerichtet.

Schularbeiten kannst du später machen, es ist angerichtet.

Nun war er es, der etwas angerichtet und eine schöne Ordnung zerstört hatte. Alle wussten Bescheid, sogar die Vögel kannten seinen Namen. Sie riefen: Kolja. Vier Schritte vor und drei zurück.

Er konnte sich auf dem Weg zur Klinik nicht verlaufen, an jeder Straßenecke standen Schilder. Er war fünfzehn und wusste schon, dass im Leben Dinge geschehen, die durch nichts wiedergutzu machen sind, die man aushalten muss, solange man lebt. Und dass es Strafen gibt, die nicht Strafen heißen und trotzdem Strafen sind. Wie das Schweigen. Seine Mutter schwieg morgens, sie schwieg, wenn er aus der Schule kam. Manchmal wandte sie sich ab, wenn sie ihn sah, hielt sich beide Hände vor den Mund, um nicht laut zu schreien. Ihre Trauer war seine Strafe, ihr Schmerz, ihr Gesicht mit den rotgeweinten Augen, die Tränen, die sie vor ihm verbarg und die er dennoch sah. Die langen Nächte. Er hielt sich die Ohren zu, aber ihr Schluchzen saß in seinem Kopf, auch der Name, den sie flüsterte: Malu. Er hörte die tröstende Stimme des Vaters, in dessen Arme er sich gerne geflüchtet hätte, aber dort war kein Platz, er brauchte beide Arme für die Mutter. Der Vater ging ihm nicht aus dem Weg, auch wenn es sich so anfühlte. Auch schwieg er nicht ganz so beharrlich. Er fragte: Möchtest du wieder einen Hund haben? Hast du schon Freunde gefunden in der neuen Schule? Seine Stimme klang dumpf, wie aus einer Höhle. Nein, er wollte keinen neuen Hund, auch keine neuen Freunde, er wollte seine Eltern wiederhaben, bei ihnen sein, dazugehören, ganz nah, aber sie ließen ihn nicht, weil er keine Tränen hatte. Damals, sagte der Vater, als der Hund starb, hast du Rotz und Wasser geheult, warum keine Träne für Malu? Er wäre gerne windelweich geschlagen worden, aber ohne Schläge, dachte er, dürfe er nicht weinen, weil es für einen, der ein so großes Unglück angerichtet hatte, kein Recht auf Tränen gibt.

Fünf Schritte vor und zwei zurück. Er näherte sich der Klinik. Der Pförtner, dem er seinen Namen nannte, sagte:

Ach, duuu bist der Bruder der kleinen … wie heißt sie?

Malu.

Den Satz mit dem ›Ach‹ und dem gedehnten ›du‹ musste ihm niemand erklären. Der Pförtner wusste Bescheid, klagte ihn mit seinem Blick aber nicht an, sah eher aus, als sei er auf seiner Seite, wobei Kolja nicht wusste, was seine Seite war.

Ich lass dich abholen, sagte der Pförtner, setz dich vor das Aquarium. Er telefonierte, ein paar Minuten später gab der Junge einer Frau die Hand, die Dr. Linn hieß, ihn zur Station 1 brachte und ihm vor dem Zimmer 1.7B erklärte, was mit der Schwester geschehen war – er wusste, dass Malu in diesem Zimmer lag, nicht tot, auch nicht richtig lebendig. Die Ärztin öffnete die Tür und sagte: Bleib so lange du willst, du kannst nichts mehr falsch machen. Auch diesen Satz musste ihm niemand erklären. Er hatte ja schon alles falsch gemacht, was man falsch machen konnte. Dennoch steckte auch ein bisschen Trost in diesem Satz. Wenn nichts mehr falsch zu machen war, war vielleicht etwas wiedergutzu machen. Er spürte ihre Hand auf der Schulter, dann ließ sie ihn allein.

Er betrat das Zimmer zögerlich, als wäre der Boden unter ihm aus dünnem Eis. Die Sonne schien durch die Gardinen auf zwei Betten, die sich gegenüberstanden. Er warf einen vorsichtigen Blick nach links auf das Mädchen mit den blonden Haaren, dann nahm er einen Jungen in seinem Alter wahr, der etwas Merkwürdiges tat. Er saß auf der Kante des zweiten Bettes und hielt dem Kind, das dort lag, eine braune Papiertüte ans Ohr.

Was machst du?

Der Junge grinste und sagte, als wäre es das Natürlichste von der Welt: Geräusche. Das Kläuschen wimmert nicht, wenn ich Geräusche mache.

Mit der Tüte?

Der Junge lachte: Horch! Da sind zwei fette Fliegen drin.

Er schüttelte die Tüte, die Fliegen brummten, knallten bei der Suche nach dem Ausgang immer wieder gegen das Papier. Er mag das Geräusch, sagte der Junge. Er ist doch still jetzt – oder hörst du ihn wimmern?

Dein Bruder?

Nee, Cousin. Und du?

Auf Zehenspitzen näherte sich Kolja dem Bett seiner Schwester. Ihre Augen waren geschlossen, der Mund leicht geöffnet. Irgendjemand hatte die langen Haare um ihren Kopf drapiert, als wären es Sonnenstrahlen.

Schläft sie?

Kann man nicht wissen, sagte der Junge und schüttelte die Tüte.

Malu, flüsterte Kolja, hörst du mich?

Das Mädchen lag still wie in tiefem Schlaf.

Sie ist weg, sagte der Junge, wie das Kläuschen. Vielleicht hört sie dich, vielleicht nicht. Weiß keiner so genau. Und wenn sie dich hört, kann sie es nicht sagen.

Warum nicht?

Was weiß ich! Zu weit weg.

Wo denn?

Der Junge lachte: Koma heißt das. Ist sie auch ertrunken?

Kolja nickte.

Ententeich?

Nee. Schwimmbad. Wieso Ententeich?

Da ist das Kläuschen im Eis eingebrochen. Im Winter vor zwei Jahren. Hier liegen viele Kinder aus Gartenteichen.

Der Junge zog sich die Schirmmütze in die Stirn. Keiner weiß, wann die aufwachen, sagte er. Manche nie. Willst du's mit der Fliegentüte versuchen? Kolja schüttelte den Kopf. Der Junge ließ die Fliegen frei, faltete die Tüte und legte sie in die Nachttischschublade seines Cousins. Er gab Kolja die Hand.

Ich bin Max und du?

Kolja.

Man sieht sich, sagte Max, tippte lässig mit dem Zeigefinger gegen den Mützenschirm und ließ Kolja allein.

Ab jetzt würde er seine Schwester zweimal in der Woche besuchen, das war so beschlossen worden. Keine Strafe, nur sein Anteil an dem, was in ihr Familienleben eingebrochen war. Er kannte den Anteil sehr genau, er hatte keine Zeit gehabt, irgendetwas zu vergessen. Wann? Wie? Wo? Warum? Immer wieder. Die Eltern verlangten Rechenschaft über jede Minute, als ließe sich die Uhr zurückdrehen und mit ihr das Geschehen. Er musste es dem Arzt erzählen, den

Rettungssanitätern, der Polizei. Er wird es auch Max erzählen, weil es guttat, immer wieder zu sagen, dass er nicht wissen konnte, was mit Malu passieren würde.

Er sah sie an. Es war wie ein Blick in den Spiegel. Die gleichen, weißblonden Haare. Beide hatten runde Gesichter und neben dem linken Mundwinkel einen kleinen Leberfleck. Sie war die Prinzessin und er, seitdem sie auf der Welt war, nicht länger der Prinz – was ihm sehr recht war. Die Prinzen, die er aus Büchern kannte, trugen alberne Klamotten und waren Trottel.

Drei Monate nach dem, was er angerichtet hatte, waren sie aus dem Norden in den Süden gezogen, in die Nähe dieser speziellen Klinik, vorher war ihr Zuhause die Stadt am Meer gewesen. Kolja und Malu – beide hatten früh schwimmen gelernt und im Sommer gingen sie am liebsten noch einmal ins Wasser, bevor die Sonne unterging. Und immer – nicht nur an diesem Abend – der alte Streit: schwimmen im Meer oder über den Zaun klettern und im leeren Freibad schwimmen? Malu war für das Freibad mit den blauen Kacheln und dem klaren Wasser, in dem sie sich wie ein Zierfisch im Aquarium fühlte – Kolja wollte ins Meer, ›toter Mann‹ spielen. Er liebte es, sich von den dunklen, glitzernden Wellen tragen und treiben zu lassen. Malu war an diesem Abend bockiger gewesen als sonst, warf ihm Rock und T-Shirt vor die Füße, kletterte über den Zaun und dieses Mal folgte er ihr nicht, gab ihrem Trotz nicht nach, setzte sich auf die Bank am Strand, legte ihre Kleider neben sich und wartete. Sie würde nachgeben, da war er sicher. Statt ins Wasser zu springen, sah er dem Schauspiel am Himmel zu. Wie sich das zarte Gelb in ein leuchtendes Orange verwandelte, wie daraus ein tiefes Rot entstand und dann ein grelles Lila.

Wie lange er so gesessen hatte, wollten sie wissen: der Vater, die Mutter, die Polizei, der Arzt, die Sanitäter. Der Vater schüttelte ihn. Herrgott, wo war deine Schwester? Wo soll sie gewesen sein? Im Freibad. Junge, so rede doch! Wie lange hast du dort gesessen? Er wusste es nicht. Wer den Himmel beobachtet, verliert das Gefühl für die Zeit. Irgendwann war Ragna gekommen, das Mädchen mit dem komischen Namen aus der Klasse über ihm, hatte ihm ihr Kleid auf den Schoß gelegt, mit den Händen seine Knie berührt und gelacht. Dann war sie kopfüber ins Meer gesprungen. Sie schoss mit ihren blauen Flossen durch die Wellen wie ein Delphin, blieb, extra für ihn, lange unter Wasser und tauchte prustend wieder auf. Dann ließ sie sich, nass und kalt und außer Atem, neben ihn auf die Bank fallen. Sie roch nach Salz und nassen Haaren und lehnte, wie schon mehrmals in den letzten Wochen, ihr kaltes Bein gegen sein Bein, ihre nasse Hüfte gegen seine. Er bewegte sich nicht, weil ihm schwindlig wurde vor Hitze und Glück. Das Gefühl behielt er für sich, sagte aber den Eltern, dem Arzt und allen, die es wissen wollten, dass er glaubte, nicht nur Ragna, sondern auch seine Schwester in der Bucht gesehen zu haben.

Ja und dann? Junge, so rede doch, schrien die Eltern, fragte der Arzt und die Polizei. Und dann? Mach den Mund auf, Junge. Und dann?

Er schwieg.

Irgendwann, als vor ihm in der Bucht niemand mehr schwamm und Malu ihren Rock und ihr T-Shirt nicht holte, war Ragna aufgesprungen, zum Schwimmbad gerannt, über den Zaun geklettert und mit einem Kopfsprung ins Becken getaucht.

Und du, was hast du getan?

Er war auf der Bank sitzen geblieben, wie angeklebt, mit dem warmen Gefühl ihrer Nähe und einer unheimlichen Angst, die im Bauch begann, durch die Beine in die Füße kroch, wieder hoch durch den Körper in die Brust, sein Herz hämmern ließ und ihn schließlich ganz und gar ausfüllte.

Junge, wie konnte das passieren? Sie kann doch schwimmen!

Er schwieg.

Die fetten Fliegen schossen mit einer Wucht gegen die Fensterscheibe, dass er dachte, ihre Körper würden platzen. Ihr Brummen klang böse. Können Fliegen wütend sein? Ob Max sie immer wieder einfing und in die Tüte sperrte, oder ob er neue Fliegen besorgte? Wie lange leben Fliegen? Er wusste es nicht.

Malu! Verdammt! Mach die Augen auf!

Sie lag im Bett wie eine Puppe. Aus dünnen Schläuchen tröpfelte eine durchsichtige Flüssigkeit in ihren Arm. Sie hatte einen Schlauch in der Nase. Man hatte ihr die Nägel kurz geschnitten und in die Handteller kleine weiße Kissen gelegt, die verhindern sollten, dass sich die Nägel ins Fleisch bohren.

Kolja klatschte in die Hände. Sie zuckte nicht einmal mit den Wimpern. Was für ein unheimliches Krankenzimmer. Zwei Kinder in zwei Betten, nicht tot und nicht lebendig. Scheu näherte er sich dem Bett vom Kläuschen. Dort lag ein Knirps, keine vier Jahre alt, die Hände krumm wie Vogelkrallen, die offenen Augen groß und leer. Ein leise wimmerndes Wesen, steif wie ein Stock. Max kommt bald wieder, sagte Kolja, dann macht er für dich Fliegenmusik. Er streichelte dem Jungen die Hände und flüsterte: Mensch, sind die kalt. Dann stellte er sich noch einmal an das Bett seiner Schwester. Aus der Prinzessin war ein Dornröschen geworden. Wach auf, du, sagte er und kniff ihr in die Backe, was hast du angerichtet! Er ging zur Tür und sagte im Tonfall von Max: Man sieht sich!

Bevor er das Zimmer verließ, sah er sich um. Auf dem Fensterbrett stand eine Vase mit künstlichen Tulpen. Rot, gelb und orange, ihre Blütenstempel waren kleine Glühbirnen. Ihr Licht würde in der Nacht die Sonne ersetzen.

Sollte Malu eines Tages mit offenen Augen im Bett sitzen können, würde ihr Blick auf ein Bild fallen, das an der Wand über dem Bett vom Kläuschen hing. Es gab auf diesem Bild alles, was ihr helfen würde, sich zu erinnern. Einen blauen Himmel, ein blaues Meer, weißen Strand. Austernfischer, die mit langen Schnäbeln Muschelschalen knacken. In einem Priel tummeln sich braune Schollen, die aussehen, als kämen sie direkt aus der Pfanne. Auf der Sandbank sonnen sich dicke Robben. Keinen Steinwurf von der Küste entfernt liegt eine Hallig mit zwei Häusern auf zwei Warften. Großvater und Enkel beobachten Schweinswale, Möwen, Enten und Gänse. Es gibt ein Schwimmbad mit Rutschbahn und Sprungbrett und planschenden Kindern. Alle sind fröhlich. Niemand auf diesem Bild hat Angst, und nie wird hier Böses geschehen.

Und sollte sich das Kläuschen eines Tages aufrichten können und seine Augen gelernt haben, nicht mehr das Ende der Welt zu suchen, sondern auf die Wand über Malus Bett zu schauen, würde er ein lustiges Zuhause entdecken. Einen Bauernhof mit lachenden Schweinen. Küken, die auf Bäumen sitzen. Er würde einen grinsenden Bullen auf der Weide sehen. Kein Kind auf diesem Bild hat Langeweile. Sie reiten auf den Schweinen, trinken aus den Eutern der Kühe. Der Bauer auf dem Traktor lacht, und der dunkel gekleidete Mann, der mit der Kutsche das Dorf verlässt, treibt das Pferd zu fröhlichen Sprüngen an. Auf dem Dorfteich tanzen die Enten. Vielleicht erinnert sich das Kläuschen, wenn es eines Tages aufwacht, an einen Teich im Winter, dessen Eisschicht es vertraut hatte.

Leise schloss Kolja die Tür. Beim Pförtner kehrte er noch einmal um. Er hatte die Geschenke nicht ausgepackt, die ihm die Mutter in den Rucksack gesteckt hatte. Er schob die grünäugige Samtmaus unter Malus Hände, ihr liebstes Schmusetier aus der Kuscheltierkiste. Den kleinen Kaktus, der allen, die sie besuchen, sagen sollte: Geduld, stellte er neben die leuchtenden Tulpen.

Als der Pförtner ihn nicht mehr sehen konnte, setzte er die Füße so dicht voreinander, dass die Hacke die Schuhspitze berührte. Das machte aus der kurzen Strecke einen sehr langen Heimweg.

Schließen Sie die Augen.
Hatte Ihre Kindheit eine Farbe?

Einen Geruch?

Erzählen Sie von der Landschaft, in der Sie aufgewachsen sind.

Ich hätte wissen müssen, dass es den Fragen, die ich mir ausgedacht hatte, nicht gefällt, in fremden Wohnstuben, Küchen, Cafés oder Büros zurückgelassen zu werden.

Horchen Sie in sich hinein.

Erinnern Sie Geräusche, die zu den ersten Jahren Ihres Lebens gehören?

Mehr als hundert Türen haben sich im letzten Jahr vor mir geöffnet und nach langen Gesprächen hinter mir geschlossen. Ich habe nicht bemerkt, dass mir die Fragen folgen. Erst leise, unauffällig, später dann, als ich nicht reagiere, wie eine Bande übermütiger Trolle. Sie springen mir auf die Schulter, ziehen an meinen Haaren, schubsen und treten mich, flüstern mir ins Ohr:

Hatte Ihre Kindheit eine Farbe?

Haut ab! Um mich geht es nicht.

Um wen denn?

Die Trolle geben keine Ruhe.

Ragna! Hatte deine Kindheit eine Farbe?

Herrgott: Ja. Grün. Blau. Grau. Und weiß. Blau der Himmel, oft auch grau. Grau das Wasser, manchmal blau. Grün die Weiden. Die Schafe: weiß. Die Möwen: weiß. Noch eine Farbe: gelb. Der Sand. Der Strand. Der Boden des Meeres bei Ebbe.

Die Kerle purzeln mir vor die Füße, geben keine Ruhe.

Horch in dich hinein! Mit welcher Landschaft verbindest du deine erste Liebe?

Verschwindet. Es geht um Wissenschaft, nicht um mich.

Erinnerst du Geräusche aus den ersten Jahren deines Lebens?

Ja doch! Natürlich! Wind. Immerzu Wind. Er pfeift. Er kann heulen wie ein Rudel Wölfe und hecheln wie eine Hyäne. Er schleicht ums Haus. Er rast durch die Straßen wie tausend Lastwagen, reißt Bäume aus der Erde und Dächer von den Häusern. Er ist immer da. Ich höre ihn auch, wenn er schläft. In meinen Ohren sitzen die Schreie der Möwen. Grell vor Gier, vor Freude, vor Hunger oder haben sie nur diesen einen Schrei für alles, was sie bewegt? Es gibt auch leise Töne. Hauchzart ist das Schaben der Krebsscheren unter den Steinen im Watt. Ich höre ein Geräusch, für das ich keine Worte finde. Nicht die richtigen. Es ist trocken und ein wenig dumpf und manchmal quietscht es. Ein Sommergeräusch. Es gehört zum Aufwachen und Einschlafen. Es sind die Lippen der Schafe, die Grashalme rupfen.

Die Trolle kichern. Höhnen. Scheinen mich mit den Fragen, die ich so vielen Menschen gestellt hatte, ärgern und quälen zu wollen.

Hatte deine Kindheit einen Geruch?

Haut ab!

Sag doch! Hatte deine Kindheit einen Geruch?

Das Salz im Meer. Der Gammel. Der Gestank der Fabrik, die Fischmehl herstellt.

Lieblingsessen?

Königsberger Klopse, Kapernsoße, Kartoffelpüree. Weißer Heilbutt, Meerrettichsoße. Ich kann einen frisch geräucherten Aal ganz allein verdrücken.

Gefühle, die mich beschleichen, wenn ich an den Ort meiner Kindheit denke? Ekel beim Anblick dicker, borstiger Wattwürmer. Schleimige, blutende Kreaturen, zerschnitten aus Neugier. Wachsen die wieder zusammen? Wirklich?

Wo hast du gespielt?

Am Meer. Wo sonst?

Was wir gespielt haben? Quallen essen als Mutprobe. Lebendiger Pudding. Wer ihn nicht schluckt, ist ein Feigling. Glücksgefühl beim Schwimmen im Meer. Und Angst. Wer das Meer nicht achtet, den holt es sich. Wie achtet man das Meer?

Die Trolle hatten sich längst verzogen, als ich begann, mir die Fragen selbst zu stellen.

Ereignisse, die ich nie vergessen würde?

Ein Hund und ein Mädchen. Zwei Namen. Sacco, mein Colli, und Karina. Sacco: Vom Förster beim Jagen erwischt, erschossen, in einen Sack gesteckt und vor meine Tür gelegt. Karina war neun, als sich ihre Spur auf dem Spielplatz verlor. Suchtrupps die ganze Nacht. Tage, Wochen, Monate, dann fand man ihre Rollschuhe im Müllcontainer und den Schal in dem Wäldchen an der Küste. Karina, meine liebste Freundin, wurde nach drei Jahren von Wildschweinen ausgegraben.

Wenn ich an den Ort meiner Kindheit denke, empfinde ich Glück. Warum Glück? Vielleicht, weil ich aus all dem zusammengesetzt bin, was diese Landschaft ausmacht: Meer. Wind. Sacco und Karina. Wattwürmer, Quallen, Meerrettichsoße. Auch Möwen und Schafe können ein Kind prägen – wie Eltern und Großeltern. Tanten und Onkel.

Unser Team besteht aus Architekten, Geografen, Psychologen, die nach den Zusammenhängen zwischen der Topografie der Kindheit, dem Verlauf des Lebens und dem Wohnort der letzten Lebensjahre suchen und der Frage nachgehen, warum mehr als die Hälfte der Menschen, die jahrzehntelang weit entfernt von ihren Geburtsorten gelebt und gearbeitet haben, im Alter in die Landschaften ihrer Kindheit zurückkehren oder sich danach sehnen. Wir haben herausgefunden, dass sie schroffe Felswände vermissen, die Farbe des Himmels vor dem Schneesturm, den Geruch des Flusses, der sich seinen Weg durch die Weinberge bahnt. Zur Sehnsucht gehören Schönheit und Gefahr. Sturmfluten am Meer, Lawinen in den Bergen. Ist es ein Unterschied, ob ein Kind mit Geschichten über Fischer, Piraten und Deichgrafen aufwächst oder solchen mit Jägern, Förstern und Wilddieben? Das Herz der Studie, mein Anteil, sind Biografien. Erzählte und protokollierte erste Jahre in den

Bergen, am Meer, in Dörfern und Städten. Am Rande großer Wälder und stiller Seen. Ich frage nach Kindheiten mit Tieren und Pflanzen, Kindheiten in Beton. Ich frage nach Kinderjahren zwischen guten und bösen Menschen, behütet oder vernachlässigt, geprägt von Lehrern, an die man sich gerne erinnert und Lehrern, die man vergessen möchte und nie vergessen wird. Mich interessieren Kindheiten mit Büchern, Kunst und Musik, in Reichtum und Armut, zwischen Liebe und Kälte. Kaum eine Kindheit ohne Drama und Verlust. Dorthin zurück im Alter – warum?

Ganz einfach, hatte ich behauptet: Wir machen es den Aalen nach. Geboren in der Sargassosee, verlassen sie als Larven die Heimat, das Salzwasser des Atlantiks, treiben sich an den Süßwassermündungen Europas herum, bevölkern Flüsse und Meere und sollten sie den Köchern und Netzen der Menschen entkommen, kehren sie tausende von Kilometer zurück in die Heimat. Paaren sich, laichen. Sterben am Ort ihrer Geburt. So haben es ihre Eltern gemacht, so wird es die eigene Brut wiederholen. Warum? Für Aalforscher noch immer ein Geheimnis. Vielleicht werden wir am Ende unserer Forschung wissen, warum sich die Menschen, wie die Aale, nach ihren Wurzeln sehnen. Heim-Weh ist ein schönes Wort.

Als ich begann, den Menschen Fragen zu stellen, konnte ich nicht ahnen, dass ein Landstrich vor meinen Augen die Farbe verliert, verblasst wie eine alte Fotografie. Dass sich eine Landschaft in meinem Beisein verändert wie ein Bühnenbild im Theater. Erinnerung ist mein Thema: Ich hätte darauf gefasst sein müssen, dass Ereignisse auftauchen, denen es gelungen war, sich viele Jahre perfekt vor mir zu verbergen.

Der Schaffner ruft vertraute Stationen aus. Hammah. Himmelpforten. Hechthausen. Hemmoor. Ich kenne jeden Bahnhof mit seinen verwitterten Schriftzeichen und bleichen Fassaden. Ich kenne die Häuser entlang der Schienen, die Apfelbäume in den Gärten, die Kuhställe und die Hütten der Kettenhunde. Das Haus der Lehrerin Frieda Johannsen – Musik und Sport – ist abgerissen worden. Die meisten Schüler hätten es gerne angezündet, jetzt scharren dort Hühner im Sand. Noch immer weckt dieser Ort Gefühle von Ohnmacht und Hass, Erinnerungen an vernichtende Sätze für falsche Töne und ungelenke Glieder. Noch eine kurze Strecke, dann verkündet der Schaffner die Endstation. Heimat. Ich stehe auf dem Bahnsteig und hole tief Luft. Hatte Ihre Kindheit einen Geruch? Oh, ja. Gammel. Die Fischmehlfabrik hat alle Bürgerwut überstanden.

Ich habe eine Wohnung mit zwei großen Zimmern gemietet, Blick auf Strand und Meer, eine Schlafkammer mit Ehebett und Wandschränken bis zur Decke. Ankommen heißt auspacken, sich ausbreiten, Räume besetzen, sie anpassen, mich anpassen. Wenn ich es aushalte, bleibe ich ein Vierteljahr. Ich schaue mir alles, was auf Tischen und Fensterbänken steht und an den Wänden hängt, genau an. Viel trauriger Heimatkitsch auf fünfzig Quadratmetern Wohnfläche und keine Chance für die Augen, ihm auszuweichen. Ich nehme die Stoffhexen und Strohtrolle von der Wand, entferne das grobmaschige Fischernetz, das im Flur von der Decke hängt, verstaue die Häkeldecken im Küchenschrank, ziehe die Piratenflagge aus der Vase. Gegen die Klobürste, die im Rücken eines Porzellandelphins steckt, kann ich nichts unternehmen. Ich entdecke auf der Fensterbank eine Keramikschale, auf dem Boden einen Spruch aus dem Poesiealbum: Nutze die Talente, die Du hast. Die

Wälder wären still, wenn nur die begabtesten Vögel sängen. Ist das eine Aufforderung, im großen Chor der mäßig Begabten zu zwitschern? Deprimierender kann eine Begrüßung nicht sein. Ich werde die verschnörkelten Buchstaben unter Kartoffeln und Zwiebeln begraben. Ich ziehe die Kunstblumen aus der Vase und sperre sie in den Kleiderschrank. Was noch? Ich werde neues Geschirr kaufen oder üben, aus Tassen zu trinken, auf denen Leuchttürme, einäugige Piratenfratzen, Muscheln und Seesterne prangen, von Tellern zu essen, auf deren Boden unter Kartoffeln und Gemüse Seesterne, Muscheln, Leuchttürme und Piratenfratzen auf mich warten. Aus dem wuchtigen Esstisch mache ich einen Schreibtisch und schiebe ihn ans Fenster. Eine Wand vor den Augen ist wie ein Brett vor dem Kopf.

Ich verteile die Arbeitsunterlagen auf Stühlen, Kommoden und den Teppichen im Wohnzimmer, stelle die Bücher in das Regal zu fünf zerfledderten Nordseekrimis und einem dicken Fischkochbuch. Den ersten Kaffee im neuen Heim trinke ich in dem Strandkorb, der die Hälfte des Balkons einnimmt. Ich habe Zeit. Ich kann dorthin gucken, wo der Himmel das Meer berührt und werde das so lange tun, bis sich meine Augen von den steinernen Grenzen erholt haben, die die Stadt ihnen setzt, bis Sonne und Wind in meinem Kopf für ein gutes Arbeitsklima sorgen. Lange Spaziergänge sollen mir die Hektik aus dem Körper treiben, auch das schlechte Gewissen, dieses ewige Karussell: du sollst, du musst, du hättest längst. Ich werde das Handy nicht ständig in der Hosentasche tragen. Ich kenne hier viele Menschen und werde niemanden anrufen. Ich will nicht, dass mir eigene Erinnerungen in die Quere kommen. Es geht nicht um mich und meine Eltern denken nicht daran, sich im Alter hier wieder anzusiedeln. Sie haben ihre Pension ›Strandperle‹ verkauft und machen nun Betten und Frühstück in einer spanischen ›Perla de la Playa‹ für deutsche Urlauber auf Mallorca.

Erst einmal ankommen. Die Tage laufen lassen. Einen Rhythmus finden zwischen Tag und Nacht, einschlafen und aufwachen, essen gehen und selber kochen. Die Qual beginnt morgens. Aufstehen oder liegen bleiben? Soll die Lust den Tag bestimmen – aber auch die ist wankelmütig. Sagt: Tu, was du willst. Ich zwinge mich zu Spaziergängen und kehre vor der Haustür wieder um. Ich zwinge mich an den Schreibtisch und bin auch dort am falschen Ort. Der Platz, an dem ich es gut aushalte, ist der Strandkorb. Er schützt vor Sonne, Wind und Regen. Ich warte, bis sich ein Rhythmus herstellt zwischen Freizeit und Arbeit wie zwischen Ebbe und Flut. Ich frühstücke auf dem Balkon, döse, lese, schlafe. Am Abend hole ich frische Krabben vom Kutter und esse dazu warmes Brot. Der Strandkorb ist eine Erfindung für Faule, Unentschiedene, ein Möbel für Müde und Träumer.

Hier sitze ich auch nachts, eingehüllt in warme Decken und belausche Wind und Meer, verliere mich in der Weite des Sternenhimmels, fühle mich kleiner als das kleinste Sandkorn am Strand, eine Vorstellung, die tröstet und lähmt. Was immer ich tue – arbeiten, dösen, lieben, weinen –, dem Weltall ist das egal. In dieser Stimmung könnte ich bis zur Fahrrinne schwimmen, so weit, dass die Kraft für den Rückweg nicht reicht und die Strömung mich – wie die Aale – mitnimmt in die Sargassosee. Nachts sind die Möwen stumm. Sie stehen mit geschlossenen Augen im Watt oder lassen sich von den Wellen des Meeres schaukeln und träumen von dicken Fischen.

Das Wasser kommt, das Wasser geht – wie oft man mir Ebbe und Flut erklärt hat! Einfache Physik. Die Ursache der Gezeiten ist eine astronomische, die Reaktion der Meere darauf eine geografische. Kann das jemand wiederholen? Natürlich. Auch erklären? Du, Ragna? Na ja. Erde, Mond und Sonne. Schwerkraft. Anziehungskraft. Fliehkraft. Gravitationskraft. Der Mond ist der Herr der Gezeiten. Und wo bleibt das Wasser, wenn der Herr der Gezeiten es mit sich nimmt? Schon in der Schule war mir Liliencron als Antwort die liebste.

Mitten im Ozean schläft bis zur Stunde ein Ungeheuer, tief auf dem Grunde/ Sein Haupt ruht dicht vor Englands Strand, die Schwanzflosse spielt bei Brasiliens Sand/ Es zieht, sechs Stunden,

den Atem nach innen und treibt ihn, sechs Stunden, wieder von hinnen.

Ich habe das Gedicht auswendig gelernt, unter dem Tannenbaum statt der Weihnachtsgeschichte aufgesagt und mich immer wieder neu auf die Verse gefreut, die beschreiben, was passiert, wenn der Mensch das Meer verspottet, verhöhnt, seine Macht unterschätzt, es beleidigt und verächtlich ›Nordseeteich‹ nennt.

Und wie sie drohend die Fäuste ballen/ zieht leis aus dem Schlamm der Krake die Krallen.

Langsam, mit großen Pausen mussten diese Zeilen gesprochen werden, um zu fühlen, wie das Untier erwacht. Ich finde das vollständige Gedicht nicht mehr in meinem Gedächtnis. Es scheint nur die besonders dramatischen Zeilen aufgehoben zu haben:

Die Wasser ebben, die Vögel ruhen/ der liebe Gott geht auf leisesten Schuhen.

Ein Krimi als Gedicht, vielleicht haben sich deshalb die Reime in meinem Kopf gehalten. Ein Stern wandert eilig über den Himmel.

Und überall Friede, im Meer, in den Landen/ Plötzlich, wie Ruf eines Raubtiers in Banden/ Das Scheusal wälzte sich, atmete tief und schloss die Augen wieder und schlief.

Und während sich die Menschen, stolz, die schwarze Gewalt besiegt zu haben, grölend betrinken, nähern sich die gewaltigen Wogen und ein Dichter kann eine Geschichte erzählen:

Heute bin ich über Rungholt gefahren/ die Stadt ging unter vor sechshundert Jahren.

Ich blättere im Fischkochbuch. Woran erkennt man, ob der tote Fisch ein frischer Fisch ist? Ein frischer Fisch riecht leicht nach Algen. Seine Haut glänzt. Seine Schuppen stecken fest in der Haut und die ist straff gespannt, die Farbe intensiv. Die Augen sind klar, frisch, glänzend, leicht hervorstehend und durchsichtig. Die Kiemen feucht, das Fleisch fest mit perlmuttartigen Reflexen.

Auf dem Balkon werde ich zur Beobachterin des Urlaubs fremder Menschen. Da zieht am frühen Morgen ein Heer von Männern, Frauen und Kindern zum Strand. Sie kommen, wie sie am Vortag gegangen sind. Eine Invasion aus Shorts, Sonnenhüten und Badelatschen. Sie tragen Taschen über den Schultern, in den Händen halten sie Bälle, Schwimmflossen, Schaufeln. Die Landschaft riecht nach Sonnencreme und Bratfisch. Ferientage am Meer haben ihre eigenen Gezeiten. Die nächsten zehn Stunden pendeln die Urlauber zwischen Wasser, Wattenmeer, Imbissbude und Strandkorb, dem perfekten Schutzraum, einer Mischung aus Umkleidekabine, Liegestuhl, Bett und Höhle. Sie machen genau den Urlaub, von dem sie geträumt haben. Sie wollen bräunen, aber nicht verbrennen. Sie wollen lesen, schlafen, Sandburgen bauen. Sie geben ihren Burgen Namen mit Buchstaben aus Muscheln: Seerose. Seehund. Seestern. Seejungfrau. Neptun. Nixe. Auf den Dächern der Strandkörbe trocknen nasse Badeanzüge. Salzwasser zehrt, heißt es, darum liegen – wie in meiner Kindheit und wie in jedem Sommer – immer ein paar sehr dicke Menschen sehr lange im Wasser.

Ich schließe die Augen, stoppe den Trubel, halte alles an, was sich bewegt, verwandle das Strandleben in ein Gemälde. Nun steht der Ball in der Luft. Das Mädchen springt nicht mehr durch das Seil und der Junge, der von seiner Schwester im Sand vergraben wurde bis zum Kopf, bleibt eingegraben.

Wie kann man vor einem Bruegel weinen?

Ich hatte ihn nicht kommen hören. Der Mann war leise hinter mich getreten. Er hatte mir ein Päckchen Papiertaschentücher gegeben, als gehöre es zu den Aufgaben eines Museumswärters, Besucher zu trösten. Er sah, dass ich durch meine Tränen nichts erkennen konnte und begann über das Bild zu sprechen, vor das ich mich geflüchtet hatte an diesem grässlichen Morgen in Wien. Wimmelbild hatte er die Komposition – 1,18 mal 1,61 – aus Farben und Bewegungen genannt, vor der ich nur saß, weil eine sitzende Frau, die heult, weniger Menschen auffällt, als eine, die schluchzend durch die Hallen des Kunsthistorischen Museums irrt.

Mit leiser Stimme begann er, über das Bild zu sprechen. ›Kinderspiele‹ hieß es und zeige, wie er sagte, 168 Jungen und 78 Mädchen und – er lachte – wenn die Experten recht haben: nur zwei Erwachsene. Die Frau dort hinten im Bild, die einen Eimer Wasser über zwei balgende Buben kippt und die Frau im Brautzug vorne in der Mitte. Schauen Sie, sagte er, vor Ihren Augen spielen 246 Kinder über achtzig verschiedene Spiele auf einem niederländischen Platz des 16. Jahrhunderts. Ich warf einen flüchtigen Blick auf das Gemälde, konnte nichts erkennen, nur Farbkleckse, begann aber, zuzuhören.

Seine Stimme war rau und ein wenig brüchig. Ein Rentner als Museumswärter? Er sprach mit viel Freude über das Bild und so melodisch, dass er ebenso gut ein junger Mann hätte sein können. Ich hielt den Kopf gesenkt, ich wusste, dass mein Gesicht rot war und meine Augen klein und verquollen waren. Ich hörte zu, versuchte, die Schublade mit den Socken, die mich hierhergetrieben hatte, zu vergessen, mir das Gewimmel der Motive auf dem unteren, linken

Bildrand vorzustellen, über den er sprach: Das Mädchen, das mit der Puppe spielt. Die beiden Kinder, die mit blanken Tierknochen würfeln. Eine Gruppe spielt ›Blindekuh‹, aus dem Fenster guckt ein Kind mit einer Maske, und auf die dunkle Eule dort richtet ein Junge sein Gewehr. Schauen Sie, sagte die Stimme, die Kinder treiben Reifen vor sich her, reiten auf Fässern, hüpfen, klettern, tanzen, spielen zu zweit, zu dritt, in großen und in kleinen Gruppen und alle haben diese runden Bruegel-Köpfe mit den schwarzen Knopfaugen, die die Kinder ein wenig starr und fassungslos und trotz der Spiele wenig glücklich aussehen lassen. Manch eines wirkt gar drangsaliert. Man muss das Bild lieben wie den Marktplatz vor der eigenen Haustür, um den kleinen Pisser zu entdecken, der dort an der Friedhofsmauer hockt und sich selbst beim Pinkeln zuschaut. Wenn Sie genau hinsehen, erkennen Sie den Strahl und ahnen den winzigen Pimmel, der ihn zu faszinieren scheint.

Ich spürte, wie mir neue, warme Tränen über das Gesicht liefen. Vielleicht könnte ich eines Tages darüber lachen, dass ein Bruegel in Halle X des Kunsthistorischen Museums in Wien das Ende meiner Flucht aus der Wohnung des Mannes war, der mir so nah gestanden hatte wie niemand zuvor. Seit drei Jahren sah ich ihn jedes Wochenende, mal in meiner Stadt, mal in seiner. Die Frau meines Lebens hatte er mich genannt und ich zweifelte keine Sekunde, dass ich mit diesem Mann mein Leben teilen würde. In meiner Stadt oder in seiner oder irgendwo dazwischen, egal, ich würde ihm in die Wüste folgen und er mir zum Nordpol. Oft konnte ich in der ersten Nacht des Wiedersehens nicht schlafen. Ich lag neben ihm, lauschte seinen Atemzügen, verglich seinen Atem mit meinem. Er atmete schneller als ich. Auf einen meiner Atemzüge kamen drei von ihm. Ich mochte sein leises Schnarchen und wie er sich, als wären wir ein Körper, mit mir von einer Seite auf die andere drehte in warmer Geborgenheit. In der ersten Nacht nach einer Woche der Trennung raubte mir das Glück den Schlaf. Das Glück und die Angst. Mit dem Glück, diesen Mann gefunden zu haben, war auch die Angst gekommen. Nicht vor dem Ende der Beziehung, die konnte es nicht geben, es war die Angst vor dem Ende seines Lebens oder meines. Die Angst vor dem Ende des Glücks.

Und dann kam dieser Morgen, an dem der Zufall ein Teufel war. Tom war vor mir aufgestanden, hatte eine große Tasse süßen Milchkaffee auf den Nachttisch gestellt und sich mit einem Kuss verabschiedet: Bleib liegen, Ragna, ich hole Eier und Baguette und das Buch von den Hartliebs. Ich nickte. Ich kannte seine Lieblingsbuchhandlung, man liest sich dort fest, er würde vor einer Stunde nicht zurück sein. Wäre ich im Bett geblieben, säße ich jetzt nicht im Saal X zwischen einem Bruegel und einer Stimme, die sagte: Schauen Sie, die Buben gehen auf Stelzen. Die Kinder spielen: Fang mich, trag mich, reit auf mir. Und der Kleine dort, der will die Hauswand erklimmen. Und was sich im Garten abspielt! Da sitzt ein Junge, die Beine verknotet wie ein Jogi und lächelt mit geschlossenen Augen bis in alle Ewigkeit. Und neben ihm steht einer auf dem Kopf und der dritte im Bunde – das soll wohl, wenn es fertig ist, ein Handstand werden.

Ich war nicht im Bett geblieben. Ich war aufgestanden, hatte den Tisch gedeckt, geduscht und festgestellt, dass ich vergessen hatte, Socken einzupacken. Ich war in dieser Wohnung zuhause wie in meiner, also zog ich die Schublade auf, in der er seine Strümpfe aufbewahrte, suchte zwischen den blauen und den schwarzen nach einem Paar weißer Socken und stieß mit den Fingerspitzen an etwas Hartes, dachte an ein Stück Pappe, das neue Strümpfe zusammenhält, zog daran und hatte eine Postkarte in der Hand. Ich hätte sie nicht betrachten müssen, aber da stand der Teufel schon neben mir.

Die Karte war groß und sehr schön. Cenacolo di Leonardo da Vinci. In der Mitte Jesus, sechs Jünger zur Rechten, sechs zur Linken. Leuchtende, frische Farben. Wie war das Bild zwischen seine Socken geraten? Ich hätte die Karte nicht umdrehen müssen – aber ich war, mit Hilfe des Teufels, gar nicht auf die Idee gekommen, dass es sich um Post handeln könnte. Ich hatte sie auch nicht in der Absicht umgedreht, sie zu lesen, dachte eher, auf der Rückseite die Namen der drei Jünger zu finden, deren Namen ich vergessen hatte. Sie saßen, von Ihm aus gesehen, links außen, am äußersten Ende des Tisches und waren in ein leidenschaftliches Gespräch vertieft. Dann sah ich die Schrift. ›Das Abendmahl‹ war nicht nur eine Ansichtskarte und es war nun auch nicht mehr wichtig, auf der Rückseite nach den Namen der Jünger zu suchen, deren Namen ich vergessen hatte. Es gab andere Fragen. Ist nicht eine Postkarte, die zwischen Strümpfen liegt, eine versteckte Karte? Und warum verbarg er sie in einer Strumpfschublade? Ich sah eine schwungvolle Handschrift: ›Baci Beatrice‹, und einen kitschigen Satz: ›Va' dove ti porta il cuore‹. Geh, wohin Dein Herz Dich trägt. Der ›Kartenkuss‹ war nicht der Auslöser meiner Flucht, sondern die handfeste Verabredung. Montag. Du in meinen Armen, ich in Deinen Armen, wir in unseren …

Schauen Sie, sagte die Stimme im Saal X, der Junge dort unten links im Bild hängt über dem Zaun wie ein nasser Sack.

Ihre Arme. Seine Arme. Ich flog Sonntag zurück und sie kam am Montag. Fliegender Wechsel? Voller Wut hatte ich die Karte zerrissen, die Fetzen zwischen die Socken geworfen, spürte mein Herz gegen die Schädeldecke hämmern als wolle es sie sprengen, stopfte alles, was ich mitgebracht hatte, in die Reisetasche, zog die Schuhe an die nackten Füße und raste drei Etagen durchs Treppenhaus, sah auf der Straße nicht nach rechts und links, hielt das nächste Taxi an, entdeckte das Plakat an der Litfaßsäule und sagte: Maria-Theresien-Platz. Kunsthistorisches Museum. Ein besseres Versteck konnte es nicht geben. Er würde mich überall suchen, niemals in einem Museum. Ich schaltete das Handy aus.

Als die Tränen versiegten, war ich Teil der Bruegelschen ›Kinderspiele‹ geworden, gehörte zu den tanzenden Mädchen am Fluss und drosch mit der Peitsche auf zierliche Holzkreisel ein. Ich sah mich um. Ich war allein. Der Wärter hatte den Saal verlassen. Ich blieb vor dem Bild sitzen, schaute alles an, was er beschrieben hatte und entdeckte immer mehr Jungen und Mädchen, die sich mit ernsten Gesichtern vergnügten. Mit seiner Stimme hatte er das Bild lebendig gemacht. Jetzt, wo ich es mit offenen Augen betrachtete, tobte dort keine Horde spielender Kinder. Ihre Bewegungen waren erstarrt – der Marktplatz des 16. Jahrhunderts, auf dem 246 Kinder über achtzig verschiedene Spiele spielten, war nur ein Gemälde. Die Kinder stumm und starr. Ich schloss die Augen und wartete. Nach einer Weile tanzten und tobten sie wieder, würfelten mit Tierknochen, ritten auf Fässern, spielten Fangen und balancierten auf Stelzen. An diesem unglücklichen Tag in Wien ist mir durch einen erzählenden Museumswärter eine Fähigkeit geschenkt worden. Mein Bruegel-Blick. Ich kann Motive auf Bildern in Leben verwandeln und das Leben vor der Haustür in ein Bild.

Ich hätte auf das Datum der Karte achten sollen. Vielleicht war der Gruß aus Mailand fünf Jahre alt oder zehn, war in der Schublade vergessen worden und nicht von Bedeutung. Warum hatte ich nicht auf das Datum geschaut? Es muss die Schrift gewesen sein, die mir den Verstand raubte. So vital, so frisch, Buchstaben aus Tinte, drängend, voller Vorfreude, wie auf dem Sprung nach Wien und fast schon in seinen Armen. Mit breiter Feder geschrieben, eine verdammt selbstbewusste Schrift, die mich kopflos aus der Wohnung getrieben hatte.

Er rief an. Morgens, abends, nachts. Er ließ Telefon und Handy klingeln, flehte auf dem Anrufbeantworter, ihn anzuhören, sagte, mein Schweigen brächte ihn um. Nach einer Woche fühlte ich mich leidlich stabil und hoffte auf die Geschichte einer vergessenen Karte ohne Bedeutung. Ein Andenken, weiter nichts, so wie man Urlaubsbilder aufhebt oder Fotos von Menschen, mit denen einen nichts verbindet als eine blasse Erinnerung.

Aber sie war nicht einfach zwischen den Socken vergessen worden, diese Karte. Er versuchte nicht die kleinste Lüge, sprach stattdessen über seine Vorstellung von Liebe und Liebelei. Ich, Ragna, war die Liebe, Beatrice die Liebelei. Und der Unterschied, hatte ich gefragt, wo ist der Unterschied? Küsst du sie anders als mich? Wie lächelst du, wenn du sie in die Arme nimmst? Beherrschst du eine abgestufte Zärtlichkeit? Eine für Liebe und eine für Liebelei? Brätst du ihr morgens zwei Eier oder stellst du ihr einen Napf Müsli ans

Bett? Flüsterst du: Beatrice oder hast du sie auch schon mal Ragna genannt? Oder ist sie so ein austauschbarer Schatz oder Spatz? Und wie nennt sie dich? Tom? Tommi? Oder Tommaso, nach dem ungläubigen Thomas in Leonardos ›Abendmahl‹? Ich meine die Figur, die Ihm am nächsten ist, links, der Jünger mit dem langen, warnend erhobenen Zeigefinger. Ja, ich kenne die Namen der Jünger inzwischen genau und es ist dir zu verdanken, dass ich die absurde Vorstellung entwickelt habe, diese dreizehn Männer trügen deine Socken. Hätte man nicht am Anfang einer Beziehung über das Nebeneinander oder Durcheinander von Liebe und Liebelei sprechen müssen? War ich zunächst auch nur eine Liebelei, eine von vielen und bin dann aufgestiegen zur Liebe? Wann habe ich die Hürde genommen oder übersprungen? Und welche Frau ist für mich abgestiegen oder zurückgestuft worden? Ob nicht auch ich, fragte er, eine Liebelei neben ihm gehabt habe oder ihn als Liebelei betrachtet und später zur Liebe erklärt hätte. Wenn nämlich jeder, sagte er, neben seiner Liebe noch eine Liebelei besäße, dann wäre doch alles in Ordnung. Nein, verdammt, schrie ich, dann würde ich mich in dem Springturnier nicht mehr auskennen. Ich habe neben meiner Liebe keine kleine Schwester der Liebe laufen, ich bin unfähig, Gefühle zu dosieren, ganze und halbe Lächeln zu verschenken, innige und halb innige Umarmungen. Wie kannst du sicher sein, dass aus der Mailänder Liebelei nicht Liebe wird – und was bin dann ich und wer soll sich da noch zurechtfinden?

Als ich anfing, in den Hörer zu schluchzen, stand kein Museumswärter hinter mir, der mir ein Taschentuch hätte reichen und sagen können: Schauen Sie, der Junge dort unten links im Bild hängt über dem Zaun wie ein nasser Sack.

Ich öffne die Augen. Am Strand ist es wieder lebendig. Spaten werden in den Sand gerammt, Federbälle fliegen durch die Luft. Muscheln werden in Sandburgen gedrückt, Kinder spielen mit zappelnden, sich windenden Wattwürmern und kreischen vor Ekel und Wonne. Die Schwester gräbt den Bruder aus.

Vielleicht hat der in Wien erlernte Bruegel-Blick dazu beigetragen, dass an diesem Abend etwas Merkwürdiges geschieht. Ich sitze auf dem Balkon, betrachte, nicht einmal besonders aufmerksam, das Ende eines Urlaubstages: Eine Frau sammelt das Spielzeug ihrer Kinder ein. Ein junges Mädchen streift unter dem Handtuch geschickt den nassen Bikini ab. Ein Kind tritt seiner Mutter gegen das Schienbein, weil es weiterspielen will. Ein Mann packt seine Tochter an den Füßen und zieht sie senkrecht aus dem Wasser wie einen frisch gefangenen Fisch. Die langen, triefend nassen Haare hängen ihr wie Algen im Gesicht. Die Großmutter zählt die Sprünge ihrer Enkelin durchs Seil. Die Urlauber verriegeln die Strandkörbe. Ein sonnenmüdes Heer macht sich in Badelatschen auf den Weg in die Hotels, Appartements und Pensionen. Übrig bleiben Singles und Paare ohne Kinder, die die Wanderung der Sonne verfolgen, bis sie als Feuerball ins Wasser rutscht.

Die Verwandlung hatte längst begonnen, als ich bemerke, dass sich die Landschaft vor meinen Augen allmählich verändert. Der Sand wird grau, die Strandkörbe werden blass und blasser, bis sie sich aufgelöst haben. Die rote Bank verliert ihre Farbe, wird grau wie das Meer, bleibt aber, wo sie schon immer gestanden hat. Nah am Wasser. Wo eben noch Menschen aufbrachen, um den Strandtag zu beenden, liegt jetzt ein Schwimmbad mit einem kleinen Becken für Nichtschwimmer und einem großen Becken für Schwimmer. Es gibt das Einer-, das Dreier- und das Fünfersprungbrett. Das Freibad ist eingezäunt und leer. Reglos starre ich auf das, was sich vor meinen Augen vollzogen hat. Als wäre ich im Theater eingeschlafen und hätte den Umbau der Bühne verpasst. Über der Landschaft liegt eine graue Ruhe. Auf der Bank sitzt ein Junge. Seine Hand ruht auf einem Kleiderbündel. Er schaut aufs Meer.

Ich beuge mich vor, kneife die Augen zusammen, versuche, den Jungen zu erkennen. Er bewegt sich nicht, tastet nur ab und zu nach dem Kleiderbündel. Er ist allein in der Landschaft, sitzt da wie der einzig Überlebende nach einem Krieg. Ich stehe auf, lehne mich über die Brüstung des Balkons, um ihm näher zu sein. Er hat kurze Haare, blond, fast weiß, das Bündel neben ihm könnte ein Badeanzug, ein Handtuch oder ein Kleid sein. Als ich kurz davor bin, mich an so etwas wie einen lang vergessenen Traum zu erinnern, zieht sich das Bild abrupt zurück – plötzlich gibt es kein Freibad mehr. Der Strand ist voller bunter Körbe, der Sand weiß, der Himmel dunkelblau, fast schwarz und über dem Wasser steht ein schmales, glühend rotes Band. Die Bank, auf der der Junge gesessen hatte, ist leer.

Ich ziehe mich nicht um, renne in Shorts und T-Shirt aus dem Haus, will mich mit Händen und Füßen davon überzeugen, dass alles ist, wie es vorher war. Ich trete gegen die Strandkörbe, buddele mit beiden Händen im Sand wie ein Hund, laufe mit nackten Füßen ins Watt bis zum großen Priel, kann nicht aufhören zu überprüfen, ob die Welt vor meiner Haustür noch in Ordnung ist. Habe ich geträumt? Fängt Verrücktwerden so an? Ich beschließe, dem Wort nachzugehen, das gerade versucht, sich in meinem Kopf niederzulassen: Halluzination.

Der Computer lenkt mich über ein Flötentrio aus Neumünster zur wissenschaftlichen Begriffserklärung und von dort auf die verständlicheren Seiten der Apotheken-Umschau. Ich lese: Halluzinationen sind Wahrnehmungsstörungen, die unsere fünf Sinne betreffen. Hören. Sehen. Riechen. Schmecken. Fühlen.

Stimmt. Ich habe tatsächlich etwas gesehen, was es dort, wo

ich es gesehen habe, nicht mehr gibt. Ich lese: Bei einer Halluzination braucht das Gehirn keine Anregung von außen. Es erzeugt die Bilder von sich aus. Die Apotheken-Umschau bietet als Erklärung körperliche Leiden an: Drogenkonsum oder Drogenmissbrauch. Hohes Fieber. Schlafstörungen. Alkoholmissbrauch oder Alkoholentzug. Entzug kommt nicht infrage. Ich trinke abends ein paar Gläser Wein – ist das Missbrauch?

Der Autor des Artikels, Dr. Egon Schnuck, fragt nach Schizophrenie in der Familie, Psychosen, allgemeinen Erkrankungen des Gehirns. Meine Großmutter ist an Krebs gestorben, der Großvater nach einem Anfall von Eifersucht ungewollt an einer Überdosis Schlaftabletten. Meine Eltern sind gesund und verdienen Geld auf Mallorca. Meine Tante war fünf Mal verheiratet, zwei Mal mit demselben Mann. Das ist eher Lebensfreude als eine Erkrankung des Gehirns. Ich lese: Aids und Syphilis ziehen das Gehirn in Mitleidenschaft. Beides schließe ich aus, bleibe aber am letzten Satz hängen: Eine Halluzination ist die Wahrnehmung nicht vorhandener Objekte. Stimmt. Es gibt an diesem Strand kein Schwimmbad. Aber es hat dort eines gegeben, das weiß ich genau. Ein Freibad mit kleinem Nichtschwimmerbecken, großem Becken für Schwimmer und drei Sprungbrettern. Das Einer, das Dreier und das Fünfer. In diesem Schwimmbad habe ich meinen Freischwimmer gemacht, den Fahrtenschwimmer, den bronzenen und silbernen Rettungsschwimmer mit abschließendem Kopfsprung vom Dreimeterbrett. Ich habe diesen Sprung gefürchtet, hatte Angst, nicht mit den Armen und dem Kopf einzutauchen, sondern mit dem Gesicht aufs Wasser zu klatschen oder mir das Genick zu brechen. Ich hatte von aufgesprungenen Bäuchen gelesen, von geplatzten Schädeln; hinzu kam, dass mir schon beim Besteigen des Sprungturms schwindlig wurde.

Aber dann ist ein Wunder passiert. Ich hatte den schwindelfreien Aufstieg in der Nacht vor der Prüfung geträumt. Federnd bin ich über das Brett gegangen, habe den Blick in die Ferne gerichtet, die Arme ausgebreitet, als könne ich fliegen, mich überschwänglich auf das Leben gefreut, mich unsterblich und unverletzbar gefühlt, bin kraftvoll abgesprungen und kopfüber und kerzengerade ins Wasser getaucht. Volle Punktzahl für diesen Sprung. Wo hatte ich den geübt? Und wann? Ich hätte nicht sagen können: Den habe ich aus der Nacht mitgebracht – aber so war es. Ich hatte diesen Sprung im Traum gemacht und Sicherheit und Eleganz in den Tag gerettet. Mein ganzer Körper wusste in dem Augenblick, als ich auf dem Brett stand, was er zu tun hatte und so tauchte ich mit gestreckten Armen und fast ohne Spritzer ins Wasser. Ein perfekter Sprung, den ich nie wiederholen wollte.

In dem Freibad, das es nicht mehr gibt, hatte ich vierhundert Meter in dreizehn Minuten zurückgelegt, davon zwei Bahnen im Kraulstil, hundertfünfzig Meter Brust und zweihundert Meter auf dem Rücken. Ich war ohne Hilfe der Arme geschwommen und mit zusammengebundenen Beinen, hatte dreihundert Meter in einem gestreiften Schlafanzug zurückgelegt, war durch das ganze Becken getaucht, hatte einen schweren Stein vom Beckengrund geholt und bewiesen, dass ich mich von einem Ertrinkenden, der sich in Panik an mich klammert, mit einem K. o.-Schlag befreien kann.

Ich habe in den Sekunden, die die Verwandlung der Landschaft vor meinen Augen andauerte, tatsächlich ein ›nicht vorhandenes Objekt‹ wahrgenommen, genauer: ein nicht mehr vorhandenes Objekt. In diesem Freibad hatte ich die Prüfung bestanden. Theoretisch und praktisch bewiesen, dass ich Mund-zu-Mund-Beatmung beherrsche und, theoretisch, wusste, wie man ein Herz zum Schlagen animiert, das nicht mehr schlägt. Das Schwimmabzeichen hatte ich auf den Badeanzug genäht, unten rechts, wo der Blinddarm sitzt, die Urkunde eingerahmt. Sie hing bis zum Ende der Schulzeit in meinem Zimmer. Ich bin nicht verrückt. Ich weiß, dass das Schwimmbad seit vielen Jahren nicht mehr existiert, gesehen habe ich es trotzdem.

Ich kauere im Schutz einer dicken Decke auf dem Balkon. Ich erinnere mich vage an einen Jungen auf der Bank, aber wer war das? Was hatte ich mit ihm zu tun und wann könnte das gewesen sein? Der Junge geht mich etwas an, das spüre ich. Er könnte zum Anfang einer Geschichte gehören, aber zu welcher? Und wo ist der Rest? Einen Gegenstand, den ich verloren oder verlegt habe, kann ich suchen. In der Wohnung, vor der Haustür, auf der Straße oder im Fundbüro. Wie aber suche ich nach der Fortsetzung einer Geschichte, deren Anfang sich so flüchtig gezeigt hat wie ein Traum? Vielleicht, indem es mir gelingt, mich noch einmal in den Zustand zu versetzen, der mir die graue Landschaft und den Jungen auf der Bank beschert hatte. Ich trinke am Abend eine Flasche Wein, um in einen entspannten Schlaf zu fallen. Am nächsten Morgen ist mein Kopf verkrampft, schmerzt und brummt. Wie hieß der Junge auf der Bank? Wenn mir sein Name einfiele, könnte das der Schlüssel zur Geschichte sein. A. wie Anton? B. wie Bernd? Bastian? Boris? C. wie Clemens? Claas? D. wie Detlev? F. wie Frieder oder Frank? Er hatte einen besonderen Namen. Ismael? Ivan? Zum Buchstaben J. fallen mir nur Johannes und Jonathan ein, zu K. Knuth, Klaas, Konstantin. Hieß er Kjell?

Der flüchtige Blick auf den Ausschnitt einer Vergangenheit, an die ich mich nicht erinnere, ist ohne meinen Willen geschehen. Ich frage mich, von welchen Geräuschen, Bildern, Gedanken dieser Zustand ausgelöst worden sein könnte, habe ich doch nur, eher gleichgültig als aufmerksam, dem Treiben am Strand zugesehen. Da war die Frau, die das Spielzeug ihrer Kinder einsammelte. Das Mädchen mit dem nassen Bikini. Das Kind, das nach seiner Mutter trat. Amüsiert hatte ich den Mann beobachtet, der seine Tochter aus dem Wasser zog wie einen zappelnden Fisch. Als hätte er eine Meerjungfrau mit langen, nassen Haaren gefangen. Ich kenne den Mechanismus des Erinnerns. Ich weiß, dass Erinnerungen andere Erinnerungen, auch längst vergessen geglaubte, hervorbringen können, so wie eine einmal angestoßene Billardkugel andere Kugeln bewegt. Natürlich kenne ich Proust und sein ›Fernrohr auf die Zeit‹, ich habe mich mit Gedächtnisforschung beschäftigt, weiß, dass das autobiografische Gedächtnis ein unzuverlässiger Geselle ist, der hochgradig aus Fehlern und nachträglichen Konstruktionen besteht. Er kann lügen und betrügen, mal absichtlich, mal aus Versehen. Er ist kein zuverlässiger Partner. Ich kenne die Schlüssel, die zu Erinnerungen führen. Gerüche und Farben. Welcher der Eindrücke der letzten Stunde hat mich zu dem Jungen auf der Bank geführt? Sinnlos, darüber nachzudenken. Wären Zugriffscodes harte Münzen, könnte man Erinnerungen zuverlässig abrufen wie Fahrkarten aus dem Automaten. Aber sie sind Vagabunden. Sie nehmen keine Aufträge an. Sie lieben die Freiheit. Sie sind keine Spürhunde. Leider. Sonst würde ich sie bitten, herauszufinden, woran mich der Duft erinnert, dem ich, seit ich diese Wohnung gemietet habe, im Treppenhaus begegne. Ein Geruch nach Sommer und Zitronenhain, zu schwach, um ein starkes Gefühl auszulösen, aber stark genug, um einen Augenblick stehen zu bleiben. Assoziationen sind Flaneure im wilden Wust der Erinnerungen und vielleicht spüren sie eines Tages den Ort auf, an dem ich diesem Geruch schon einmal begegnet bin.

Bei der Vorstellung, was sich in den letzten vierzig Jahren in meinem Kopf angesammelt haben muss, wird mir schwindlig.

Da ist (vielleicht) ein geflüsterter, vielleicht genervt gerufener Name: Ragna. Ein strenger Name, der keine zärtliche Verkleinerung zulässt. Da sind (vielleicht) meine ersten eigenen Worte: Mama. Papa. Erste Lieder, an der Wiege gesungen. Kommt ein Vogel geflogen. Was hebt so ein Hirn auf? Alles oder nur das Wichtigste? Wer entscheidet zwischen wichtig und unwichtig? Wer sagt: Aufheben! Oder: Entsorgen! Wie heißt die Instanz, die sammelt oder schreddert oder nur vorläufig beiseitelegt, was später (vielleicht) gebraucht wird: Spiele und deren Regeln. Skat. Mau-Mau. Schach. Wie viele Romane habe ich gelesen? Tausend? Zweitausend? Fünftausend? Was ist davon aufgehoben worden? Wie viel Gramm Dostojewski, Tolstoi, Kafka, Böll stecken in meinem Kopf? Wie viele Fachbücher, Zeitungen, Zeitschriften, Nachrichten, Gesprächsfetzen? Und die Opern, Symphonien, Chansons und Schlager.

In meinem Kopf müssen sich kilometerlange Filmsequenzen ermordeter Indianer und erschossener Siedler tummeln. Ich vermute einen wirren Vokabelhaufen all der Sprachen, die ich versucht habe, zu lernen. Englisch, Französisch, Russisch, Spanisch. Wie viele Theaterstücke spuken in meinem Kopf herum, wie viele Hörspiele? Günter Eich: Der Rabe und das Mädchen Sabeth. Die Lehrerin Elisabeth Weisinger. Der Schulleiter mit dem komischen Namen Eginhard Woturba. Aufgehoben. Warum? Wozu? Werbespots, die sich nicht auslöschen lassen. Gibt es die Fähigkeit, bewusst zu vergessen, was man nicht behalten will? Als Mitglied von amnesty kenne ich die Gefolterten vieler Länder mit ihren Namen und ihren Geschichten. Die Kurdin Leyla Zana aus Diyabakir, die ihren Mann nicht erkannte, weil man ihn im Gefängnis unkenntlich geschlagen hatte. Ich bin's, flüsterte er, Leyla, ich bin's doch, Mehdi Zana. Ich kenne die Anzahl der Stufen, die in einen syrischen Folterkeller führen. Siebenundachtzig. Überhaupt haben sich zu viele Methoden in meinem Kopf eingenistet, wie Menschen einander quälen und umbringen können. Je intensiver ich versuche, die siebenundachtzig Stufen und das, was dann dort geschehen ist, zu vergessen, desto intensiver sehe ich es vor mir.

Auch Märchen haben einen festen Platz. Rotkäppchen. Hänsel und Gretel. Hans im Glück. Wer schrieb Gockel, Hinkel und Gackelaia? Zu welchem Märchen gehören die magischen Sätze: Was macht mein Kind? Was macht mein Reh? Nun komme ich noch zwei Mal und dann nimmermehr. Und stehen noch alle zwölf Pucki-Bände in irgendeinem Winkel meines Hirns? Denk nach, Ragna. Welche der auswendig gelernten Balladen haben sich in deinem Kopf erhalten? Vom Erlkönig findet sich die erste Strophe – aber der Schluss ist nicht Goethe, sondern Heinz Erhardt: Erreicht den Hof mit Müh und Not. Der Knabe lebt, das Pferd ist tot. In irgendeiner Schublade liegt der Ring des Polykrates. Was noch? Nach der Schillerschen Glocke tauche ich vergebens. Die Brücke am Tay. When shall we three meet again. Wer immer in meinem Kopf der Sammler und Bewahrer ist, liebt Dramen: Und ein Jammern wird laut. Wo sind wir, wo? Und noch fünfzehn Minuten bis Buffalo. Das Schiff geborsten, das Feuer verschwelt. Gerettet alle. Nur einer fehlt! John Maynard.

Heine oder Fontane? Balladensalat. Vorüber, ach, vorüber geh, wilder Knochenmann. Ich bin noch jung …

Mein Sammler und Bewahrer scheint eine Abneigung gegen Vollständigkeit zu haben. Wer sorgt für Ordnung und Übersicht? Wer löscht? Wer führt Buch? Wer sammelt, sortiert und nach welchen Regeln? Mir scheint das Gedächtnis ein gieriger, chaotischer, eigensinniger, vor allem aber ein selbstherrlicher Sammler zu sein, der nicht jeden Suchauftrag erfüllt, sich aber und hin und wieder mit einem Angebot meldet, um das er nicht gebeten wurde. Einem Abendhimmel. Einem Schwimmbad. Einem weißblonden Jungen auf einer Bank. Neben ihm ein Kleiderbündel. Ich versuche es mit Entspannung: Ich bin ruhig, mein Kopf ist leer … ich bin ruhig, mein Kopf ist leer …

Aber ich bin nicht ruhig. Mein Kopf ist nicht leer, er ist rappelvoll. Er arbeitet. Er weiß, dass er eine Geschichte versteckt, in die ich verstrickt bin. Ich spüre, dass er sie sucht. Er kennt die Geschichte. Würde ich ihn nach dem physikalischen Aufbau der Mondoberfläche fragen, würde er nicht einmal zucken.

Der Spiegel im Flur zeigt mir bei jedem Gang durch die Wohnung, wie übel ich aussehe. Das Gesicht schmal und hart, die Augen matt, die Haare wie Stroh. Stumpf, ohne Glanz.

Bei Depri zum Pillendoktor, hatte meine Großmutter gesagt – oder zum besten Friseur in der Stadt.

Im ›Petit Salon Francine‹ sitze ich als letzte Kundin vor einem gnädigen Spiegel. Sanftes Licht zeichnet mein Gesicht weich. Die Augen erscheinen mir wacher als die Augen, die mich vor einer halben Stunde im Spiegel der Ferienwohnung angesehen haben. Die Frage nach meinen Wünschen beantworte ich mit einem übellaunigem: Abschneiden. Alles.

Auf dem Kopf von Madame Francine kringeln sich kupferrote Locken, die nicht einmal gefärbt aussehen. Blaue Augen, lange Wimpern, alles echt. Sie hat es nicht eilig. Als spüre sie, dass es bei dieser Kundin um mehr geht als um einen einfachen Wechsel der Frisur, hebt sie langsam meine Haare hoch.

Sie haben einen schönen langen Hals.

Sie streicht die langen Ponyfransen aus der Stirn.

Warum verstecken Sie Ihre Augen? Die sind grün wie die Augen meiner Katze.

Sie legt den Kopf auf die Seite, als betrachte sie ein kompliziertes Bild.

Sie benutzen Ihre Haare wie einen Vorhang, mais non. Schauen Sie, wie das Gesicht sich verändert! Sie haben hohe Wangenknochen, die könnten Sie betonen. Ihre Ohren stehen nicht ab, die müssen Sie nicht verstecken.

Madame Francine lässt meine Haare wieder fallen.

Die langen Haare geben ihrem Gesicht etwas Verbittertes.

Ich spüre, wie ich langsam hundert werde.

Sie dreht meinen Kopf nach rechts, nach links, betrachtet mich im Profil und lächelt: Wenn Sie mich machen lassen – ich hätte eine Idee. Ich nicke. Sie bringt Kaffee und eine Schale mit Pralinen.

Voilà!

Es ist schwer genug, das Geräusch der Schere zu ertragen, die sich entschlossen durch meine Haare beißt, aber zuzusehen, wie die mühsam gezüchteten Fransen ohne Gegenwehr zu Boden sinken, rührt mich zu Tränen. Ich senke den Kopf und schließe die Augen. Ich habe diese dünnen Zotteln gewaschen, geföhnt, mal mit Bier und mal mit Birkensud gepflegt, auf Lockenwickler gedreht, aufgehellt, nachgedunkelt und gesträhnt. Zehn Jahre hat diese Frisur zu mir gehört wie meine Stimme und mein Gang. Ergeben höre ich der melodischen Stimme von Madame Francine zu, die mehr zu sich selbst als mit mir zu sprechen scheint, beim Schneiden plötzlich innehält, zustimmend knurrt, weiterschneidet, zufrieden summt, noch einmal fragt, ob sie wirklich freie Hand habe und irgendwann, für mich fühlt es sich wie eine Ewigkeit an, die Schere aus der Hand legt und beginnt, die Haare mit einem scharfen Messer zu raspeln als habe sie Möhren vor sich. Sie sagt ›gut so‹ und ›ca va vous plaire‹, das wird Ihnen gefallen und ›tout à fait votre style‹, haargenau Ihr Stil, während ich mich frage, ob es außer Friseuren noch andere Berufe gibt, bei denen das schamlose Selbstlob zum Handwerk gehört.

Voilà!

Ich öffne die Augen. Mein Stuhl steht auf einem hellbraunen Teppich aus Haaren, die nicht mehr zu mir gehören. Sie waren mir ins Gesicht gefallen, hatten in der Sonne geglänzt, im Wind geflattert, waren mal ein Zopf und mal ein Pferdeschwanz und jetzt: Abfall. Müll auf den graublauen Terrakottafliesen des Salons Francine. Die Strähnen liegen mir zu Füßen wie Besiegte. Schlapp und traurig. Eine geschlagene Armee. Gleich wird Madame den Besen holen, die Reste zusammenkehren und in den Mülleimer kippen. Es gibt Abschiede von Freunden, von Eltern, einer Wohnung, einer Stadt – aber Abschied von Haaren? Lächerlich. Die wachsen doch nach. Trotzdem: Es sind meine Haare, und jetzt liegen sie tot auf kalten Fliesen. Während mein Blick über den Boden schweift, sich nicht lösen kann von den leblosen Haarbüscheln, springe ich kopfüber vom Beckenrand ins Wasser und tauche mit kräftigen Zügen auf den Schatten zu, der still auf blauen Kacheln liegt. Die Augen des Mädchens sind geöffnet. Es sieht friedlich aus. Entspannt. Es hat die Welt vergessen, den Streit mit dem Bruder: Schwimmen im Meer oder Schwimmen im Freibad? Es hat sich verirrt, ist verloren gegangen, sieht einverstanden aus mit der unheimlichen Ruhe, die es umgibt. Das Wasser, durch den Sprung bewegt, spielt mit den langen, weißblonden Haaren. Damals war die Zeit stehengeblieben. Es gab keine Sekunden mehr, keine Stunden, nur diese Ewigkeit zwischen mir und dem Mädchen. Und die Stille.

Gib deine Hand, du schön zart Gebild.

Der Abend damals. Er hatte so harmlos begonnen, so freundlich. Die Schularbeiten waren erledigt, ich hatte die Blumen der Nachbarin gegossen, die Fische gefüttert, dann war ich ans Meer gegangen in den schönen Sonnenuntergang. Ich wollte schwimmen, aber auch den Jungen treffen, in den ich mich verliebt hatte, den Jungen mit dem komischen Namen. K. wie Kolja. Ja, verdammt, so hieß er, der zu scheu war, sich dem Mädchen aus der Klasse über ihm zu nähern. Ich hatte ihm mein Kleid auf den Schoß gelegt und war ins Wasser gesprungen. Ich wusste, dass er zusah, als ich mit den schnellen, blauen Flossen durch die Bucht kraulte wie ein Delphin.

Meine Haare auf dem Boden des Salons und mittendrin: die Bank, die Bucht, die Sonne, die in den nächsten Minuten ins Meer gleiten wird und ihren roten Himmel übrig lässt. Nass und kalt habe ich mich so dicht neben den Jungen gesetzt, dass ich seine Wärme spürte. Er hat mir die salzigen Tropfen vom Schenkel gestreichelt und da wusste ich, dass das der Anfang einer Geschichte werden kann, in der es nicht viel zu reden gibt. Nur nebeneinandersitzen, miteinander gehen, nah beieinander im warmen Sand liegen und an nichts denken, nur fühlen. Und dann? Irgendwann muss mir das Kleiderbündel neben ihm aufgefallen sein und sein starrer Blick auf die Bucht. Malu! Wo ist Malu? Langsam, wie in Trance, hatte Kolja mich angesehen und den Kopf zum Schwimmbad gedreht. Dann bin ich losgerannt, über den Zaun mehr geflogen als geklettert, mit einem Kopfsprung ins Becken getaucht und auf den

Schatten zugeschwommen, der auf dem Grund des Bassins lag. Und dann?

Nichts. Kein Bild. Während ich langsam den Kopf hebe, weiß ich, dass ich die Fortsetzung, die eine dramatische Mischung aus Krankenwagen, Notärzten, Sanitätern, panischen Eltern, Fragen und Verhören gewesen sein muss, in meiner Erinnerung nicht finden werde. Da ist nichts mehr. Und wenn doch, dann unter einer Decke aus Beton, die ich nicht durch Entspannung sprenge, auch nicht durch Alkohol. Ich muss bewahren, was zu bewahren ist: die blauen Kacheln. Mein Gesicht ganz nah über dem Gesicht des Mädchens. Ihr leicht geöffneter Mund. Ihr Blick aus den offenen Augen, als hätte sie auf mich gewartet. Die schwingenden Haare wie weiße Algen. Die lange Sekunde der Stille und eine Ahnung davon, was Ewigkeit ist.

Gib deine Hand, du schön, zart Gebild/ Bin Freund und komme nicht zum Strafen/ Sei guten Muts/ Ich bin nicht wild, sollst sanft in meinen Armen schlafen.

Der Tod und das Mädchen. Seltsames Gedächtnis, das einen Friseur und abgeschnittene Haare braucht, um mir zwei Namen zu präsentieren – Kolja, Malu – und einen Dichter: Matthias Claudius.

Kopf hoch, sagt Madame Francine. Allez, un peu de courage! Nur Mut!

Hohe Wangenknochen, große Augen. Dieses aparte Gesicht gehört mir? Wirklich? Ein eleganter, französischer Satz will mir nicht einfallen, also sage ich: Super, Madame Francine, bezahle ein Vermögen für die Verwandlung, werfe einen letzten Blick auf die traurigen Fransen am Boden und betrachte verblüfft die Frau im Spiegel. In deren Gesicht ist keine schlechte Laune mehr, nichts Bitteres. Große, grüne Augen. Neugierig. Wach. Ich schiebe einen großen Schein in den Schlitz der Kaffeekasse. Merci, Madame. Gruß an die Katze. Lächelnd verabschiedet sich Madame mit einem letzten Eigenlob: C'est la bonne coupe! Die ideale Frisur!

Langsam gehe ich durch die Stadt zurück ans Meer. Vor den Schaufenstern bleibe ich stehen, um mich mit dem neuen Gesicht vertraut zu machen. Wie kann es so ruhig aussehen, so zufrieden und entspannt, wo sich doch in meinem Kopf die Bilder drehen wie ein Karussell. Der Junge auf der Bank. Kolja. Mein Sprung vom Beckenrand. Sauber, fast ohne Spritzer. Der Schatten auf dem Grund des Bassins. Habe ich damals ein totes Mädchen aus dem Wasser gezogen? Was ist mit Kolja? Wir waren Zeugen, man wird uns befragt haben. Seine Eltern, meine Eltern. Gab es Augenzeugen? Keine Erinnerungen. Alles weg. Ist Malu gerettet oder beerdigt worden?

Ich schließe die Ferienwohnung auf und setze mich vor den Computer. Kolja. Ohne Nachnamen kein Eintrag. Ich blättere im Telefonbuch. Andersen. Petersen. Carstensen. Lorenzen. Er hatte keinen norddeutschen Namen. Ich finde Müllers, Meiers, Schusters. Schmids. Ich finde einen Flotow, einen Feldmann, einen Pirelli, einen Papandreou, drei Tanners, ein Name, der vertraut klingt. Ich greife zum Hörer und lege ihn sofort wieder auf. Wie erkundigt man sich nach einem Jungen, dessen Schwester vor bald dreißig Jahren ertrunken ist? Guten Abend, könnte ich sagen, ich bin eine Schulfreundin von Kolja gewesen, kann es sein, dass es in Ihrer Familie einen Jungen mit diesem Namen gibt oder gegeben hat? Die Schwester hieß Malu.

Oder so: Entschuldigen Sie die Störung, ich suche einen Freund, der Kolja heißt und mit mir zur Schule gegangen ist.

Sollte ein Mann in meinem Alter ans Telefon kommen, was dann? Kolja, bist du's? Hier ist Ragna, an was erinnerst du dich?

Nach einem langen Blick in das neue Gesicht werde ich mutiger. Hallo, guten Abend, entschuldigen Sie die Störung … die Worte gehen mir leicht über die Lippen … ich habe den Nachnamen meines Schulfreundes vergessen, er hieß Kolja und hatte eine Schwester … Malu. Ach so. Schade. Hätte ja sein können. Danke.

Kein Tanner in dieser Stadt mit einem Kolja in der Familie, und vielleicht heißt er auch nicht Tanner, sondern Tönges? Vielleicht gibt es Freunde, ehemalige Mitschüler, Lehrer. Im Schularchiv müsste sich der Name finden lassen. Ich rechne. Wenn ich Rettungsschwimmerin war, muss ich sechzehn gewesen sein. Kolja fünfzehn. Und Malu? Acht oder neun. Ich beginne, mich in die Idee zu verrennen, den Jungen, der jetzt ein Mann sein muss, zu fragen: Ist sie gestorben? Habe ich sie gerettet? Seid ihr fortgezogen? Wohin und wann? Und wenn ich ihn nicht mehr an diesem Ort finde, dann an einem anderen Ort. Niemand kann verschwinden – oder gibt es Menschen, deren Spur sich einfach verliert?

Sollte er aber nach Jahren der Abwesenheit zurückgekommen sein in diese Gegend – dann wäre das nicht nur eine große Freude, sondern die allerbeste Geschichte in meinem Buch, der Beweis, dass auch eine Tragödie Menschen an den Ort ihrer Kindheit zurückholen kann. Ich setze mich in den Strandkorb und denke nach. Das Lokalblatt wird berichtet haben. Dort gibt es ein Archiv. Auf den Einkaufszettel, auf dem Kartoffeln, Butter, Brot und Eier stehen, schreibe ich: Zeitung. Schule. Ich notiere die Namen der Schüler, von denen ich annehme, dass sie die Stadt nie verlassen haben oder zurückgekehrt sind: Bärbel. Hilde. Wolfram. Und den Nachnamen des Jungen, dessen Vorname mir nicht einfällt, weil er nur ›der kleine Meinusch‹ hieß und auf dem Schulhof oft in Koljas Nähe war. Der Junge mit dem roten Bauerngesicht, dessen Hefte nach Kuhstall rochen, der den Spott des Lehrers ertrug wie ein geduldiges Schaf oder wie ein sehr kluges Kind.

Im Schlafzimmer bodenhohe Schränke. Kiefer, lackiert, weiß, glatt und kalt. Ehebetten wie ein Doppelsarg. Ich baue das Sofa im Wohnzimmer zu einer schmalen Schlafcouch um und öffne das Fenster. Das Wasser liegt schwarz und träge in der Bucht, der Wind streicht leise über den Sand. Zwei sanfte Begleiter durch die Nacht.

Koljas erstes Zeugnis in der neuen Schule bestand aus guten Noten und einem Schreiben an die Eltern. Der Vater hatte den Brief in der Küche geöffnet, die Mutter las ihn vor.

Sehr geehrte Familie Tönning.

Ein Schlag in den Magen wäre ihm lieber gewesen als auszuhalten, wie seine Mutter das Wort ›Familie‹ betonte.

Sie sei, schrieb die Klassenlehrerin, mit Koljas Leistungen mehr als zufrieden, dennoch gäbe ihr sein Verhalten zu denken. Sie nähme den Jungen als eine irritierende Mischung aus anwesend und abwesend wahr. Manchmal schien er mit seiner Aufmerksamkeit außerhalb des Unterrichts zu sein, darauf angesprochen, wäre er in der Lage, präzise den aktuellen Stand der Stunde wiederzugeben.

Seine Mutter las qualvoll langsam und mit großen Pausen. Die Mischung zwischen geistig anwesend und geistig abwesend, hieß es weiter, wiederhole sich auf merkwürdige Weise in den Pausen. Kolja verstand den kurzen Blick, mit dem sie ihn beim Lesen ansah. Du bist auffällig, sagte dieser Blick, du verrätst die Katastrophe unserer Familie an die Schule. Beim Weiterlesen ließ sich ihre Stimme erschöpft auf jedem Wort nieder:

Als Lehrerin, die den Schulhof beaufsichtigt, bemerke ich, dass Kolja zu keiner der Gruppierungen gehört, die sich in den Pausen zusammenfinden. Auch scheint er nicht viele Freunde zu haben. Dabei wirkt er nicht traurig oder einsam. Er bewegt sich zwischen den Schülern wie ein Spaziergänger im Wald, der sich für einzelne Bäume nicht interessiert.

Kolja hatte die Stimme seiner Mutter geliebt, damals, als sie noch am Klavier saß und sang. Es schien ihm, als sei diese Stimme nicht nur leiser geworden, sondern auch kleiner. Die Stimme hatte alles verloren: Die Wärme, den Witz, die Heiterkeit, mit der sie seinen Namen sang: Kolja mit zehn O's. Kolja mit zwanzig L's. Kolja mit einem nicht enden wollenden A. Von der ganzen Vielfalt des Ausdrucks gab es nur noch einen Ton, diese niederschmetternde Mischung aus Trauer, Vorwurf und Klage.

Sie begann mit der zweiten Seite des Briefes:

Liebe Familie Tönning,
machen Sie sich keine Sorgen. Ihr Sohn wird nicht gemieden, auch wenn er bei seinen Wanderungen über den Schulhof eine gewisse Unnahbarkeit ausstrahlt, die, so scheint mir, eine unkomplizierte Kontaktaufnahme erschwert. Kolja ist ein höflicher, hilfsbereiter Junge. Er liegt, wie Sie aus dem Zeugnis ersehen, in allen Fächern über dem Durchschnitt. Als seine Klassenlehrerin möchte ich gerne wissen, ob Ihren Sohn etwas bedrückt. Es besteht die Möglichkeit für Sie und auch für Kolja, mit unserem Schulpsychologen Kontakt aufzunehmen. Ich bin gerne bereit, ein Gespräch zu vermitteln. Mit freundlichen Grüßen! Maria Voss.

Es war still in der Küche. Die Hände seiner Mutter zitterten. Unerträglich langsam legte sie den Brief auf den Tisch. Stille. Schweigen. Er wusste, wie es weitergehen würde. Die Augen seiner Mutter würden feucht werden, sie würde ein Taschentuch suchen und sich die Nase putzen, als hätte sie Schnupfen. Nach den ersten Tränen würde sie die Küche verlassen. Kolja konzentrierte sich auf das Geräusch der Uhr. Tick Tack. Tick Tack. Tick Tack. Tick Tack. Von der Küchenuhr hatte er gelernt, dass die Zeit seine Freundin war. Mit jedem Tick Tack sagte sie ihm: Es geht vorbei. Es geht vorbei. Es geht vorbei. Tick Tack. Alles geht vorbei. Das Sitzen in der Küche. Die weinende Mutter. Der Tag. Das Jahr. Alles.

Was, wenn er jetzt aufstünde? Würde sein Vater ihn gehen lassen? Ihn aufhalten? Ein Gespräch über den Brief beginnen – hör zu, Kolja – oder die Küche verlassen und die Mutter suchen. Und dann? Bliebe er in der Küche. Für immer. Wie der Schrank, der Tisch, die

Küchenuhr. Ein Teil der Einrichtung. Als er anfing, vor Einsamkeit zu frieren, gab er sich einen Ruck und stand auf. Bevor er die Küche verließ, erhob sich sein Vater.

Komm mal her, mein Junge.

Sie standen sich gegenüber. Herr Tönning nahm seinen Sohn in den Arm und hielt ihn fest. Tick. Tack. Alles geht vorbei. Auch das Schöne. Den Brief ließen sie auf dem Küchentisch liegen.

Kolja ging nun regelmäßig über den Berg in die Klinik, um anzuschauen, was er angerichtet hatte, aber immer ein bisschen weniger mit dem Gefühl, eine Strafe anzutreten. Er freute sich auf Max. Gegen drei im Foyer. Man sieht sich.

Wer zuerst kam, setzte sich auf einen der Stühle, die das Aquarium umgaben. Eine stumme Welt unter Wasser, die beide Jungen faszinierte. Vier Meter lang. Fünftausend Liter Salzwasser. Hinter dem dicken Glas bizarre Korallenriffe, weiß, rosa, lila. Felsen und Höhlen, ein rostrotes Rohr gaukelte den Fischen ein Schiffswrack vor. Leichte Strömung bewegte die Algen, lange, grüne Fäden, zwischen denen bunte Zierfische schwammen. Pfeilschnell die einen, wie Gejagte oder Jagende, träge träumend die anderen, mit den Luftblasen spielend der durchsichtige Nachwuchs. Der Pförtner kannte sie alle. Den blau-braunen Sargasso-Drücker, den Picasso-Drücker, die ganze, große Familie der Drückerfische, von denen es zwölf Gattungen und dreiundvierzig Arten gab. Ohne die Scheibe zu berühren – nicht klopfen, Jungs, Fische können hören und Krach macht Angst – zeigte er auf den prächtigen Pfaffenhut-Seeigel, der gemächlich über den weißen Kiesgrund des Aquariums kroch, geschmückt oder getarnt mit Algen, ein schelmischer Bewohner der Unterwasserwelt. Der Pförtner stellte den Jungen den grellgelben Segelflossendoktor vor, dessen Bahnen nicht berechenbar waren. Der Fisch schoss Purzelbäume, schwamm rückwärts, schoss aufwärts, als wolle er das Becken verlassen. Zwischen den Korallen lag eine leicht geöffnete, enorm große Schale, die der Pförtner Mördermuschel nannte. Hier mordet sie niemanden, sagte er, aber in ihrer Heimat, den Ozeanen, hat sie den Ruf, sich an die Beine der Schwimmer zu klammern und sie unter Wasser zu ziehen. Er machte sie mit dem Traumkaiser und der Felsenschönheit bekannt. Und was ist das, fragte Kolja und zeigte auf ein verträumt durch das Wasser gleitendes Geschöpf, das wie eine Schleiertänzerin aussah. Der Antennen-Feuerfisch war nur auf den ersten Blick eine Schönheit. Bei genauem Hinsehen war der ganze Kopf ein einziges, böses Maul, mit dem er Krabben fraß. Seine zarten ›Schleier‹ waren giftige Stacheln.

Schaut, Jungs, er winkt.

Max glaubte nicht an winkende Feuerfische, ihn faszinierten die Augen der Tiere, die so starr und leer in die Ferne gerichtet waren wie die Augen vom Kläuschen. Der Pförtner kontrollierte die Temperatur des Wassers, achtete auf genügend Sauerstoff und ausreichend Nahrung, war schon so lange Empfangschef und Fischpfleger in der Klinik für Kinder mit Nerven- und Hirnschäden, dass er beim Betrachten des Aquariums nicht mehr daran dachte, wie vielen Kindern Wasser zum Verhängnis geworden war.

Maul auf, Maul zu. Verrückt, dass durch die Mäuler kein Wasser in den Körper drang. Sie sind in ihrem Element, sagte Max, die können nicht ersaufen. Das hatte er in der Schule gelernt. Jedes Lebewesen hat sein Element. Die Fische das Wasser, die Menschen die Luft, die Vögel den Himmel. Fische sind wie Vögel unter Wasser, sagte Kolja. Und Menschen wie Vögel auf der Erde, sagte Max. Es tat gut, gemeinsam in das leise blubbernde Becken zu starren, von dem eine ruhige Gleichgültigkeit ausging.

Wussten die Fische, dass nicht der Ozean sie umgab? Schau, das Licht im Bassin, sagte Kolja, wie Sonne im Meer. Und schau den an – er zeigte auf einen blauen Fisch, der mit seinen dicken Lippen an der Scheibe klebte – weiß der, dass die Welt hier zu Ende ist?

Hin und her, her und hin, kein Fisch ging verloren, alle schwammen immer wieder an ihnen vorbei. Sie ertranken nicht, das war beruhigend – aber sie konnten sterben. Einmal trieb eine schwarzgelbe Felsenschönheit reglos auf dem Wasser. Kolja rief den Pförtner. Der fischte das nasse Tier aus dem Bassin, legte es sich auf die flache Hand. Das kleine Maul war weit geöffnet wie zum letzten Atemzug. So klein und alles vorhanden, sagte der Pförtner. Herz, Nieren, Gehirn, Leber und Darm. Was für ein Wunder. Dann trug er die Felsenschönheit zur Herrentoilette.

Bei jedem Besuch lernten die Jungen mehr über den Zustand der Kinder, die in der Klinik behandelt wurden. Das Schlimmste, was passieren kann – die Ärztin tippte sich an den Kopf – ist ein Belüftungsschaden. Sauerstoffmangel macht das Gehirn kaputt, sagte Dr. Linn. Je länger der Mangel, desto schlimmer die Folgen. Sie nannte Malu ein ›Sommerkind‹, weil das Mädchen in warmem Wasser ertrunken war. Sommerkinder, erklärte sie, haben es schwerer, in die Welt zurückzufinden als Winterkinder. Kläuschen war ein Winterkind und vielleicht war der kurze Tod im Eis sein Glück, weil das Gehirn bei einem Kälteschock weniger Sauerstoff verbraucht als beim Ertrinken in warmem Wasser. Sie lobte Max für die Tüte mit den dicken Brummern aus dem Kuhstall und lächelte nach einem kurzen Blick in seinen Korb: Setz ihm ruhig die Kröte auf die Hand. Berührung ist der beste Weg zur Seele. Aber lass dir nicht einfallen, hier mit Kühen und Pferden anzurücken.

Die Ärztin beobachtete die Jungen unauffällig, aber genau. Sie sah, dass Kolja starr wurde, sobald er am Bett seiner Schwester stand und nahm ihn mit ins Nebenzimmer, zu Frau Brenner, die jeden Tag, von morgens bis abends, am Bett ihrer Tochter Tabea verbrachte. Alles, was er in diesem Zimmer erfuhr, gab er an Max weiter: Die Kleine ist vier Jahre alt. Sie hat Pippi-Langstrumpf-Zöpfe. Sie ist ein wildes Kind gewesen. Sie konnte nicht stillsitzen. Sie ist im Garten mit ihrem Terrier um die Wette gelaufen. Und als sich der Hund in den Teich stürzte, ist sie hinterhergesprungen.

Kolja merkte sich jeden Satz von Frau Brenner. Tabea hatte schon auf Skiern gestanden und Schlittschuhlaufen gelernt und schaukelte und wippte im Garten, kletterte auf Bäume, konnte Radfahren und im Sandkasten einen halben Meter weit springen – nur schwimmen hatte sie nicht lernen wollen, sie mochte kein Wasser.

Tabeas Mutter wartete nicht auf Koljas Fragen, nicht auf seinen Besuch. Sie flehte am Bett ihrer Tochter: Komm zurück, kleine Motte! Sie betete: Lieber Gott, nimm mein Leben für ihres! Sie fragte: Lieber, ferner Gott, warum hast du deine schützende Hand von diesem Kind genommen? Nicht Kolja, dem fremden Jungen, wollte Frau Brenner die Geschichte des Unglücks erzählen, sie wollte sie ihrer Tochter erklären. Das Mädchen, wo immer es sich jetzt aufhielt, sollte wissen, was mit ihm geschehen war. Tabi, mein Schatz, hörst du mich …

Alle Geschichten, die Kolja hier hörte, hatten den gleichen Anfang. Alles geschah an einem ganz normalen Tag, dem nicht anzusehen war, wie er enden würde. So war es bei Malu gewesen, so war es beim Kläuschen, auch bei den Brenners war es ein schöner Sonntag. Tabea spielte im Garten, die Eltern riefen zum Essen. Einmal, zweimal, wozu sich sorgen, das Mädchen kam immer erst nach dem dritten Mal. Es gab ihr Lieblingsessen: Zuckererbsen, Kartoffelbrei und Spiegeleier. Erst als die genervte Kinderstimme – ich komm ja schon – nach dem dritten Rufen ausblieb, liefen die Eltern in den Garten. Das Gesicht im Wasser, die Arme ausgebreitet wie ein Engel, der davonfliegen wollte, so lag ihr Kind im Teich. Das war der Augenblick, der das Leben in zwei Teile spaltete: Davor und Danach.

Der Augenblick zwischen Davor und Danach hat keine Zeit. Er ist kürzer als eine Sekunde und länger als die Ewigkeit.

Tabeas Vater war in den Teich gesprungen, hatte das Kind aus dem Wasser gezogen, an ihm gehorcht und geschrien, als sollte man ihn am Ende der Welt hören: Ihr Herz steht still! In diese Zeit ohne Zeit passte alles hinein: Der Notarzt. Der Hubschrauber. Die Intensivstation. Danach war der klatschnasse Mann trocken, als wäre er nie in den Teich gesprungen, als hätte man alles, was er anhatte, übers Feuer gehängt.

Jeden Satz, den Frau Brenner sagte, gab Kolja im Foyer an Max weiter, als wären die Fische im Aquarium eine Einladung, über die Welt der Erwachsenen nachzudenken.

Kolja verzweifelte an den Sätzen, die mit ›wenn‹ begannen. Wenn wir das Haus nicht gebaut hätten … wenn wir den Teich nicht angelegt hätten … wenn wir den Hund nicht gekauft … wenn wir ihr beigebracht hätten, beim ersten Rufen zu kommen … wenn, wenn, wenn. Wenn das Kind schwimmen gelernt hätte, wäre es nicht ertrunken.

Max war kein Grübler. Er sagte: Und wenn du nicht geboren wärest, könntest du nicht sterben.

War Ragna mit Malu ins Krankenhaus gefahren? Kolja wusste es nicht. Hatte sie gesehen, wie Maschinen versuchten, seine Schwester lebendig zu machen? Die Eltern hatten ihn nach Hause geschickt, zum Nachbarn, der ihm heiße Schokolade kochte mit viel Sahne und einer braunen Zuckerschicht. Den Satz des alten Mannes wird er nie vergessen: Trink, mein Junge. Zuckersaft schafft Nervenkraft.

Ragna war er nur noch zwei Mal begegnet. An dem Tag, als er die Schule verlassen musste, stand sie vor dem Tor und nahm ihn in die Arme, und wie lange sie so gestanden und stumm geweint hatten, wusste er nicht. Zwei Minuten, zwanzig Minuten, er hätte die nächsten zweihundert Jahre so stehen mögen, sein Gesicht an ihrem Gesicht und fühlen, wie sich seine Tränen mit ihren Tränen verbanden, und wie sicher er war, zwei Herzen in sich zu haben, die laut schlugen. Er hatte die Augen zusammengekniffen, wollte das Auto seiner Mutter nicht sehen, betete, dass sie an ihnen vorbeifahren möge. Sie gönnte ihnen keine Minute. Sie hupte. Und als die beiden nicht reagierten, ließ sie die Hand auf der Hupe, bis sich Ragna von Kolja löste. Was für ein gemeines Geräusch von seiner Mutter ausging. Es entfernte ihn schnell und endgültig von Ragna und ließ ihm keine Zeit, über den Umzug in eine Landschaft mit Hügeln und einer Klinik für Kinder zu sprechen, in die man Malu geflogen hatte.

An dem Tag, an dem die Tönnings mit einem Möbelwagen die Stadt verließen, stand Ragna mitten auf der Landstraße. Ihre langen Haare flatterten im Wind, legten sich so über ihr Gesicht, dass Kolja nicht sehen konnte, ob sie weinte oder lächelte. Wie ein Verkehrspolizist hatte sie die Arme ausgebreitet und sich nicht von der Stelle gerührt. Der Fahrer hielt den Wagen an und Kolja, eingeklemmt zwischen zwei kräftige Möbelpacker, schrie, fühlte sich wie ein Gefangener. Ausgeliefert wie nie zuvor in seinem Leben. Hinter ihnen der Wagen der Eltern. Er hörte das erbarmungslose Hupen, stellte sich die Hand seiner Mutter auf dem Lenkrad vor und ihr Gesicht, das mit jedem Tag starrer geworden war. Sie wollte diesen Ort verlassen, wollte dort ein neues Leben beginnen, wo Malu jetzt lebte. Der Möbelpacker am Steuer holte tief Luft, sagte: Nimm's wie ein Mann und ließ den schweren Wagen langsam auf das Mädchen zurollen. Flatternde Haare. Ausgebreitete Arme. Eine Autohupe zerstörte, was Kolja liebte.

Weil Kolja zu Hause nicht mehr zuhause war, suchte er sich ein neues Zuhause. Die Klinik. Das Foyer, der Platz vor den Fischen. Max. Die Kinder der Station 7B, ihre Mütter und Väter. Er kannte längst nicht alle Menschen, die es hierher verschlagen hatte und glaubte, all diese Katastrophen hätten mit Wasser zu tun, mit Flüssen, Bächen und Fischteichen. An einem Nachmittag kam Kolja an einem Zimmer vorbei, dessen Tür einen Spalt offen stand. Er sah ein leeres Bett, auf dem Nachttisch saß ein Teddybär. In einer grob zusammengezimmerten Kiste saß eine große Puppe mit wilden, roten Locken. Komische Puppenstube, dachte er und ging weiter zum Zimmer seiner Schwester. Er hatte die Türklinke schon in der Hand, als er stutzte. Die Augen der Puppe waren groß und blau gewesen, aber das war es nicht, was ihn jetzt irritierte, es gab viele Puppen mit blauen Augen – diese Augen hatten sich bewegt. Sie hatten ihn angesehen. Er ging zurück. Vielleicht gibt es in einer Klinik, in der Kinder in die Welt starren, als wären sie Puppen, auch Puppen, die wie Kinder gucken? Wo man Tote lebendig machen kann, ist alles möglich. Vorsichtig spähte er durch den Türspalt. Es war keine Täuschung, die Puppe hatte lebendige Augen. Sie sah ihn an. Als er die Ärztin im Zimmer bemerkte, wollte er sich schnell zurückziehen. Sie lachte.

Hallo, Kolja. Komm rein.

Das ist Simon, sagte Frau Dr. Linn, ein süßer Kerl, er bekommt selten Besuch. Der Junge, der aussah, als wäre er fast noch ein Baby, aber schon drei Jahre alt war, wurde jeden Tag für eine Stunde aus dem Bett genommen und in die kleine Holzkiste gesetzt, die in der Mitte des Zimmers stand, an einer Stelle, von der aus er in den Garten und auf den Flur sehen konnte. Niemand wusste genau, was der Junge sah, wenn er denn etwas sah, was er hörte, wenn er denn hören konnte, was er empfand, woran er sich erinnerte, wenn er sich überhaupt erinnern konnte. Dass er manchmal den Kopf vom Fenster zum Flur drehte, war – vielleicht – ein Zeichen, dass er sah oder hörte oder auf irgendetwas reagierte. Nein, sagte Frau Dr. Linn, er ist nicht ertrunken, er ist vom Wickeltisch gefallen, während seine Mutter dem Postboten die Tür aufmachte. Wir nennen ihn Kai in der Kiste, er ist ein lieber Kerl. Magst du ihm Gesellschaft leisten? Kolja nickte, ging einen Schritt auf den Jungen zu und blieb stehen. Was ist Gesellschaft leisten? Jemanden zum Lachen bringen, ihm eine Freude machen, mit ihm spielen, ihn ablenken, die Zeit vertreiben?

Max machte Fliegenmusik. Max setzte dem Cousin einen Frosch auf die Bettdecke, der nicht quaken wollte. Max atmete in die Mundharmonika, bis eine Melodie entstand. Max sang. Sein Weg zu dem kleinen Verwandten waren Töne. Max hatte Ideen. Er stellte einen Vogelkäfig ins Zimmer, und setzte ein paar Tage später einen – von der Ärztin genehmigten – Zebrafinken hinein, einen prachtvoll-bunten Vogel mit rotem Schnabel, der in hohen Tönen brabbelte wie ein Baby, das sprechen lernen will. Kolja konnte keine Musik machen wie Max, weder mit Fliegen noch mit der Mundharmonika. Malu hatte sich mit ihren Puppen unterhalten – Kolja hatte mit keinem seiner Teddys gesprochen, nur mit dem Hund war es ihm leichtgefallen. Bei dem Versuch, seiner Schwester Geschichten aus dem gemeinsamen Leben zu erzählen, stockte er nach den ersten Sätzen. Seine Stimme war ihm so fremd wie das Mädchen im Bett.

Vielleicht war es Zufall, vielleicht Intuition, vielleicht ahnte die Ärztin, warum Kolja sprachlos am Fußende des Bettes seiner Schwester stand, das Kläuschen streicheln konnte, sich aber von Malu nach einer Viertelstunde mit dem Satz, den er von Max gelernt hatte, schroff verabschiedete: Man sieht sich. Sie schlief wie Dornröschen und er war nicht der Prinz, der sie wecken konnte, obwohl, das glaubte er sicher zu wissen, seine Mutter dieses Wunder von ihm erwartete. Schließlich hatte er Malu in diesen Schlaf geschickt.

Für Kolja wurde Kai der kleine Bruder, an dessen Zustand er nicht schuld war. Pflichtbewusst und stumm stand er an Malus Bett, niemand sollte seinen Eltern erzählen, er schwänze den Besuch, er weiche dem aus, was er angerichtet hatte. Aber seine Liebe wurde Kai, der Junge in der Kiste, das Kind mit der weißen Haut, den roten Locken und den großen, blauen Augen. Aus Bemerkungen, die er auf den Fluren aufschnappte und im Foyer der Klinik, setzte er sich eine Mutter zusammen, die nicht glauben wollte, dass eine Minute der Unachtsamkeit, ein Sturz aus nicht einmal einem Meter Höhe, zu einer so schweren Kopfverletzung habe führen können. Für sie waren die Ärzte schuld. Die hatten aus dem süßen Baby ein schwachsinniges Kind gemacht, das sie nicht ertrug. Gesellschaft leisten, lernte Kolja, geht auch ohne Fliegen und Frösche. Die Zeit vertreiben hieß Einsamkeit in Zweisamkeit verwandeln.

Im Zimmer von Kai ging alles, was im Zimmer von Malu unmöglich war. Umarmen, streicheln, reden. Fragen.

Warum sitzt Kai in der Kiste?

Damit er keine Angst bekommt.

Wovor Angst?

Dass er verloren geht. Einmal am Tag muss er sich spüren. Muss mit den Armen und Beinen an Grenzen stoßen, sonst hat er das Gefühl, ohne Halt zwischen Himmel und Erde zu schweben wie ein Astronaut.

Endlich wagte Kolja nach dem Begriff zu fragen, der ihn seit dem ersten Besuch in der Klinik verfolgte. Er hörte ihn auf den Fluren, in den Zimmern, im Foyer: Apallisches Syndrom.

Das ist Griechisch, sagte Frau Dr. Linn. A pallium. Ohne Mantel.

Wie freundlich das klang. Als wären alle Kinder, die hier lagen, nur zu leicht bekleidet gewesen für den kalten Wind, der sie umgepustet hatte.

Komm mal mit, kleiner Herr Doktor.

In ihrem Zimmer zeigte ihm die Ärztin, wie es unter einer Schädeldecke aussieht. Mit dem Zipfel ihres Kittels wischte sie das angestaubte Großhirn ab, das sich wie ein Mantel über das Klein- und Mittelhirn stülpte. Ein Gebilde, das wie eine große Walnuss aussah. Hundert Milliarden Nervenzellen in so einem Schädel, sagte Dr. Linn, und wenn du versuchst, die Arbeit des Gehirns zu begreifen, dann faltest du die Hände wie sonst nur beim Beten. Hundert Billionen Synapsen, das sind neuronale Verknüpfungen, ein gewaltiger Dschungel an Nerven, die miteinander sprechen. Das Gehirn ist der gigantischste und geheimnisvollste Betrieb, der je erfunden wurde. Und der empfindlichste. Wenn Teile durch einen Schlag oder Schlaganfall, durch eine Blutung oder Sauerstoffmangel zerstört werden, dann kann es im Gehirn, wie bei einem Betriebsunfall, zu Ausfällen und Störungen kommen.

Für immer?

Vielleicht nur für ein paar Wochen, ein paar Monate, ein paar Jahre. Vielleicht für immer.

›Vielleicht‹ war das Wort, das er hier am häufigsten hörte. Kai hat den Kopf gedreht, ist das ein gutes Zeichen? Vielleicht. Tabea schreit in der Nacht, ist das ein schlechtes Zeichen? Vielleicht. Das Kläuschen reagiert auf Musik, ist das ein gutes Zeichen? Vielleicht. Malu macht die Augen nicht auf, ist das ein schlechtes Zeichen? Vielleicht, vielleicht auch nicht. Jedes Kind in dieser Klinik ist ein Abenteuer, sagte die Ärztin.

Kolja strich ehrfürchtig über die dicken Walnusswülste des Gehirns. Viele Kinder, sagte Frau Dr. Linn, wissen nach ihrem Unfall nicht mehr, wer sie sind. Und wer nicht weiß, wer er ist und wo er ist, ist verloren. Verstehst du das, kleiner Herr Doktor?

Kolja fragte. Kolja lernte. Seine Sehnsucht war nicht der Sportplatz hinter der Schule, nicht das Schwimmbad im Park, das Ziel seiner Freizeit wurde die Klinik und alles, was dort geschah. Alles war möglich, alles konnte helfen. Frau Brenner redete sich ihren Kummer, ihre Schuld, ihre Liebe von der Seele und hoffte, dass irgendetwas davon den Weg zu ihrer Tochter fand. Ein Tonfall vielleicht, ein Wort, ein Geruch. Ein Schal mit vertrautem Parfüm.

Schau, kleine Motte, ich mache jeden Tag ein Bild von dir, damit mir nichts entgeht.

In der Klinik geschahen kleine und große Wunder. Eines Tages runzelte Tabea die Stirn. Zwei Wochen später reagierte sie mit Tränen auf ihren Hund, als der vor Freude bellte. Das Album von Frau Brenner würde die Geschichte einer wunderbaren Heilung erzählen. Vielleicht. Frau Brenner las mit Hilfe der Bilder den Körper ihrer Tochter wie die Kapitel eines Buches mit Happy End. Eines Tages legte das Mädchen den Kopf auf die Seite, senkte den Blick und schien bis auf den Grund des Teiches zu schauen, in dem ihr Vater sie gefunden hatte. Kolja hörte zu, wenn Frau Brenner mit ihrer stummen Tochter sprach. Wo bist du, mein Kind? Ich glaube, du bist auf einer Wiese. Weit weg von Mama und Papa, weit weg von der Welt, in der das Unglück geschehen ist. Dort sitzt du unter einer Glocke aus dickem Glas, kleine Motte, und traust dich nicht raus, so ist es doch, oder? Dort willst du bleiben, solange du Angst hast, dass die Krämpfe wiederkommen, die dir im Koma die Arme und Beine verdreht haben. So ist es doch, oder?

Sie wird die Glocke verlassen, wenn sie Vertrauen zur Welt hat, sagte Frau Brenner zu ihrem Mann, zu Kolja, den Ärzten und Therapeuten – vor allem aber zu sich selbst. Du wirst die Glocke verlassen, mein Kind, das weiß ich genau. Das letzte große Wunder der Station 7 B war der Junge, der nach einem halben Jahr anfing, auf die Logopädin zu reagieren. Er sprach ihr nach: Papa. Papa. Papa. Mama. Mama. Mama. Inzwischen schaffte er fünfzehn Papas und zwanzig Mamas und alle auf der Station waren begeistert.

An einem warmen Herbsttag begegnete Kolja im Klinikpark einer Frau mit langen, weißen Haaren. Mit Schwung schob sie einen Rollstuhl über den Kiesweg, in dem ein großes Mädchen saß. Ein dicker Zopf lag auf der Schulter des Mädchens, die Augen waren geschlossen. Der Rollstuhl rumpelte über den Weg; die Frau, die ihn schob, schien absichtlich Unebenheiten wie kleine Äste oder Steinchen anzusteuern. Der Körper des Mädchens wurde gerüttelt und geschüttelt, aber das Gesicht war friedlich, es schien die Fahrt zu mögen. Kolja grüßte, die Frau fuhr lächelnd an ihm vorbei. Er sah ihr nach, bis sie in der Klinik verschwand. Das Mädchen im Rollstuhl war fast so groß wie er und mochte so alt sein wie die Mädchen auf dem Schulhof, die ein oder zwei Klassen unter ihm waren. Älter als Malu und jünger als er.

Von Max erfuhr er, dass das Mädchen Lara hieß, dreizehn Jahre alt war und seit elf Jahren ohne Bewusstsein. Sie lebte in einem Pflegeheim und war in der Klinik, damit herausgefunden werden konnte, warum ihr Körper von epileptischen Anfällen geschüttelt wurde. Ihre Mutter ist eine gute Fee, sagte Max.

Eine Woche später saß die weißhaarige Frau mit ihrer Tochter im Schatten der wuchtigen Kastanie. Sie lud ihn ein, sich zu ihr auf die Bank zu setzen. Zu Lara sagte sie: Das ist Kolja. Seine Schwester liegt zwei Zimmer neben dir, und zu Kolja: Das ist meine Lara. Sie weiß seit elf Jahren nicht mehr, was es bedeutet, auf der Welt zu sein.

Für Frau Höfer war der Junge, der neben ihr saß, kein Fremder. Auch kein Kind. Einfach ein Mensch wie alle, die sich hier bewegten, ob fünfzehn oder fünfzig. Alle verband das Ungeheuerlichste, was es gibt: Sie haben mit dem Tod gekämpft und gewonnen. Sie haben einen Sieg errungen, der niemanden wirklich glücklich macht. Frau Höfer wusste, dass fremdes Leid das eigene nicht leichter macht, aber auch nicht schwerer. Der Junge neben ihr schien die Geschichten, die hier erzählt wurden, für sein Leben zu brauchen und deshalb schenkte sie ihm eine Geschichte, die ihm gefallen würde. In Laras Pflegeheim, sagte sie, steht auch eine große Kastanie. Im Frühjahr zeige ich Lara die Blätter, die fünf Finger haben und wie große, grüne Hände aussehen. Im Frühsommer lege ich ihr die weißen Blüten in den Rollstuhl, so dass sie zwischen Wolken liegt; und im Herbst hören wir beide zu, wie die stacheligen Früchte vom Baum plumpsen, wie ihre Kapseln aufspringen und dann kann ich Lara die glänzenden, kühlen Kastanien in die Hände legen. Ich bewahre von jedem Jahr die schönste Frucht auf, tauche sie in farblosen Nagellack und konserviere ihren Glanz. Frau Höfer legte den

Arm um Kolja. Wir alle hier brauchen Geduld, mein Junge. Elf Mal Frühling, elf Mal Sommer und in jedem Herbst gibt es neue Kastanien. Die Verwandlungen des großen Baumes gliedern unser Leben. Kannst du das verstehen?

Kolja nickte. Dachte nach. Schüttelte den Kopf. Wenn so freundlichen Menschen wie Frau Höfer ein so großes Unglück geschehen konnte, dann … Was dann? Er wusste nicht, was das für ihn bedeutete, er wusste nur, dass er sich alles, was sie sagte, merken musste. Die ganze Geschichte, von Anfang an.

Lara war in den ersten zwei Jahren ihres Lebens ein glückliches, zufriedenes Mädchen, das durch die schmale Nase ein wenig Mühe beim Atmen hatte. Ein klitzekleiner Routineeingriff, hatte der Arzt gesagt und ruck, zuck haben Sie Ihre Tochter zurück. Aber dann ging, nach einer langen Wartezeit, die Tür zum OP auf und ein leeres Bett wurde über den Flur geschoben, und Frau Höfer wurde beinahe verrückt vor Angst. Ärzte kamen und die Worte und Sätze, die sie begriff, zwangen sie in die Knie: Anästhesiefehler. Koma. Reanimation. Kreislaufstabilisation. Später erklärte man ihr, Sauerstoffmangel sei ein Entlüftungsschaden, sie möge sich das Gehirn ihrer Tochter wie einen Schweizer Käse vorstellen und dafür sei die Intensivmedizin nicht mehr zuständig. Arbeitsteilung: Wir haben deine Tochter zurückgeholt, den Rest machst du. So entließ man sie in ein Leben, das sie nicht wagte, Zukunft zu nennen, für das es keine Pläne gab, nur einen Wunsch: Das Kind möge von dort, wo es war, zurückkommen. Das war vor elf Jahren und nun war Lara in der Pubertät.

Frau Höfer erklärte Kolja, warum sie ihre Tochter über Feldwege mit Baumwurzeln und knirschendem Kies schob. Wer steif ist, sagte sie, wer sich selbst nicht berühren kann, wer nur im Bett liegt, verliert das Gefühl für seinen Körper – kannst du dir einen Körper vorstellen, der nicht mehr weiß, wo er ist und zu wem er gehört? So ein Körper geht verloren.

Gell, Lara, rütteln ist schön!

Frau Höfer sah ihre Tochter mit so viel Liebe an, dass Kolja sich einen Augenblick lang wünschte, er könnte mit dem Mädchen tauschen. Gell, Lara, sagte Frau Höfer, beim Rütteln und Schütteln merkst du, dass du ein großes, schlankes Mädchen bist mit langen Beinen, langen Armen und schönen Händen.

Kolja wusste nicht, wie sich seine Eltern im Zimmer der Schwester verhielten. Er hatte seine Besuchszeiten, sie ihre. Standen sie zu zweit am Bett? Wer sprach mit Malu? Wer streichelte sie? Kolja stellte sich seine Mutter weinend vor. Leise, das Wimmern unterdrückend. Oder versteinert. Seinen Vater sah er am Fenster stehen und in den Garten schauen. Oder stand die Mutter am Fenster und der Vater am Bett seiner Prinzessin? Vielleicht sprachen beide nicht mit ihr, auch zuhause wurde immer weniger gesprochen. Wer könnte ihm erzählen, wie sich seine Eltern benahmen? Die Ärztin? Tabeas oder Laras Mutter? Er würde nicht fragen. Außer Max sollte niemand wissen, wie still es bei ihnen zuhause geworden war. Wie laut das Ticken der Uhr. Wie schwer das Schweigen auf den Stühlen saß, in den Ecken stand, wie es sich auf dem Küchentisch über die Teller stülpte, sogar den Fernsehapparat umgab. Das dumpfe Schweigen der Eltern breitete sich aus wie der süße Brei im Grimm'schen Märchen, den nur ein Zauberwort stoppen kann: Töpfchen, steh! Ohne Zauberwort quillt der Brei über den Rand des Topfes, wälzt sich über den Küchenboden, füllt nach und nach die Küche aus, das Haus, drückt Türen und Fenster auf, schiebt sich durch die Straßen, als wolle er die ganze Welt ersticken. Wie oft hatte ihm seine Mutter dieses Märchen vorgelesen und dazu dem Klavier Töne entlockt, die den Weg des Breis begleiteten. Tiefe Töne, die sich langsam durch das Zimmer schleppten. Sie hatten ihn vor sich gesehen, den süßen Matsch, wie er in die Gärten der Nachbarn vordringt, die Menschen vertreibt oder sie, wenn sie zu langsam sind, in sich einschließt wie Rosinen im Kuchen. Nur ein Mädchen kennt das Zauberwort, das den Spuk beendet: Töpfchen, steh!

Gab es irgendwo auf der Welt ein Kind mit einem Zauberwort gegen das Schweigen in seinem Elternhaus?

Wenn die Schularbeiten erledigt waren, wenn ihn die Stille

erdrückte oder ihm der immer häufigere, flüsternd ausgetragene Streit seiner Eltern mehr Angst machte als würden sie schreien, floh er in das Tal mit den weißen Quadern aus Glas und Beton. Das Foyer war der Dorfplatz der Klinik. Auf den Stühlen und Bänken saßen Mütter und Väter, vor sich ihre Kinder im Rollstuhl. Sie verglichen deren Gesichter, forschten nach einer Regung, einer Bewegung, warteten auf einen Blick, einen Laut, eine Veränderung in der Mimik und sei sie noch so winzig. Sie blätterten in Illustrierten und legten sie gelangweilt beiseite. Karrieren, Autos, Villen, Traumreisen, Glanz und Protz – alles Tand. Unwichtig. Überflüssig. Hier saßen Trauernde, die sich mit Kaffee und Zigaretten wach hielten, ihre Seelen mit Eiscreme und Schokolade fütterten. Kolja hörte die Stimme einer Frau: Gestern ist mein Mann gegangen, er hat das alles nicht mehr ausgehalten. Der Satz machte ihm Angst.

Fünftausend Liter Wasser, bizarre Korallenriffe, Tang. Sobald sie vor dem Aquarium saßen, überprüften die Jungen, ob noch alle Fische lebten. Max liebte den grellgelben Segelflossendoktor, dessen Augen ein golden schimmernder Ring umgab. Ein Fisch, hatte der Pförtner gesagt, dem man seine Launen ansieht. Ist alles friedlich, sind die Augen hell, in aggressiver Stimmung färben sie sich dunkel. Schaut, Jungs: Seine aufwärts geschwungenen Kiemen lassen ihn wie einen dauergrinsenden Zirkusclown aussehen. Er ist ein Artist. Er kann vorwärts schießen wie ein Sprinter, stoppen und im selben Tempo rückwärts schwimmen, um sich dann gemütlich auf der Seite liegend treiben zu lassen.

Ab und an stieß der Segelflossendoktor seinen kleinen Rüssel in den Kies, wirbelte Sand auf und katapultierte sich an die Wasseroberfläche, als wolle er außerhalb des Beckens fliegen lernen. Wenn Max das Foyer betrat, galt sein erster Blick dem lustigen Segelflossendoktor.

Und wer ist dein Favorit, fragte er Kolja.

Ich mag alle.

Du lügst. Ich weiß, wen du mit den Blicken verfolgst.

Wen denn? Sag es.

Max zeigte auf einen bunten Zierfisch, der durchs Wasser schwebte wie eine Wolke.

Weißt du, wie der heißt?

Pterois antennata.

Wusst ich's doch! Du hast dir den Namen gemerkt, also magst du ihn.

Ja. Er hat Federn. Er sieht aus wie eine Prinzessin, die mit langen, offenen Haaren durch das Wasser gleitet. Er ist der Schönste. Findest du nicht?

Nee! Deine Prinzessin ist hässlich. Sie hat böse Augen und ein beleidigtes Maul. Max lachte, tippte mit dem Zeigefinger gegen den Mützenschirm: Man sieht sich!

Kolja blieb im Foyer sitzen, wusste, dass sich Max im Zimmer seines Cousins auch mit Malu beschäftigen würde, war mit den Augen in der Unterwasserwelt, mit den Gedanken beim Schweigen im Haus seiner Eltern, hörte um sich herum die Namen, um die sich hier alles drehte, den Refrain des immer gleichen Liedes: Dr. Linn. Dr. Andersen. Professor König. Schwester Dora. Schwester Lilo. Schwester Anne. Pfleger Alois. Die Namen der Kinder: Knut und Thomas. Olli, Alex und Daniel. Pia, Sophie, Regina, Sandra, Heidi, Tabea. Kolja wusste genau, warum er den Namen seiner Schwester nicht hörte. Seine Eltern suchten auf diesem Marktplatz keinen Trost. Über Simon wurde geredet, weil er der ›Kai in der Kiste‹ war. Hin und wieder fiel auch der Name Kolja. Niemand hatte ihn mit seinen Eltern gesehen. Gute Gründe, über dieses Kind nachzudenken. Alle kannten Max. Das war der Junge, der, wenn man es ihm erlaubt hätte, den häuslichen Bauernhof ins Zimmer seines Cousins verpflanzt hätte. Über Max konnte man wenigstens lachen. Aber das Wort, das hier am häufigsten geflüstert, geflucht, gebetet wurde, war kein Name, sondern eine Eigenschaft, die nur mühsam zu lernen war: Geduld. Geduld, sagten die Ärzte und Schwestern. Ob gläubig oder nicht, jeder Vater und jede Mutter hatte schon einmal die Hände gefaltet: Lieber Gott, schenk mir Geduld.

Kolja schloss Freundschaft mit komplizierten Wörtern. Apallisches Syndrom. Reanimation. Koma. Wachkoma. Meningitis. Enzephalitis. Epilepsie. Basale Stimulation. Schädelhirntrauma. Aphasie. CT und MRT. Während er den Fischen zusah, versuchte er, sich die Fragen der Erwachsenen zu merken, die ihn befremdeten und irritierten. Darf man Reanimation ablehnen? Ist es nicht besser, ganz tot zu sein als nur ein bisschen tot? Will ein Kind so leben? Man kann es nicht fragen. Eine der Mütter, eine bleiche, kugelrunde Frau, schien in dem Strudel ihrer Fragen zu ertrinken. Sie fragte alle um sich herum und niemanden direkt, ob es richtig gewesen war, die Ärzte nach dem Unfall anzuflehen: Macht mein Kind lebendig! Holt es zurück! Gibt es eine einzige Mutter auf der Welt, die gesagt hätte: Tot ist tot, Gott hat es gewollt.

Alle schwiegen. Nur Frau Brenner sagte ungehalten: Es war nicht der liebe Gott, der mein Kind in den Teich gelockt hat, es war der Hund. Eine Frau, die Kolja nicht kannte, sagte: Ein Kind im Rollstuhl könnte ich ertragen – aber ein Kind, das sein Wesen verloren hat …

Frau Brenner verteilte einen Bericht, den sie in der Zeitung gefunden hatte: In Amerika probierte man es mit Delphin-Therapie. Kolja legte seinen Eltern eine Kopie auf den Küchentisch. Ob die sich auch mit solchen Fragen plagten?

Häufig sah es nur so aus, als sei Kolja in das Treiben der Fische vertieft, tatsächlich beschäftigte er sich mit den Gesichtern der Väter und Mütter auf der anderen Seite des Bassins. Das strömende Wasser verzerrte ihre Züge, verformte Münder und Augen. Fische glitten durch Menschengesichter und ein Kopf saß auf dem Korallenriff. Kolja träumte nicht vor dem Bassin, hellwach hörte er den Gesprächen zu, suchte zwischen all den Sätzen, Fragen, Überlegungen den einen Gedanken, an den er sich anlehnen könnte. Er kannte Kinder, die im Rollstuhl saßen, Kinder mit steifen Gliedern, die wie Malu und Kläuschen im Bett lagen, Kinder, die mit großen Augen ins Leere starrten – aber woran erkennt man ein Kind, das sein Wesen verloren hat? Für Max war die Frage Hirnpapperlapapp. Er hatte seine Großmutter verloren, seine Katze war überfahren worden, seine Mutter hatte bei ihrem Auszug den Bruder, den Wellensittich und das Auto mitgenommen. Wenn man so viel verlieren kann, sagte Max, warum nicht auch sein Wesen? Für ihn war die Frage beantwortet, während Kolja immer mehr Fragen hatte. Ein Wesen zu verlieren, das man liebt – die Mutter, den Bruder, die Katze – war etwas anderes, als wenn man ›sein‹ Wesen verliert. Das Wesen, von dem die Frau im Foyer gesprochen hatte, musste sich im Inneren eines Menschen befinden und also unsichtbar sein. Hatten alle Menschen ein Wesen und ab welchem Alter? Hatte Kai ein Wesen oder war er zu klein oder zu verrückt? Max hatte Laras Mutter eine gute Fee genannt. Vielleicht gehörte sie zu den Erwachsenen, die man fragen konnte.

Frau Höfer musste nicht nachdenken. Sie sagte: Als Lara zwei Jahre alt war, war ihr Wesen, also alles, was sie ausmachte, freundlich und gemütlich. Sie war ein zufriedenes Kind. Sie aß gern, sie spielte gern, fing an, Musik zu mögen, sie war ein glückliches Wesen. Jetzt ist sie so weit von mir entfernt, dass ich nicht weiß, was für ein Wesen sie dort ist, wo sie jetzt ist.

Und Max?

Max ist ein Witzbold. Sein Wesen wird ihn schützen, wenn das Leben an ihm rüttelt.

Und Kai in der Kiste?

Find es heraus.

Und ich?

Frau Höfer lächelte. Du scheinst mir ein starkes Wesen zu sein, noch dazu ein kleiner Grübler.

Sie fuhr ihm durch die Haare. Bleib, wie du bist, du wirst dein Wesen noch brauchen.

Und Sie sind eine gute Fee, hat Max gesagt.

Ob morgens, um die Mittagszeit oder am Nachmittag – wenn sich der Rettungshubschrauber knatternd der Klinik näherte, wurden die Gespräche im Foyer leiser bis schließlich alle schwiegen und angespannt, nur mit der eigenen Erinnerung beschäftigt, die immer lauter werdenden Propeller verfolgten bis zur Landung auf dem Dach des Haupthauses. Auch wenn der Motor abgestellt worden war, sich die Propeller nicht mehr drehten, dauerte das Schweigen an. Alle im Foyer wussten, was folgte, sie hatten auch die Geräusche nicht vergessen. Die Zurufe, die schnellen Befehle. Den Laufschritt der Schwestern, die Eile, mit der ein Geschöpf in den OP gerollt wird. Die ruhigen Anweisungen der Ärzte. Die Tür, die sich hinter den Rettern schließt und die Menschen aussperrt, die zu dem Kind gehören. Die Väter und Mütter im Foyer der Klink konnten nicht anders, als sich im Operationssaal immer wieder ihr eigenes Kind vorzustellen. Sie sahen es vor sich. Die Verbindung von Mensch und Maschine, den Kampf um ein Leben.

Für Kolja war der schönste Moment nach der Landung des Hubschraubers das Ende des Schweigens. Nie war es ein gleichzeitig einsetzendes Murmeln, immer wurde die beklemmende Stille durch eine einzelne Stimme beendet oder ein Geräusch, das half, sich aus den Erinnerungen zu lösen. Das konnte das Klingeln des Telefons in der Pförtnerloge sein, ein Lieferant, der, aus einer anderen Welt kommend, unbeschwert grüßend das Foyer betrat – es brauchte einen Initiator, einen Dirigenten, der den Taktstock hob, um die Menschen im Foyer aus ihren Erinnerungen zurückzuholen in die Gegenwart.

Gelangweilt glitt der gefiederte Feuerfisch an der Scheibe des Aquariums entlang. Der Doktorfisch schlug Purzelbäume. Es war Tabeas Vater, der in die Stille hinein begann, leise mit seiner Tochter zu sprechen.

Hallo kleine Motte. Ich bin's, dein Papa.

Kolja versuchte, jedes Wort zu verstehen.

Hörst du mich? Es tut mir leid, weißt du, es tut mir so furchtbar leid. Warum hab ich nicht aufgepasst? Warum habe ich nicht gerufen: Motte, das Essen ist fertig, komm rein. Weißt du, hier gibt es einen Vater, der ist weggegangen von der Familie, weil sein Kind nicht zurückkommen will. Ich bleib bei dir, Motte, ich schwör's dir, egal, wie lange du schlafen willst.

Kolja erkannte die Stimme von Frau Brenner. Worüber wir gezankt haben, uns aufgeregt haben – warum weiß man nicht vorher, worauf es wirklich ankommt im Leben?

Nach einer Weile sprach wieder Herr Brenner. Die sanfte Männerstimme erinnerte ihn an die Stimme seines Vaters und er wünschte sich, dass der zu Malu auch so sprach. Kolja stand auf und suchte sich unauffällig einen Stuhl hinter dem Ehepaar. Er wollte kein Wort versäumen. Je weniger bei ihm zuhause gesprochen wurde, desto versessener sammelte er Sätze und Wörter, die ihm das Leben erklärten. Er wollte jedes Wort verstehen, das Herr Brenner zu seiner Tochter sagte.

Du knirschst mit den Zähnen, kleine Motte – hast du Angst? Hast du Schmerzen? Liegst du nicht gut? Schau Motte, draußen regnet es, macht dich das traurig? Sonne wäre besser, nicht wahr? Ach, Motte, wenn ich könnte, würde ich auf der Stelle mit dir tauschen – glaubst du das? Wollen wir es versuchen? Du stehst jetzt auf und lachst. Du setzt dich auf meinen Stuhl und ich lege mich in den Rollstuhl. Du sagst: Hallo Papa, liegst du gut? Du sagst: Mach die Augen auf, Papa, nur einmal und ganz kurz. Du sagst: Schau, Papa, draußen regnet es, macht dich das traurig? Und dann weiß ich, dass du mich lieb hast, egal, wie lange ich schlafe. Was meinst du, Motte, wollen wir tauschen?

Zwischen den Rücken der Brenners sah Kolja in Tabeas Gesicht. Ihre Augen waren geschlossen, ihr Kopf zur Seite geneigt. Sie war ruhig, hatte aufgehört, mit den Zähnen zu knirschen. Erkannte sie die Stimme ihres Vaters? Vielleicht. Verstand sie ihn? Vielleicht. Vielleicht auch nicht. Ihre Hände waren zu Fäusten geballt wie die Hände vom Kläuschen. Ich werde in die Hände von Kisten-Kai Kastanien legen, dachte Kolja, kühle, glatte Kastanien. Bevor er aufstand, hörte er Frau Brenner sagen: Wenn du mit ihr tauschen könntest, Robert, würdest du das wirklich tun? Herr Brenner sagte: Sofort. Ich schwör es dir, Sieglinde, sofort.

Eigenartig. Jetzt kannte er die Vornamen von zwei Erwachsenen: Robert und Sieglinde. Als wären sie mit ihm verwandt wie ein Onkel und eine Tante. In all den Gesprächen, die er aufschnappte, gab es immer wieder einen Satz, den er aufhob, um später über ihn nachzudenken. An einem Sonntagnachmittag schob Robert seine Tochter durchs Foyer. Ein Hubschrauber näherte sich dem Klinikdach. Da sagte der Vater zu seiner Tochter wieder so einen Satz zum Sammeln: Draußen ist Krieg, kleine Motte.

Komm mal mit.

Frau Höfer schob Lara ins Zimmer. Wir heben dich jetzt in dein Bett, mein Schatz. Kolja hilft uns. Wie immer sprach sie mit ihrer Tochter, als könne das Mädchen jedes Wort verstehen. Wir sind vorsichtig, mein Kind, keine Angst. Er ist ein großer Junge, kräftig und blond, weißt du, er hat Haare – so weiß wie die Sonne im Winter.

Sie löste Laras Zopf und zog die Haarbürste durch die dicken Locken. Du spürst, dass wir bei dir sind, nicht wahr? Allein im Zimmer geht es dir nicht gut, mein Schatz. Nicht aufregen, wir bleiben bei dir, bis du schlafen willst. Sie gab Kolja die Bürste.

Magst du?

Zögernd strich Kolja die Haarbürste über Laras Mähne. Frau Höfer lachte: Nicht streicheln! Bürsten!

Er traute sich nicht. Auf keinen Fall sollten Borsten die Kopfhaut des Mädchens berühren. Er sah es genau vor sich, das Gehirn im Zimmer der Ärztin. Die Wülste. Nervenbahnen wie fette, sich übereinander faltende Würmer. Würde man sie entwinden, käme man auf eine Länge von 5,8 Millionen Kilometern. Kolja hatte sich alles gemerkt. Man kann das Großhirn eines erwachsenen Menschen 145 Mal um die Erde wickeln. Lara war fünfzehn, also fast erwachsen. Unter der Kopfhaut, die er kräftig bürsten sollte, lagen Milliarden Nervenzellen, mit denen das Mädchen gedacht, gefühlt, gehandelt und sich bewegt hatte. Und dann hatte dieses unheimliche Gebilde nur für ein paar Minuten keine Luft mehr bekommen und das hübsche Mädchen mit den schönen Haaren und dem nur ein wenig zu engen Näschen in das hilflose Geschöpf verwandelt, das mit halb geöffneten Augen vor ihm lag und ins Leere starrte. Warum können Milliarden Nervenzellen einen so kleinen Entlüftungsschaden nicht einfach reparieren? Wie lässig die Ärztin den Schädel entstaubt hatte. Wie vertraut sie mit den Fingern zwischen die Wülste gefahren war. Wie über einen Kinderkopf mit Locken. Ob man die Scheu vor dem Kopf verliert, wenn man sein Abbild betrachten und berühren kann? Wenn er sich je wieder etwas wünschen durfte, würde er sich ein Gehirn wünschen wie es im Zimmer von Frau Dr. Linn steht. Kolja sah irritiert auf den Kopf des Mädchens und gab die Bürste zurück.

Ich kann nicht.

Das Spiel, das du lernen musst, sagte Laras Mutter, heißt: Ich bin du. Fang heute an. Leg dich auf den Boden, schließ die Augen. Deine Hände werden schwer und deine Beine steif. Rühr dich nicht. Halt es aus. Wenn sich eine Fliege auf dein Gesicht setzt, wenn dir ein Haar auf die Haut fällt, wenn deine Nase läuft oder juckt … halt es aus. Schau, was passiert. Wenn dein Fuß einschläft, ertrag es. Vergiss nicht: Du bist stumm, du kannst nicht rufen. Niemand sieht in dich hinein, niemand fühlt deinen Zustand. Bleib so liegen. Eine halbe Stunde, eine Stunde. Ich bin du. Ich bin Malu. Ich bin Kai. Ich bin Lara. Wenn niemand auf dich achtet, kann dich auch niemand erlösen. Nimm alles wahr. Merk dir, wie es sich anfühlt, wenn du dich nicht bewegen und nicht rufen kannst. Wenn die Fliege kitzelt und niemand sie verscheucht.

Und dann?

Dann bist du klüger. Wenn du dir Mühe gibst, wirst du ein Teil des Menschen, um den du dich kümmerst.

Auf diese Weise hatte sich Frau Höfer Pfade zu ihrem Kind gebahnt. Danach war es nicht mehr schwer, sich den Schrecken, die Angst, die Unsicherheit vorzustellen, die einen Menschen überfällt, wenn sich plötzlich die Tür öffnet. Bevor du Kai anfasst, sagte Frau Höfer, sag ihm, dass du es tun wirst, damit er vorbereitet ist. Schnelle, flüchtige Reize machen die Kinder konfus. Für einen, der nicht sehen kann, was passiert, ist jede Berührung ein Überfall.

Nie betrat Frau Höfer das Zimmer ihrer Tochter, ohne sich anzukündigen. Lara, Schatz, ich bin das, deine Mama. Nie wusch sie ihr Kind, ohne vorher zu sagen: Schatz, ich werde dich jetzt waschen. Das Wasser ist warm, der Waschlappen weich. Schau, ich fange mit dem Gesicht an. Musst nicht zucken, ich bin vorsichtig. Wir machen das langsam, Schatz, wir haben alle Zeit der Welt. Du schaust grimmig? Magst du Waschen heute nicht? Magst du nicht, dass Kolja zuschaut? Er ist ein lieber Junge, er muss alles lernen, was wir schon können, weißt du, er kümmert sich um Kai in der Kiste, den Jungen mit den roten Locken. Wenn wir dich vorsichtig waschen, weißt du, wo dein Gesicht ist, wie lang deine Arme sind und deine Beine und was du für schöne, große Füße hast und an jedem Fuß fünf Zehen und an jeder Hand fünf Finger, die wir jetzt eincremen. Zuerst den Daumen, erinnerst du dich, der schüttelt die Pflaumen. Dann den Zeigefinger, der hebt sie auf, den großen Finger in der Mitte, der trägt sie nach Haus, der Ringfinger packt sie aus und der kleine Finger isst alle Pflaumen auf. Zu Kolja sagte sie: Ich stelle mir vor, Lara hätte sich in einer Höhle verirrt. Dort ist es dunkel. Was sie fühlt, sind kalte Wände. Ich weiß nicht, ob sie mich ruft – aber solange ich lebe, werde ich versuchen, sie mit allem, was mir einfällt, zum Ausgang zu locken.

Mit einer solchen Mutter hätten Koljas schlimme Träume, durch die Malu wie ein gefiederter Fisch mit bösem Gesicht trieb, keine Macht über ihn.

Und wenn ich alles falsch mache?

Machst du nicht.

Kolja ahnte nicht, dass es seinetwegen in der Klinik eine Konferenz gegeben hatte. Was konnte man dem Jungen gestatten, was nicht? Durfte er sich um Kai kümmern, wo er doch den Besuch bei Malu vermied? Am Bett seiner Schwester läge die Verantwortung bei den Eltern – aber so? Er war kein Praktikant, nur ein Schuljunge. Kolja würde nie erfahren, dass ein Teil des Personals ihm verbieten wollte, sich in der Klinik zu bewegen, als wäre er hier zuhause. Pfleger Alois nannte ihn einen herrenlosen Hund, Schwester Dora vermutete eine ungesunde Neigung zu kranken Kindern. Kolja erfuhr nie, wie es der Oberärztin Dr. Linn gelang, den Unmut zu glätten. Zwei Sätze genügten, in Kolja nicht mehr den Klinikstreuner, sondern den einsamen Jungen zu sehen, dessen Zärtlichkeit zuhause nicht gebraucht wurde. Sie sagte: Es geht hier nicht um Freizeitspaß. Ich bange um das Leben dieses Jungen. Anschließend hatte sie Laras Mutter gebeten, ein wenig auf Kolja zu achten. Die beiden Frauen mussten nicht viel reden. Frau Höfer hatte begriffen, dass hier ein Junge aus dem Nest gefallen war, auf der Suche nach einem neuen Nest, in dem es Zuneigung gab, Wärme und Nahrung für den Kopf.

So wurde aus dem ›Klinikstreuner‹ der Junge, den es zu schützen galt.

Komm mal mit.

Schwester Dora erklärte einen Begriff, von dem er bisher nur gehört hatte: Basale Stimulation. Anregen, was nicht mehr funktioniert: Sehen und Hören, Schmecken, Fühlen und Riechen. Miteinander sprechen ohne Sprache. Streicheln und massieren. Sie nannte die Methode eine Kultur der Berührung.

Komm mal mit.

Anne, die Logopädin, führte ihn an das Bett eines Jungen, der von einem Auto mitgerissen und auf die Straße geschleudert worden war. Acht Monate lag er bewegungslos im Bett, schien nichts zu sehen, nichts zu spüren, nichts zu hören. Der stumme Junge im Zimmer am Ende des Flures hieß Daniel. Dann, eines Morgens, blinzelte er beim Waschen. Ein gutes Zeichen? Vielleicht. Er schien zu hören, wenn an seinem Bett gesprochen wurde. Er begann zu lallen. Er reagierte. Er kam zurück. Es war ein Wunder, sagte Schwester Anne. Wir standen an seinem Bett und heulten vor Glück.

Heute stand auf Daniels Stundenplan: Turnen mit dem Gesicht. Schwester Anne machte es vor: Augen zukneifen. Augen aufreißen. Zukneifen. Aufreißen. Drei Mal, vier Mal, prima. Und jetzt, sagte sie, turnt der Mund: Uuuuuu. Iiiiiii. Uuuuuuu. Iiiiiii. Weißt du noch, Daniel, wie wir angefangen haben? Da wollte der Mund nicht schmollen und nicht grinsen und in der letzten Stunde haben wir schon Schnalzen und Schmatzen geübt. Und nun machen wir einen gewaltigen Schritt vorwärts und sagen ganz langsam: Pa-ta-ka-pa-ta-ka-pata-ka. Super, Daniel, und jetzt schneller: Patakapatakapataka. Daniel hatte vor Anstrengung Schweiß auf der Stirn. Patapata ... Er war erschöpft. Mehr ging heute nicht. Die Logopädin strahlte. Bravo, Daniel, toll! Ihre Freude war so groß, dass Kolja nicht zu fragen wagte, ob aus dem lallenden Daniel je wieder ein sprechender Junge werden würde.

Komm mal mit, junger Mann.

Alois, der Pfleger, der am vehementesten gegen das Herumstromern des Jungen in der Klinik protestiert hatte, führte ihn in einen dunklen Raum, in dem eine deckenhohe, gläserne Röhre stand. Er hob Kai aus dem Rollstuhl, nahm den Jungen auf den Schoß und begann, leise, fast flüsternd, mit ihm zu sprechen: Schau mal, Kolja drückt jetzt auf den Schalter und dann fällt Licht in die Röhre und du siehst, dass sie voller Wasser ist und voller Blasen. Gefällt dir das? Erst werden sie rot, dann blau, dann grün, dann gelb. Er beobachtete das Gesicht des Jungen. Kai reagierte nicht auf rot, nicht auf grün, er reagierte auf keine Farbe, auch nicht auf das leise Blubbern des Wassers in der Röhre. Bevor das Farbenspiel von Neuem begann, glitzerten die Wasserblasen im Licht silberhell. Der Pfleger sagte: Die silbernen Kugeln magst du leiden? Hast recht, das sind die Schönsten, die leuchten wie Sterne. Magst du silberne Sterne?

Nach einer halben Stunde schaltete er das Gerät aus. In der Röhre wurde es dunkel, die Blasen glitten zu Boden. Kolja sagte aufgeregt:

Haben Sie gesehen, er hat …

Der Pfleger unterbrach ihn: Nicht im Beisein des Kindes über das Kind sprechen. Das mag niemand. Sprich mit ihm, vielleicht hört er dich. Nicht wahr, Kai, du hast deinen Kopf einen Millimeter nach vorne bewegt. Ein Millimeter ist ein Millimeter. Bravo. Was brauchen wir Rot, was brauchen wir Grün! Wenn du keine Farben magst, schauen wir beim nächsten Mal nur silberne Blubber-Blasen an. Er setzte den Jungen in den Rollstuhl. Gemeinsam brachten sie ihn ins Zimmer. Kai hatte die Augen geschlossen. Er sah müde aus wie nach einer schweren Schulstunde.

An einem Tag, an dem Kolja sicher war, nicht gestört zu werden, zog er die Vorhänge zu, sperrte das Tageslicht aus und legte sich auf sein Bett. Ich bin du. Mach es dir gemütlich, hatte Frau Höfer gesagt, schließ die Augen, entspann dich. Warte ab. Denk an nichts.

Und wenn ich einschlafe?

Dann schläfst du eben. Achte auf alles, was mit dir geschieht.

Er schloss die Augen, horchte in die Stille des Hauses. Er hörte das leise Ticken der Küchenuhr. Eine Autotür wurde zugeschlagen.

Entspann dich.

Sein Vater kam selten vor sieben, sollte seine Mutter früher kommen als erwartet, würde er sich nicht mehr konzentrieren können. Er rechnete: Sie war um drei zum Arzt gefahren, hatte einen Termin um vier und würde, wie immer, eine Weile warten müssen. Gespräch mit dem Arzt gegen halb fünf. Untersuchung. Rezept einlösen in der Apotheke, heimfahren. Vor halb sechs konnte sie nicht zurück sein. Er würde den Wagen hören, ihre Schritte auf dem Kies. Wenn nichts dazwischenkam, hatte er zwei Stunden Zeit.

Schließ die Augen, denk an nichts.

Er hörte die Spatzen im Baum. Vor der Tür kläffte der Dackel der Nachbarin. Weit entfernt knatterte ein Hubschrauber über dem Tal. Er hörte sein Herz, stellte sich eine kleine, rote Maschine vor, die sein Blut durch den Körper pumpte, spürte das Pochen in den Fingern, den Händen, den Armen, bis in die Füße hinein. Er versuchte, sich seine Füße vorzustellen. Er wusste nicht, wie seine Zehen aussahen.

Achte auf alles, was mit dir geschieht.

Sein Magen knurrte. Er erschrak über ein Knacken im Treppenhaus. Um an nichts zu denken, nicht an die Schule, nicht an die Hausaufgaben, begann er, das Ticken der Küchenuhr zu zählen, verlor bei fünfzig den Faden, wurde schläfrig, nahm kein Geräusch mehr wahr, glitt in einen dämmrigen Raum zwischen Noch-nicht-schlafen und Nicht-mehr-wach-sein und saß hoch über der Straße zwischen zwei Möbelpackern. Auf der Kreuzung stand ein Mädchen, breitete die Arme aus wie ein Verkehrspolizist, wollte die Zeit anhalten. Der Wind blies ihr die Haare ins Gesicht. Sie stoppte den Wagen. Sie wollte den Umzug verhindern. Er war verliebt in das Mädchen aus der Klasse über ihm. Diese Augenblicke waren das Schönste und Traurigste in seinem Leben. Die Bilder folgten schnell aufeinander. Der Himmel wie Feuer. Das Mädchen kraulte durch die Bucht wie ein Delphin. Blaulicht. Krankenwagen. Malu auf der Trage der Sanitäter. Die Eltern. Junge, wie konnte das passieren? Die Polizei. Junge, so rede doch. Eine Tasse Kakao mit steifer Sahne und braunem Zucker. Er war fünfzehn Jahre alt. Trink, mein Junge. Zuckersaft schafft Nervenkraft. Der Satz hatte keine Stimme mehr.

Als er aufwachte, lag er auf der Seite. Er sah auf die Uhr. Es war ihm nicht gelungen, wach zu bleiben. Er hatte sich mit dem Ticken der Küchenuhr in einen Dämmerzustand gezählt und war von dort aus in seinem schwersten Traum gelandet. Liebe Ragna! Wie oft er versucht hatte, einen Brief zu schreiben, der sich nicht schreiben lassen wollte. Liebe Ragna! Es war wie verhext. Trauer und Sehnsucht, Angst, Schuld, Wut und Liebe, die Sätze, die er sich ausdachte, waren warm und weich, aber die Sätze, die er aufschrieb, waren starr und sperrig, als hätten sie auf dem Weg zum Papier ihre Seele verloren.

Beim nächsten Versuch, Kinder wie Malu, Kai und Lara zu verstehen, konzentrierte sich Kolja auf sein Gesicht, die geschlossenen Augen, die Nase, den Mund.

Warte ab. Denk an nichts.

Achte auf alles, was mit dir geschieht.

Das Schwerste war, an nichts zu denken. Er hörte das hohe Sirren einer Stechmücke, die die Wärme seines Körpers entdeckt hatte, näher kam, sich wieder entfernte und ihn einkreiste bei dem Versuch, eine Stelle seiner Haut zu finden, in die sie ihren Rüssel bohren konnte. Nie zuvor hatte er das Gefühl gehabt, Ziel eines blutdürstigen Tieres zu sein. Sollte es sich auf seiner Haut niederlassen, wäre der Reflex, zuzuschlagen, übermächtig. Ich bin du. Er wusste, was er lernen sollte. Ohne Schutz sind die Kinder in der Klinik jeder Fliege ausgeliefert.

Das Sirren verstummte. Kolja stellte sich die Mücke weit entfernt in irgendeiner Falte des Vorhangs vor. Groß, lauernd und blutdürstig. Er konzentrierte sich auf die Geräusche der Straße, folgte mit den Ohren den näher kommenden und sich entfernenden Autos, hörte die zeternden Spatzen, entdeckte verblüfft, dass es im Haus einen Grundton gab, der sich aus Heizung, Kühlschrank und Küchenuhr zusammensetzte. Zwischendrin, in großem Abstand, ein zartes Glucksen. Seine Mutter goss den Zimmerbaum mittags zwischen zwei und drei – war es möglich, dass er hören konnte, wie die Yucca-Palme Wasser trank?

Wer die Welt mit den Ohren wahrnimmt, verliert das Gefühl für die Zeit. Kolja wusste nicht, wie lange er schon in die Stille gehorcht hatte. Zehn Minuten? Eine halbe Stunde? Plötzlich spürte er eine winzige Irritation zwischen Nase und Oberlippe, ein Hauch nur, nicht stärker als ein Luftzug, vielleicht ein Fussel. Er unterdrückte den Reflex, sich von dem Kitzel zu befreien. Nicht bewegen. Ich bin Malu. Ich bin Kai. Ich bin das Kläuschen. Der Kitzel verstärkte sich, zog sich auf einen immer spitzer werdenden Punkt zusammen, beherrschte sein Denken und Fühlen, wurde zur Qual.

Nicht bewegen.

Er schob die Hände unter den Rücken, blieb liegen wie ein Stock.

Denk an nichts.

Er war einer nie erlebten, ohnmächtigen und aberwitzigen Belästigung ausgeliefert, die nicht weh tat wie ein Schmerz, ihn aber vollständig terrorisierte. Er riss die Augen auf und beendete wütend die Tortur.

Ich bin du. Kolja nahm sich vor, Kai vor allem, was ihn angriff, belästigte, kitzelte, zu beschützen. Aber wie sollte er Qualen lindern, von denen er nichts wusste? Wie ein unsichtbares Kitzeln erkennen, ein lästiges Jucken? Welch eine Hölle, dem hilflos ausgeliefert zu sein. War es das, was Tabeas Vater meinte, als er sagte: Draußen ist Krieg, kleine Motte. Ist draußen vielleicht nur außerhalb des Körpers?

*

Sobald Kolja den Mann, der Robert hieß, im Foyer entdeckte, suchte er seine Nähe. Er mochte die Stimme, die der Stimme seines Vaters ähnelte und wünschte sich, dass seinem Vater Sätze wie die einfielen, die Herr Brenner zu seiner Tochter gesagt hatte. Ach, Malu, Prinzessin, wenn ich könnte, würde ich auf der Stelle mit dir tauschen.

Du schleichst ihm nach, sagte Max.

Na und?

Kolja grüßte Robert, winkte, wenn er ihn sah, hoffte, dass der Mann ihn irgendetwas fragte. Wie heißt du? Wo wohnst du? Wie geht es deiner Schwester? Er würde alle Fragen beantworten und dann nach diesem Krieg da draußen fragen, der für ihn unsichtbar war. Als Belohnung wäre er bereit, Herrn Brenner zu verraten, was außer ihm nur Max wusste: Im Foyer gab es ein Wunder. Er würde zu Tabeas Vater sagen: Setzen Sie sich auf diesen Stuhl und schauen Sie aus diesem Winkel ins Aquarium. Vergessen Sie die Algen, die Muscheln und Korallen, folgen Sie mit den Augen dem Weg der Fische bis zur dicken Scheibe am Ende des Aquariums. Und? Was sehen Sie? Er stellte sich Roberts ungläubiges Gesicht vor. Richtig. Die Fische kehren nicht um, sie segeln außerhalb des Beckens weiter. Kolja hatte den Spuk entdeckt, verblüfft die Augen zugekniffen und wieder geöffnet. Er war nicht verrückt. Wie ein Schwarm bunter Vögel schwebten die Fische durch die Luft, langsam, als würden sie träumen. Vielleicht konnte Robert das Wunder erklären. Für Max war es nur irgendeine komische Spiegelung, die man mit Hilfe der Physik erklären konnte. Kolja blieb mit seinem Wunder allein. Die Menschen, die im Foyer vor dem Aquarium saßen, waren mit den Gedanken bei ihren Kindern, hofften inständig auf ein Wunder im Krankenzimmer und hatten keinen Blick für blaue, rote und gelbe Fische, die außerhalb des Aquariums durch die Luft segelten wie bunte Gedanken. Für ein Gespräch über den Krieg, der draußen herrschte, hätte Kolja Herrn Brenner in das Geheimnis der fliegenden Fische eingeweiht.

Aber Herr Brenner nahm Kolja nicht wahr. Zwischen Tabea, Robert und Sieglinde war kein Platz für die Fragen eines fremden Kindes.

Von der Schule kam kein zweiter Brief. Der Junge war ein etwas merkwürdiger, aber guter Schüler, es gab keinen Grund, sich erneut an Koljas Eltern zu wenden. Dennoch wiederholte sich die qualvolle Sitzung in der Küche. Tick. Tack. Es geht vorbei. Kolja hoffte, dass ihm auch diesmal die Uhr helfen würde. Seine Mutter sah niemanden an, als sie sagte: Er lässt uns im Stich. Uns. Kolja sah seinen Vater an. Der nickte. Ja, wir dachten, es sei besser, du bleibst bei ihr. Tick. Tack. Seine Mutter hatte harte, kleine Augen ohne Tränen. Sie tat ihm leid. Er sah, dass hinter der Versteinerung niemand mehr lebte. Sein Vater saß auf dem Küchenstuhl wie ein Verurteilter, der bis zur letzten Minute seine Unschuld beteuert und dennoch lebenslänglich bekommt. Auf dem Tisch standen drei Teller und drei Pizzakartons, aus denen es nach Käse und Zwiebeln roch. Es gab keinen Brief, der vorgelesen werden konnte, es gab nichts zu reden, nichts zu fragen, seine Eltern hatten alles ohne ihn besprochen. Daher das Tuscheln im Haus, die breidicke Stille, das Schweigen in der Küche.

Wir müssen jetzt zusammenhalten, sagte Koljas Mutter, bewegte ihre Hand auf Koljas Hand zu und zog sie zurück, bevor sie ihn berührte. Ticktack. Ticktack. Ticktack. Er musste es sagen. Wenn er es jetzt nicht sagte, würde er es nie mehr sagen.

Nimm mich mit.

Es geht vorbei. Es geht vorbei. Es geht vorbei. Wie heißt das Zauberwort gegen den Erstickungstod? Töpfchen steh!

Wir sind ihm nicht genug, sagte Koljas Mutter.

Fünf kraftlose Worte. Sie schien diesen Satz so oft gedacht zu haben, dass Wut und Empörung daraus verschwunden waren.

Er hat sich was Neues gesucht.

Tick. Tack. Es geht vorbei. Alles geht vorbei. Und tatsächlich. Ein Hund bellte und verstummte. Vorbei. Ein Vogel saß auf einem Ast, sang sein Lied und schwang sich in die Luft. Vorbei. Ein Moped näherte sich, knatterte, wurde leiser. Vorbei? Falsch, dachte Kolja. Augenblicke gehen vorbei. Der Augenblick des Unfalls. Der Augenblick des Abschieds. Aber die Erinnerung hebt alles auf. Den Abschied und den bösen Satz.

Er hat sich was Neues gesucht.

Tick. Tack. Das Drama in der Küche ging nur vorüber, vorbei war es nicht. Koljas Mutter schloss sich im Schlafzimmer ein, der Vater ging auf zwei gepackte Koffer zu, sah sich noch einmal im Haus um, schien ein paar Kleinigkeiten in eine Tasche zu werfen. Kolja stand im Flur zwischen Küche und Wohnzimmer, zu schwach für die Stufen, die in sein Zimmer führten, zu stark, um – was er sich wünschte – einfach umzufallen. Er sah, wie der Vater die Koffer ins Auto lud, so sorgsam, wie sie früher in den Urlaub gestartet waren. Die Haare seines Vaters waren weiß geworden im letzten Jahr. Kolja wagte nicht noch einmal ›Nimm mich mit‹ zu sagen. Er hat sich was Neues gesucht – was bedeutete das? Eine neue Frau? Einen neuen Sohn? Ein neues Sommerkind? Sein Vater, der ihm in der Küche noch wie ein Verurteilter vorgekommen war, sah jetzt eher aus, als verließe er ein Gefängnis. Frei und leicht. Schnell ging er durch den Vorgarten, schnell öffnete er die Wagentür, ließ sich auf den Sitz fallen, nahm mit einem Blick Abschied von seinem Sohn, den dieser nie vergessen würde. Traurig, aber entschlossen, die Trauer auszuhalten. Er sah beim Anfahren nicht auf die Straße, blieb mit den Augen bei Kolja und rollte langsam einer Zukunft entgegen, in die er seinen Sohn nicht mitnehmen wollte. Er schnitt sich von ihnen ab. Kolja drückte die Haustür ins Schloss. Geh und schau, was du angerichtet hast. Seine Eltern würden Malu nicht mehr gemeinsam besuchen. Er hörte die Schritte seiner Mutter und das Klappern des Mülleimerdeckels. Niemand wollte kalte Pizza essen. Kolja schloss sich in sein Zimmer ein.

Wir müssen jetzt zusammenhalten. Wir. Früher bestand ›Wir‹

aus vier Menschen, die sich liebten und eine vollständige Familie waren. Dann hatten sie Malu verloren – oder einen Teil von ihr und jetzt den Vater. Mechanisch packte Kolja die Schultasche. Er stellte sich ans Fenster, starrte in den Himmel, als wäre von dort Hilfe zu erwarten. Er versuchte, ein paar französische Vokabeln für den nächsten Tag zu lernen und behielt nicht eine. Bevor er ins Bett ging, horchte er ins Treppenhaus. Er war dem Schluchzen seiner Mutter nicht gewachsen. Als er schlafen gehen wollte, fand er den Brief. Ein weißes Blatt Papier auf dem weißen Kopfkissen. Er putzte die Zähne, zog den Schlafanzug an, wagte erst im warmen Bett zu lesen, mit welchen Worten ihn sein Vater im Stich ließ. Er überflog die Sätze. Sie langsam zu lesen, wäre wie langsam erstochen zu werden.

Kolja, lieber Sohn,
ich lasse Dich zurück, aber nicht allein. Wann immer Du mich brauchst, bist Du willkommen. Die Adresse findest Du auf der Rückseite des Briefes. Deine Mutter und ich sind mit dem Versuch, das Unglück zu teilen, gescheitert. Wir haben keine Tränen mehr und das, was nach den Tränen hätte kommen müssen, konnten wir nicht. Vielleicht jeder für sich, aber nicht gemeinsam. Wir haben Dich aus unserer Trauer ausgesperrt, als wärest Du schuld an der Katastrophe. Wir haben nicht begriffen, dass wir das Drama gemeinsam tragen müssen. Du bist klüger als wir. Ich weiß, dass Du einen Weg gefunden hast, an unserem Schweigen nicht zu ersticken. Verzeih Deinen Eltern ihre Unfähigkeit. Ich verlasse Euch, um Platz zu machen für ein neues Verhältnis zwischen Dir und Deiner Mutter. Ihr seid ein so fröhliches Gespann gewesen. Vielleicht findet Ihr einen guten Weg. Ihr wart einmal die Sonne, auf die ich mich jeden Abend gefreut habe. Wie lang das her ist. Eine Ewigkeit. Mein Fortgehen soll uns dreien helfen, wieder frei zu atmen.
In Liebe
Dein Vater

Wenn dieser Brief Liebe enthielt, dann war das keine Liebe, die ihn wärmte. Geh und schau, was du angerichtet hast. Dieser Satz war nie zurückgenommen worden. Kolja drehte den Brief um. Sein Vater war nicht in eine entfernte Stadt gezogen, nur ein paar Dörfer weiter, zwanzig Minuten mit dem Bus – trotzdem lebte er jetzt mit zwei Koffern und einer Tasche voller Krimskrams auf einem anderen Stern. Kolja biss ins Kissen, versuchte sein Weinen zu ersticken. Klüger zu sein als die Eltern war ein Fluch, kein Trost. Er war nicht klüger, nur weicher, weniger starr. Leise drehte er den Schlüssel um, horchte noch einmal ins Treppenhaus. Es war still, im Wohnzimmer brannte Licht. Er war nicht klüger als die Eltern, ihm war nur noch kein Panzer gewachsen.

Mama?

Komm zu mir, mein Junge.

Vierzehn Jahre hatten sie alles gemeinsam gemacht. Einkaufen und essen. Sich streiten und wieder vertragen, singen und lachen. Sie hatten gemeinsam ferngesehen, waren spazieren gegangen, schwimmen, hatten nebeneinander im Kino gesessen, Kinder und Eltern. Sie waren durch Länder gefahren, die sie nicht kannten. Italien. Spanien. Finnland. Sie hatten für jedes Land ein paar Wörter gelernt.

Ho fame. Ich habe Hunger. Ho sete. Ich habe Durst. Roma é una città bellissima. Rom ist eine wunderschöne Stadt. Me muero de hambre. Ich sterbe vor Hunger. Te quiero. Ich hab dich lieb. Hyvää päivää, hrra Paavo. Guten Tag, Herr Paavo. Näkemiin. Auf Wiedersehen. Jetzt waren sie in diesem Haus nur noch zu zweit. War es verboten, als Familie gemeinsam an einem Tisch zu sitzen und zu weinen? Draußen ist Krieg, kleine Motte.

Koljas Mutter sah im wuchtigen Ohrensessel wie eine Fee aus. Weiß, fast durchsichtig. Sie hatte sich in einen dicken Bademantel gewickelt und schien trotzdem zu frieren.

Setz dich zu mir, mein Junge.

Er setzte sich aufs Sofa. Der Sessel, in dem sein Vater abends die Zeitung gelesen hatte, war besetzt von seiner Abwesenheit.

Wenn es möglich war, sich über ein Unglück schweigend zu verständigen, dann versuchten sie das. Wozu reden, wenn es nur noch darum geht, Schmerz gemeinsam auszuhalten. Er hatte seinen Vater verloren, sie ihren Mann. Und Malu, dachte Kolja, hat die niemanden verloren? Oder uns alle? Die Mutter, den Vater, den Bruder, das Leben. Oder wichtige Teile des Lebens. Sprechen, hören, erinnern und begreifen, riechen und schmecken.

Irgendwann in dieser Nacht saß seine Mutter am Klavier und tobte in wilden und harten, wütenden, grellen, hohen und dumpfen Tönen das ganze Elend in die Tasten. Kolja verstand die Musik. Sie komponierte Wut und Trauer, Verzweiflung und Enttäuschung. Es waren Schreie. Er vergrub seinen Kopf in die Sofakissen. Allmählich wurden die Töne sanfter, leiser, fast so zärtlich wie sie früher seinen Namen variiert hatte. Koljaaaaa. Kooooolja. Die letzten Klänge, die er wahrnahm, bevor er einschlief, waren hauchzart, wie geträumt. Viele Jahre später wird er sagen, dass er in dieser Nacht dem Versuch seiner Mutter zugesehen hatte, ihren Panzer mit Musik zu zertrümmern.

Am nächsten Morgen saßen sie mit geschwollenen Augen am Frühstückstisch. Aus Angst vor neuen Tränen schwiegen sie. Koljas Mutter schnitt zwei Brötchen durch, goss in seinen Becher Kakao, schwarzen Kaffee in ihren. Koljas Mauern waren nicht so dick wie sein Vater glaubte. Er war nicht klüger als seine Eltern. Er wollte kein neues Schweigen und wusste nicht, wie das Sprechen zurückkommen sollte in dieses Haus.

Mama, hilf uns doch.

Er legte den Kopf auf den Tisch und weinte, bis er keine Luft mehr bekam. Er spürte ihre Hand auf seinem Rücken. Sie war kalt wie der Fisch, den der Pförtner vor einem Jahr die Herrentoilette hinuntergespült hatte.

Vielleicht wusste Max, wie man es besser macht? Hatte er allein geweint, als seine Mutter die Familie verließ? Oder zusammen mit seinem Vater? Oder hatte niemand geweint?

Wir haben nicht geheult, sagte Max. Es war wie im Kino. Wir standen am Fenster und haben zugesehen, wie sie den Wagen belud. Von vier Sesseln nahm sie zwei. Sie teilte die Anzahl der Bratpfannen und Töpfe, der Teller und Tassen. Sie verstaute Messer, Gabel, Löffel und all die Dinge, von denen sie glaubte, sie gehörten ihr. Wolldecken und Bettbezüge. Vasen. Wir suchten wochenlang nach Dingen, die es nicht mehr gab. Im Hof standen zehn Kartons und acht Kleidersäcke Sie nahm meinen Bruder mit. Und den Wellensittich. Wir haben uns nicht vom Fleck gerührt. Nicht protestiert und nicht geholfen, nur zugesehen. Zwei Statuen am Fenster. Eine kleine und eine große. Ich habe mich an meinen Vater gelehnt und gehört, wie sein Herz schlug und sein Magen knurrte. Seine Hände lagen auf meiner Schulter. Warm und schwer. Sie verabschiedete sich nicht von den Kühen und Ferkeln, auch nicht von uns. Als sie schon lange den Hof verlassen hatte, standen wir noch immer am Fenster als wäre das, was wir gesehen hatten, ein Spuk und sie würde gleich wiederkommen und alles wieder ausladen: meinen Bruder, den Vogel, alles. Bevor mein Vater die Hände von meiner Schulter nahm, hörte ich ihn einen Reim aufsagen, den ich nie vergessen habe: Bedauerlicherweise/ ist unser schöner Ort nicht das Endziel deiner Reise/ fahre also ruhig fort. Wir lösten uns voneinander und lebten das Leben dort weiter, wo sie es zerstört hatte.

Die Jungen beschlossen, sich die Welt anzuschauen, für die Koljas Vater seine Familie verlassen hatte.

Er war in ein leicht aus den Fugen geratenes Dorf gezogen. Auf der Hauptstraße eine Apotheke, ein Optiker, zwei Handyläden, ein Maklerbüro, ein Friseur. Kein Bäcker, kein Metzger, ein Supermarkt auf dem Acker, die alte Schule geschlossen. Die Ränder des Dorfes ausgefranst, schmale Stichwege mit langweiligen Namen: Neuer Weg. Mittelweg. Oberweg. Rechts und links Reihenhäuser für Familien mit Kindern, Katzen und Hunden. Hier und dort ein Zierteich im Garten. Am Ende der Siedlung, Endstation des Busses Nummer elf, stand ein Wartehäuschen, dahinter begann der Wald. Hier wurden die Grundstücke und Häuser größer und die Wege trugen schönere Namen: Fuchsschneise. Eulenstiege. Hirschgraben. Alter Hasenpfad. Ein Mädchen begleitete seine Sprünge auf dem Trampolin mit einem alten Abzählreim: Ene, mene, mink, mank, pink, pank. Ose, bose, ackadeia, eia, weia, weg. Peter hat ins Bett geschissen, mitten aufs Paradekissen. Mutter hat's gesehn und du musst gehn.

Kolja sah auf den Brief seines Vaters. Alter Hasenpfad Nummer 8, es war das Nachbargrundstück mit dem Jägerzaun. Ein Würfel aus roten Backsteinen. Im ersten Stockwerk: Vier Fenster ohne Gardinen. Kein Garten, eher eine Wiese. Zwischen zwei Birken: eine Hängematte.

Sieht leer aus, sagte Max.

Als sie die Beobachtung des Hauses schon aufgeben wollten, öffnete sich die Haustür und heraus trat eine Frau mit einem dicken Bauch. Sie schloss die Tür ab, warf sich einen bunten Beutel über die Schulter. Die Jungen starrten ihr nach. Sie hatten eine Frau wie Koljas Mutter erwartet, kein Mädchen, das aussah, als ginge es noch zur Schule. Sie hatte kurze, schwarze Haare. Sie war groß. Größer als Koljas Vater. Sie trug weite Jeans und eine weiße Bluse.

Mann, ist die hübsch, sagte Max.

Sie hinkt, sagte Kolja.

In seinem Magen rumorte eine Mischung aus Wut, Ohnmacht und Hass. Ihm war schlecht wie von giftigen Pilzen. Sein Vater war ein Heuchler, ein Verräter. Schlug die Tür hinter sich zu und machte ein paar Kilometer weiter eine neue Tür auf. Lieber Sohn, ich lasse dich zurück, aber nicht allein. So einfach war das. Ein neues Dorf, ein neues Haus, eine neue Frau, ein neues Kind. Wie in Malus Puppenstube. Wenn ihr die Möbel nicht mehr gefielen, wünschte sie sich neue. Wenn sie die kleinen Puppen – Mutter, Vater, Oma und Opa – satt hatte, verschwand die ganze Familie in einer Kiste und wurde durch neue Figuren ersetzt, die in der Puppenstube ein neues Familienleben begannen. So, wie sein Vater mit der hinkenden Frau eine neue Malu machte. Für ein neues Kind hätte es in der Puppenstube seiner Schwester keinen Platz gegeben. Kinder wurden nicht weggeworfen und auch nicht ersetzt.

Die Mädchenfrau ging zur Bushaltestelle, stieg in den Elfer, dessen Ziel die Kreisstadt war, aus der die Jungen kamen. Sie schien den Fahrplan zu kennen, sie wartete keine zwei Minuten. Max hatte recht. Die Neue war hübsch. Sie sah wie ein Mensch aus, der guter Laune ist, weil er glücklich ist und die Sonne scheint.

Sie hinkt.

Lass sie hinken, sagte Max. Weißt du, dass Terrassentüren im Sommer selten zugesperrt werden?

So war es. Sie gingen an den Birken vorbei, betraten die Terrasse. Ein kurzer Druck gegen die Tür und sie standen im Wohnzimmer. Verblüfft sahen sie sich um. Das war keine gute Stube, das war ein Flohmarkt. Der Esstisch, die Stühle, die Lampen, die auf dem Boden lagen – nichts passte zueinander. Auf dem Sofa stapelten sich Bücher, Teppiche lagen zusammengerollt in einer Ecke. Auf dem Tisch standen zwei schmutzige Kaffeetassen, eine leere Milchtüte, zwei Löffel aus billigem Plastik. Das war das neue Zuhause seines Vaters, des Mannes mit dem guten Geschmack und dem strengen Sinn für Schönheit und Ordnung? Kein Klavier. Keine Bilder an der

Wand. Stattdessen: Sperrmüll. Draußen sang das Mädchen: Ene, mene, mink, mank …

Wir sind hier falsch, sagte Kolja und wusste, dass es dieses Haus sein musste. Alter Hasenpfad Nummer 8. Die Bewohner: Ein Mann, der wieder gute Laune hatte, eine lächelnde Frau mit einem dicken Bauch. Nie würde er seinen Vater hier besuchen. Lieber ertrug er das traurige Gesicht seiner Mutter. Die Küche war kleiner als die Küche, in der sie zuhause gekocht und zum Ticken der Uhr gegessen hatten. Kolja zog die Schubladen des Küchenschranks auf. Darum war es dem Vater gegangen, als er beim letzten Rundgang durch das Haus scheinbar wahllos Dinge in die Reisetasche warf: Er hatte die vier Eierlöffel aus Perlmutt eingesteckt.

Hol zwei zurück, sagt Max.

Er wird es merken.

Soll er doch.

Es ist Diebstahl.

Der Dieb ist er, sagte Max. Los, steck sie ein.

Kolja nahm die silberne Zuckerdose in die Hand, von der er nicht wusste, ob sie sein Vater oder seine Mutter geerbt hatte und stellte sie zurück. Max sagte ungeduldig: Nimm sie mit. Er braucht in diesem Saustall keine silberne Zuckerdose.

Er hat den Eierschneider mitgenommen.

Steck ihn ein.

Im Schlafzimmer gab es einen Schrank bis zur Decke. Die Koffer seines Vaters waren ausgepackt, seine Hemden und Hosen hingen neben Jeans und weißen Blusen. Der Vater, als er noch sein Vater war, hatte streng darauf geachtet, dass die Sachen getrennt hingen. Es gab einen Mutterkleiderschrank und einen Vaterkleiderschrank.

Hier wohnt mein Vater nicht, sagte Kolja.

Und die Eierlöffel?

Das Bett war ungemacht. Sie betrachteten eine zerknitterte Schlafanzugjacke und ein kurzes T-Shirt. Die schlafen unten ohne, sagte Max. Kolja sagte: Die haben nur ein Kopfkissen. Seine Eltern hatten getrennt geschlafen. Zwei Zimmer. Zwei Betten. Zwei Decken. Zwei Kissen. Sein Vater schnarchte, das schien die Neue nicht zu stören.

Eine Wendeltreppe führte in den ersten Stock. Ein langer Flur, drei Türen, drei leere Zimmer. Auf dem Boden standen Eimer mit weißer Farbe. Da wollten sich zwei Menschen ein neues Leben schön anstreichen.

Schweigend stiegen sie in den Keller. Drei kühle Räume mit Umzugskisten. Große Buchstaben verrieten den Inhalt. Geschirr. Bücher. Akten. Bettwäsche.

Du zitterst, sagte Max. Gib mir deine Hand.

Sie entdeckten einen Ohrensessel, einen Schaukelstuhl, ein Bügelbrett. Als die große Standuhr vier Mal schlug, ließen sie sich erschreckt los und rannten aus dem Haus wie ertappte Diebe. Das Mädchen im Nachbargarten sprang noch immer singend auf dem Trampolin: Peter hat ins Bett geschissen, mitten auf's Paradekissen …

So viele weiße Blusen, sagte Max, als sie im Bus saßen. Ob die Krankenschwester ist? Hat er die in der Klinik aufgegabelt?

Kolja lehnte seinen Kopf gegen die kühle Fensterscheibe und schwieg. Kurz vor dem Ziel sagte er: Wenn es unter der Schädeldecke Milliarden Nervenzellen gibt, die ständig miteinander reden, Informationen sammeln, Informationen austauschen und dafür sorgen, dass du schmecken, riechen, sehen, dich bewegen kannst; wenn man mit so einem Kopf zum Mond fliegen, Atombomben bauen und Herzen verpflanzen kann – warum kann dann so ein Kopf nicht eine Familie mit einem Sommerkind aushalten?

Wenn du Chirurg wirst, sagte Max, kannst du in Hirnen wühlen und finden, was du suchst.

Schau mal raus!

Max zeigte auf die Weiden, die Kühe, die Berge, den hohen Himmel, er zeigte auf alles, was er liebte, solange er sich erinnern konnte. Das Dorf, in dem er geboren wurde, den Hof, den seine Mutter verlassen hatte, die Ställe, in denen sein Vater Kühe melkt und Schafe schert. Er legte den Arm um seinen Freund.

Vergiss deinen Vater. Bedauerlicherweise ist euer schönes Haus nicht das Endziel seiner Reise. Lass ihn also – er zeigte auf einen Punkt hinter den Bergen – dort.

Beim Aussteigen schlugen sich die Jungen nicht, wie üblich, burschikos auf den Rücken. Sie umarmten sich. Es schien, als hätten sie an diesem Tag zwischen all dem Gerümpel eine bis dahin unbekannte Zärtlichkeit entdeckt.

Man sieht sich.

Als Kolja am nächsten Tag aus der Schule kam, lag ein Paket in seinem Zimmer. Aus viel Papier schälte er das Modell eines Gehirns. Es war in farbige Areale unterteilt und über und über mit kleinen Zahlen beschriftet. Dazu ein Gruß: Für dich. Dort, wo es stand, wird es nicht benutzt. Dein Max.

Das Gehirn roch nach Kreide und Bohnerwachs.

Kolja hätte Medizin studieren können, sein Abitur war glänzend. Auf Fragen nach der Zukunft antwortete er ausweichend. Medizin? Vielleicht. Literatur? Möglich. Philosophie? Denkbar. Psychologie? Kommt drauf an. Auf was? Weiß nicht. Wem alles leichtfällt, sagte sein Klassenlehrer, der hat es schwer. Koljas Aufsätze bewiesen, dass er sich mit Philosophie und Literatur beschäftigte. Er war ein stiller Schüler, dem man viel zutraute. Professor oder Handwerker, der Junge würde seinen Weg gehen. Nur Max wusste, dass der Freund in letzter Zeit Texte von Autoren verschlang, die sich das Leben genommen hatten. Celan. Améry. Kleist. Virginia Woolf. In die Erzählung ›Das tägliche Leben‹ von Marie von Ebner-Eschenbach, deren Interpretation seine Abiturarbeit war, hatte er sich wochenlang verbissen. Für Max waren Gedanken über den Sinn und Wert des Lebens Hirnpapperlapapp. Er würde kranke Kühe und Schweine behandeln, sein Traum war eine Tierarztpraxis. Dennoch wusste er, warum die treuesten Freunde seines Freundes Bücher waren.

Koljas Vater war mit der ›Neuen‹ nach Amsterdam gezogen, schrieb Postkarten aus einem neuen Leben, lud seinen Sohn und dessen Freund ein, aber immer, wenn sie diese Reise planten, war die Unlust größer als die Neugier. Sie stellten sich die Amsterdamer Wohnung wie das Haus vor, in das sie heimlich eingestiegen waren. Sperrmüll im Wohnzimmer, im Schlafzimmer ein ungemachtes Bett und im Kleiderschrank weiße Blusen. Außerdem hatten sie wenig Zeit. Kolja betreute Kai, Max besuchte das Kläuschen. Sie lernten zusammen, halfen Max' Vater auf dem Acker und im Stall. Er war ein freundlicher Mann, der sich in die Zärtlichkeit, die er zwischen den Jungen beobachtete, nicht einmischte. Er ließ sie gewähren.

Stück für Stück wanderten Gegenstände aus Koljas Zimmer in das Haus von Max und nur, wenn es sich nicht vermeiden ließ, ertrug Max ein paar Stunden im Hause seines Freundes. Ein Abendbrot, einen Tee am Nachmittag mit Kandis und süßer Sahne, ein Osterfrühstück, einen Weihnachtstag, eine Geburtstagsfeier. Frau Tönning nannte ihren Sohn ›mein Liebling‹ und sah an ihm vorbei. Die leise Höflichkeit dieses Hauses war wie Gehen auf dünnem Eis. Nichts für Max.

Der Tag der Abiturfeier war ein Freitag im Frühsommer. Eine Aula voller gut gekleideter Mädchen und Jungen, die die Ansprache des Schulleiters geduldig über sich ergehen ließen. Berge und Täler, Höhen und Tiefen des Lebens, die Höhen genießen, die Tiefen akzeptieren – sie kannten die Liebe des Lehrers zur Bibel, niemand wunderte sich, dass er sie mit einer Predigt zum zehnten Gebot aus der Schulzeit entließ. Neid. Du sollst nicht begehren deines Nächsten Weib, Knecht, Magd, Vieh noch alles, was dein Nächster hat. Sie mochten den Lehrer. Seine Sprache war salopp, das machte den Ratschlag erträglich. Er warnte vor dem Neid auf das größere Auto, den besseren Job, die attraktivere Freundin, das tolle Rennrad. Er warnte vor drei ungesunden Worten: Will ich auch. Worauf es ihm ankam, war die einfache und schwer zu lebende Wahrheit, dass der Mensch nicht aus dem besteht, was er hat, sondern was er ist. Mit dem Superrad zum sterbenden Vater radeln – war das beneidenswert? Er erinnerte sie an die Klinik im Tal, die trauernden Eltern, den Kampf der Ärzte um das Leben der Kinder. Meine schlichte Botschaft, sagte er ohne Pathos: Schaut euch den ganzen Menschen an, dem ihr etwas neidet. In den meisten Fällen möchtet ihr nicht mit ihm tauschen. Seid einverstanden mit euch, so wie ihr seid. Ändert, was zu ändern ist. Lasst eure Talente nicht verkümmern, sie sind der Schatz, der euch anvertraut worden ist. Kolja wusste, dass der Rat auch ihm galt. Seine Abiturarbeit über eine Erzählung von Marie von Ebner-Eschenbach hatte im Lehrerkollegium Furore gemacht. Ausgezeichnet, Kolja! Hervorragend! Der Rektor hatte ihn gelobt und beschworen, sein Schreibtalent zu pflegen, während ihn Mitschüler ausgelacht hatten. Wie konnte sich einer für eine böhmisch-katholische Adelsdame begeistern, wo es doch genug moderne Texte gab. Warum ausgerechnet ›Das tägliche Leben‹? Kolja dachte: Wenn sich eine Novelle mit dem täglichen Leben beschäftigt, ist das kein Hinweis auf ein glückliches Ende. Er glaubte nicht mehr an das Glück des täglichen Lebens. Für ihn war die Österreicherin kein verstaubtes Gespenst. Ihr Porträt lag auf seinem Schreibtisch. Die hohe Stirn, der breite, geschwungene Mund, die klugen Augen. Das Gesicht machte ihm Mut, gegen den Spott der Mitschüler anzuschreiben. Er nannte seinen Aufsatz ›Ein Trauerspiel mit zehn Personen‹. Der Anfang der Erzählung hatte ihn mitten ins Herz getroffen:

Am Vorabend der silbernen Hochzeit eines allverehrten Ehepaares, die von einem großen Familien-und Freundeskreise festlich begangen werden sollte, erschoss sich die Frau.

Ein einziger Satz, hinter dem sich das Drama einer ganzen Familie verbarg. Das Konzept seiner Hausarbeit hatte die Lehrer überzeugt. Er analysierte die Geschichte, in dem er einzelne Sätze des Textes aufspürte und mit eigenen Gedanken verband. Einen Satz wie diesen:

Sie musste in den Tod gegangen sein, wie man von einem Zimmer ins andere geht.

Kopfüber hatte er sich in diese Erzählung gestürzt und seinem Freund Max mit einer für diesen nicht nachvollziehbaren Begeisterung ganze Abschnitte vorgelesen:

Und die Frau … war tot in ihrem Sessel am Schreibtisch gefunden worden und neben ihr auf dem Boden der Revolver, mit dem sie sich ins Herz geschossen hatte. Mitten ins Herz. Ein gut berechneter Schuss, den eine ruhige Hand geführt haben musste.

Kolja schwärmte. Ein Schuss mit ruhiger Hand mitten ins Herz – ist das nicht toll?

In der Reihenfolge ihres Auftritts hatte er die Figuren der Erzählung untersucht, ihre echte und falsche Trauer, ihre Anteilnahme, ihre Kälte. Seine liebste Figur war, neben der toten Frau Gertrud, die namenlose Erzählerin, eine kühle Beobachterin der Trauergesellschaft, die über einen seltsamen Laut erschrickt:

ähnlich dem Schnalzen mit einer kleinen Peitsche. Wir sahen uns um. Was war geschehen? Der Hausherr hatte der Hausfrau einen Kuss gegeben. Eine solche Liebkosung zu ertragen, halte ich für eine Heldentat.

Aushalten. Durchhalten. Ertragen. Um diese Fähigkeiten ging es. In der Novelle und bei ihm zuhause. Kolja vertiefte sich in den Text, bis er die wichtigsten Sätze auswendig kannte. Seit vier Jahren ertrug seine Mutter, was er angerichtet hatte, beherrscht, ohne Zusammenbruch. Sie hatte in jener Nacht am Klavier versucht, ihren Panzer zu sprengen. Er hatte Risse bekommen, aber die Frau, die seine Mutter einmal war, herzlich, lebenslustig, verspielt, war nicht mehr da. Sie war eine Frau, die ihr Schicksal ertrug. Oder aushielt. Für mehr fehlte die Kraft. Ihr gemeinsamer Alltag war ohne böse Worte. Sie stimmten Zeiten und Termine ab. Einkaufen. Abendessen. Kochen. Frau Tönning hatte eine Arbeit in der Stadtverwaltung angenommen. Sie akzeptierte den schleichenden Umzug ihres Sohnes zu Max, tolerierte die fast geschwisterliche Liebe ihres Sohnes zu Kai, den sie ›den kleinen Schwachkopf‹ nannte. Kolja wusste nicht, ob seine Mutter großzügig oder gleichgültig war. Sie zwang ihm keine Besuche bei seiner Schwester auf, nutzte aber, als man Malu in der Klinik nicht mehr helfen konnte, Koljas Freundschaften. Über Frau Höfer bekam Malu einen Platz im ›Haus Aldegundis‹, einem Pflegeheim, in dem auch Lara lebte. Hier wurde Malu betreut, gepflegt, angeregt und animiert. Manchmal begleitete er seine Mutter, dann saß er neben seiner Schwester wie ein Fremder. Das Mädchen hatte die Augen geöffnet, aber erkannte sie Mutter und Bruder? Vermisste sie ihren Vater? Sie wussten es nicht. Malu gab Laute von sich, die niemand verstand. Sie saß im Rollstuhl. Beim Ausfahren legte sie den Kopf in den Nacken und sah in den Himmel. Es gab Hunde und Katzen im Heim, die unter den schwer behinderten Menschen ihre Lieblinge hatten. Ein brauner Pudel war immer bei Lara, eine Katze hatte sich entschieden, auf Malus Schoß zu schlafen. Nach solchen Besuchen fuhren sie schweigend nach Hause. Nach dem Abendessen ging Kolja zu Max.

Was macht die Prinzessin?

Kolja sagte: Kein Prinz in Sicht.

Aushalten. Durchhalten. Kolja musste Frau Höfer nicht noch einmal fragen, wie man sein Wesen verlieren kann. Er wusste es. Marie von Ebner-Eschenbach schien seine Mutter gekannt zu haben, als sie diesen Satz schrieb: Vielleicht würde ein zeitweises Versagen ihrer Standhaftigkeit sie gerettet haben.

Er hörte die Sätze des Schulleiters, seinen Wunsch, sie mögen glücklich werden ohne Neid. Kolja war nicht ausgewählt worden, für den Jahrgang zu sprechen. In dieser Rolle hätte er jetzt sagen müssen: Schaut mich an. Alle Rennräder, alle Villen, Ruhm und Reichtum sind mir scheißegal. Ich tausche mein Einserzeugnis mit allen schlechten Noten dieser Welt. Schaut mich an. Ich bin krank vor Neid auf alle Kinder, die von ihren Eltern geliebt werden.

Er drehte sich um. Er entdeckte seine Mutter in der Aula. Sie saß zwei Reihen hinter ihm. Ihr Mund lächelte. Als er ihren Augen begegnete, wusste er, dass ihn diese Frau am Tag des Unfalls verlassen hatte.

Tick Tack. Alles geht vorbei. Der Gedanke ist ein Trost für den Augenblick, aber nicht für das Leben danach. Er gab Max einen Kuss auf die Wange. Er drückte seine Hand. Ich geh pinkeln. Der Rektor beendete seine Rede. Schüler und Lehrer klatschten Beifall.

Draußen ist Krieg, kleine Motte.

An einem Freitag im Frühsommer sprang Kolja vom Schuldach. Er war neunzehn Jahre alt.

Während ich der ruhigen Männerstimme am Telefon zuhöre, habe ich das Gesicht eines Jungen mit roten Backen vor Augen, den alle nur den kleinen Meinusch nannten, Koljas Schulfreund. Sein Name steht im Telefonbuch. N. Meinusch. Norbert? Nils? Ich kann mich nicht erinnern, dass irgendjemand seinen Vornamen benutzte. Für alle war er der kleine Meinusch, der Bauernjunge. Er sei Lehrer geworden, sagt er. Ausgerechnet Lehrer, denke ich. Ob er noch weiß, wie oft ihn Mitschüler und Lehrer hänselten, weil seine Hefte nach Kuhstall stanken? Natürlich erinnert er sich an den Vorfall im Schwimmbad. Lange her. Dreißig Jahre? Du warst die Heldin! Eine ganze Seite in der Zeitung.

Ich?

Er hat den Bericht aufgehoben. Mit einem Bild von dir, sagt er, du siehst wie eine paralysierte Wasserratte aus.

Wie was?

In meiner Erinnerung ist der Schüler Meinusch ein eher stummes Kind gewesen mit der ständigen Angst, sich zu versprechen oder an komplizierten Wortschöpfungen zu scheitern. Um so ein Ungetüm wie eine ›paralysierte Wasserratte‹ hätte er einen großen Bogen gemacht. Nein, er weiß nicht, was aus Kolja geworden ist. Er hat ihn besucht, damals, nach dem Sprung vom Schuldach, das muss im Frühjahr nach dem Abitur gewesen sein. Er sagt: Kolja hat ein halbes Jahr im Krankenhaus gelegen, weißt du das nicht?

Ich weiß gar nichts.

Er habe Max kennengelernt, sagt er, Koljas besten Freund. Du kennst Max?

Mensch, Meinusch, ich kenne niemanden!

Er lädt mich am nächsten Tag zum Abendessen ein.

Er hat einen uralten Zeitungsausschnitt aufgehoben. Die Bilder in meinem Kopf enden mit einem Kind, das mit offenen Haaren auf dem Grund des Schwimmbads liegt. Koljas Schwester. Malu. Das Gesicht von langen, blonden Haaren eingerahmt wie von gelben Algen. Vielleicht kehrt meine Erinnerung zurück, wenn der kleine Meinusch mir die ganze Geschichte erzählt.

In meiner Erinnerung bestehen die Tage, Wochen und Monate danach aus Alltag. Routine. Das Leben ging weiter, als wäre nichts passiert. Ich ging zur Schule, lernte, besuchte Partys und erledigte die Aufgaben, die mir meine Eltern in der Pension zugewiesen hatten. Ich reservierte den Kurgästen Strandkörbe, half meiner Mutter in der Küche, war höflich und freundlich zu allen, denen wir Zimmer und Wohnungen vermieteten. Der Kunde ist König. Die Gäste kamen und gingen, ich habe mir weder ihre Gesichter noch ihre Namen eingeprägt. Stimmt nicht, an einen Namen kann ich mich erinnern. Heribert Bittermann, ein gediegener, älterer Herr. Er wohnte jeden Sommer ein paar Wochen bei uns, Zimmer fünf mit Blick in den Garten. Er schlief lange, ließ sich gegen Mittag von meiner Mutter oder mir drei Spiegeleier braten und trank dazu eine Kanne Tee. Starken englischen Tee mit kalter Milch. Ohne Zucker. Es war ein Ritual. Ich klopfte an seine Tür und rief: Teatime, Mr. Bitterman. Und er: Yes, Lady, I'm ready. Dann setzte er sich frisch geduscht und perfekt gekleidet – Weste, Schlips, die Schuhe blankgeputzt – in das leere Frühstückszimmer. An dem Tag, an den ich mich jetzt erinnere, antwortete er nicht. Ich klopfte, rief und als meine Mutter schließlich aus Angst, ihm sei etwas passiert, die Tür aufschloss, war das Zimmer leer. Ein Kurgast darf tun und lassen was er will, kommen und gehen, wie es ihm passt – aber Herr Bittermann kam nicht wieder. Die Polizei durchsuchte das Zimmer, fragte nach seinem Wohnort, nahm seine Sachen an sich. Es fehlte die Brieftasche, der Hut, ein Anzug, die schwarze Samtweste, ein Paar Schuhe. Es gab kein Verbrechen, keinen Toten. Mr. Teatime blieb vermisst und irgendwann vergaß ich ihn. Jetzt steht er vor mir wie damals. Taucht ungerufen aus der

Versenkung auf, während ich in meinem Kopf nach Malu suche. Ich höre den Tonfall, in dem er sagte: Yes, Lady, I'm ready. Wenn beide Ereignisse, sein Verschwinden und Malus Unfall, in die gleiche Zeit gehören, dann könnte es doch sein, dass Malu und Herr Bittermann – bildlich gesprochen – Nachbarn in meiner Erinnerung sind. Und wenn plötzlich Mr. Teatime auftaucht, warum nicht auch Malu?

Auf dem Weg zu Meinusch gelingt es mir nicht, die erwachsene Männerstimme von dem Gesicht des Jungen zu trennen, das ich zum letzten Mal vor mehr als zwanzig Jahren auf dem Schulhof gesehen habe. Norbert? Nino? Nathan? Ich sehe zwei Schüler beieinanderstehen. Kolja, in den ich mich verliebt hatte, schmal, blond, lebhaft, und sein stiller Freund, beide eine Klasse unter mir. Sie schlendern nicht, toben nicht, stehen auf dem Schulhof und schweigen. Kann sein, dass sie ihre Pausenbrote essen.

Der Bus hält in jedem Dorf an jeder Ecke. Ich überlasse mich seinem Schaukeln, dem leisen Fauchen der sich öffnenden und schließenden Türen an den Haltestellen, verliere mich in der Landschaft, die mit jedem Kilometer schöner wird. Heide. Wald. Meer. Zwischendrin öde Einfamilienhäuser. Windfänge aus dicken Glasbausteinen, Jägerzäune. Gelbe Klinker, Satteldach. Rote Klinker, Satteldach. Gerüschte Gardinen. Pappschilder im Fenster, wie ich sie aus meinem Elternhaus kenne: Zimmer frei. Keine Kurgäste, keine Einnahmen. Wir nannten die Aushänge ›Hungerschilder‹. Vor einer Haustür malen Kinder mit bunter Kreide Einfamilienhäuser auf den Weg, die denen in ihrer Straße gleichen. Rote Klinker, gelbe Klinker, Jägerzäune. Gerüschte Gardinen. Hinter den Scheiben lustige Gesichter. Frauen mit Zöpfen, Männer mit Bärten und Brillen. Mir fällt ein Spiel ein, das mit Stift und Zettel oder mit Kreide auf der Straße funktionierte. Man malt mit einem schnellen Strich, ohne abzusetzen, ein Haus und ruft: ›Wer dies nicht kann, bekommt kein Mann und glaubt daran.‹ Ob es noch funktioniert? Ich versuche es mit dem Finger an der Scheibe im Bus: waagerechter Strich von links nach rechts, schräg hoch nach links, parallel nach rechts, links runter zurück zur Ausgangslinie, wieder hoch, um die erste Wand zu schließen, zwei schräge Linien sind das Spitzdach, der letzte senkrechte Strich und: fertig. Wer dies nicht kann, bekommt kein Mann und glaubt daran. Blödes Spiel. Ich kann es und habe trotzdem keinen Mann.

Der Bus wird mit jeder Haltestelle leerer. Niemand steigt mehr ein. Ich sehe in den Vorgärten Rhododendron-Büsche, hohe Tannen, vor zwanzig oder dreißig Jahren beim Einzug gepflanzt. In den Gärten Zierteiche, Planschbecken, Schwimmbassins. Der Mann, zu dem ich fahre, hat den Zeitungsartikel aufgehoben, in dem steht, was mein Kopf nicht erinnern will oder nicht erinnern kann. Was willst du von Kolja, hatte Meinusch gefragt, als müsse er seinen Schulfreund vor mir schützen.

Wir kurven durch Wohngebiete, aus denen nicht einmal Straßendörfer geworden sind, nur unverbindliche Nachbarschaften von Volksbanken, Handyläden, Friseuren und Supermärkten. Ich stelle mir vor, dass der kleine Meinusch ein schönes Zuhause hat. Nicht hinter gelben Klinkern. Ich stelle mir das Kindergesicht mit der Männerstimme in einem Forst- oder Pfarrhaus vor. Verheiratet, drei Kinder, ein Hund vielleicht oder Katzen. Die Frau nicht hübsch, aber freundlich, halbtags berufstätig. N. Meinusch war in allen Fächern so unauffällig mittelmäßig, dass er, ohne sitzen zu bleiben, durch die Schule kam, aber auch ohne Lob und Liebe. Obwohl: Es gab ein Fach, in dem er glänzte. Wir waren eine Zeitlang zusammen in der AG Kunst. Ich, weil die Lehrerin meine ungelenken, perspektivlosen Kritzeleien für naive Kunst hielt und der Schüler Meinusch, weil er mit wenigen Kohlestiftstrichen Typen entwarf, die wir erkannten. Die hochgezogene Augenbraue gehörte dem Hausmeister, der bittere Mund dem Rektor, das freundliche Mondgesicht zum Mathelehrer. Zwei, drei Striche, die weichen Linien leicht verrieben – das war er selbst, der Junge mit der Einsamkeit in den Augen. Unser kleiner Meinusch, sagte die Kunstlehrerin damals, hat einen Blick für die Seele.

Rechts das Meer, der endlose Strand, die Dünen. Links, kurz

vor der letzten Haltestelle, liegt das aufgeblähte Dorf, durch das sich im Sommer die Touristen wälzen und die Stürme im Winter an verschlossenen Ladentüren rütteln.

Fahr bis zur Endstation.

Die Menschen, die zwischen Strand und Imbissbuden pendeln, tragen Badehosen und Badelatschen. Ich sehe Sonnenbrände auf Bäuchen, Rücken und Schienbeinen. Der Schaffner ruft ›Dünenweg‹ und ich fühle mich, als sei ich schlecht auf eine Prüfung vorbereitet.

Kein Forsthaus, kein Pfarrhaus. N. Meinusch. Ich finde seinen Namen im zwölften Stock eines Hochhauses. Während der Fahrstuhl leise aufwärtsgleitet, verstärkt sich mein Unbehagen und in der achten Etage weiß ich, dass ich mich vor einem alten Zeitungsbericht fürchte.

Dann stehen wir uns gegenüber. Zwei, die sich ein Vierteljahrhundert nicht gesehen haben und nicht viel voneinander wissen. Er sagt einfach: Ragna, wie schön, komm rein. Wir geben uns die Hand und nun passt auch die Stimme zu dem Gesicht, das erwachsen geworden ist. Ein rundlicher Mann, nicht dick. Das Gesicht gerötet, aber nicht so stark wie in meiner Erinnerung. Ich sehe in seinen Augen, dass er Humor hat. Er heißt nicht Norbert, nicht Nils. Er heißt Nikolaus. Noch ein Grund, warum er in der Schule gehänselt wurde. Ach, du lieber Nikolaus, komm doch einmal in mein Haus und hole deinen Sack heraus.

Bevor er mir einen Platz am Küchentisch anbietet, zeigt er mir den schönsten Ort der Wohnung, den Balkon im zwölften Stock mit einem Blick über das Meer, der mir sofort das Gefühl gibt, ich müsse fliegen lernen, um nicht über die Brüstung zu stürzen. Auf diesem Balkon könnte ich keine Minute sitzen, ohne angestrengt auf das leise Knacken zu warten, das den Absturz ankündigt. Der kleine Meinusch lacht. Alles Gewöhnung. Er schläft im Sommer auf dem Balkon zwischen Himmel und Meer.

Ich hätte dich nicht wiedererkannt, sage ich.

Ich dich überall.

Er schält Kartoffeln, schneidet hauchdünne Zwiebelringe, legt das Cornedbeef, die Heringe, die Roten Bete, die Eier für ein zünftiges Labskaus zurecht. Ich schaue zu, Hilfe lehnt er ab. Kolja zum Beispiel, sagt er, ist nie verspottet worden. Schmal, groß, blond. Redegewandt. Die Haut zart und weiß, keine roten Bauernbacken. Er war der schönste Junge in der Klasse und dass ich es war, mit dem er auf dem Schulhof seine Pausenbrote aß, war kaum zu fassen.

Wie soll ich dich nennen? Nikolaus? Nicki? Niko?

Sag Meinusch, das bin ich gewöhnt.

Er stampft die Kartoffeln zu Brei, hebt das Cornedbeef darunter und einen guten Schluck Rote-Bete-Saft, rührt um und bleibt auf dem Schulhof, zerstampft Pfefferkörner im Mörser und beschreibt mir die Herkunft zweier Jungen am Unterschied ihrer Pausenbrote. Koljas Brote: dünne Scheiben. Fein belegt mit Käse, der nicht stinkt oder Schinken, hauchzart geschnitten. In Koljas Brotdose gab es gepellte Eier, geschälte Mandarinen, mal einen Apfel, mal einen Riegel Schokolade. Meinuschs Pausenbrote: vom frischen Brotlaib abgesägte Stullen mit dicken Blutwurstscheiben. Kein Butterbrotpapier. Seine Pausenbrote steckten in der Zeitung von gestern. Käsestullen warf er in den Mülleimer. Ein Kind, dessen Hefte nach Kuhstall riechen, darf nicht auch noch nach Käse stinken.

Er spielt mir einen Kolja vor, der sich elegant die schmale Schnitte zwischen die Lippen schiebt und den kleinen Nikolaus Meinusch mit dem aufgesperrten Walrossschlund.

Ihr hättet die Brote tauschen sollen!

Haben wir. Es hat nicht viel geändert. Ich riss den Mund zu weit auf, während Kolja von meinen Stullen manierlich abbiss. Vergiss die alten Geschichten, sagt er, erzähl von dir.

Er findet meine Forschung interessant, wäre aber kein Partner für ein Interview. Er kann sich ein Leben in der Stadt nicht vorstellen. Kein Meer, keine Heide, kein Strand, kein Watt, kein Sturm, keine Gefahr – drei Jahre Studium in der Stadt hat er kaum ausgehalten. Er hantiert geschickt mit dem Mixer, der elektrischen Pfeffermühle, greift sicher wie ein Blinder nach den Gewürzen, trägt eine Schürze, auf der ›Chefkoch‹ steht. Nein, er hat keine Ehefrau, nur immer mal wieder eine Freundin. Er lächelt.

Mir laufen die Frauen davon.

Ich frage, wie aus einem gequälten Schulkind ausgerechnet ein Lehrer wird.

Liebe, sagt er. Liebe zu den schüchternen, scheuen, nicht geförderten, nach Stall stinkenden, wenig hübschen Landeiern.

Meinusch ist Rektor einer Schule, in der sich Kinder ohne Angst viel Wissen aneignen dürfen. Neugierige Kinder, keine Duckmäuser. Er hat als Lehrer in Brennpunktklassen unterrichtet und begriffen, dass ein Einzelner die Schule nicht verändert, wenn der Rest nicht mitzieht. Also: an die Spitze. Den Weg bestimmen. Rektor werden. Den Ton vorgeben. Das Kollegium auswählen, an einem Strang ziehen mit Pädagogen, die nicht nach Schwächen, Unarten und Mängeln suchen, sondern nach Begabungen. Goldgräber einstellen: Lehrer, für die stumme Kinder keine dummen Kinder sind. So eine Schule leitet er. Ich sage: Immer mal wieder eine Freundin … was heißt das?

Untauglich für lange Strecken, sagt er. Sie ertragen mich ein Jahr, auch mal zwei, dann haben sie genug von mir. Sie fragen: Kino oder Konzert – ich sage: Ist mir egal. Eintopf oder Nudeln? Ich mag beides. Berge oder Meer? Lieber Meer, aber ich fahr auch in die Berge. Sie wollen streiten und ich streite nicht. So bin ich manchmal eine Weile zu zweit und dann wieder allein.

Verdammt, Meinusch, dann streite doch! Der Alltag ist voller Möglichkeiten, sich zu ärgern, zu zanken, zornig oder wütend zu werden. Sag doch einfach Nein zum Eintopf.

Aber warum?

Wenn dich die Frauen verlassen, was sagen sie dann?

Meinusch, du bist langweilig.

Willst du nie bestimmen, wohin die Reise geht?

Ich bestimme, soweit das möglich ist, die Entwicklung der Kinder in der Schule. Methoden entwickeln, wie Lernen Freude macht, das ist mir wichtig. Vieles andere ist einfach egal.

Vermisst du Kinder?

Nein, ich habe hundertzwanzig.

Heulst du?

Ich schneide Zwiebeln, Ragna.

Wir stoßen mit einem Humpen Bier auf unser Wiedersehen an.

Er wärmt die Teller im Backofen, schlägt Sahne steif für den Nachtisch, legt weiße Stoffservietten auf den Tisch und holt aus dem Arbeitszimmer eine vergilbte Zeitungsseite mit einer fetten Schlagzeile: Drama zwischen Deich und Meer. Neben dem Text ein großes Foto: ein Mädchen im schwarzen Badeanzug. Dünn und frierend. Unter dem Bild eine knappe Zeile. Ragna P.: Gymnasiastin, DLRG-Mitglied, gestern Abend nach ihrem beherzten Rettungsversuch.

Ich sehe ein erstarrtes Gesicht mit wässrigen Augen, die niemanden ansehen. Lange, nasse Haare. Im Hintergrund, verschwommen, ein Sprungbrett, ein Krankenwagen, Sanitäter. Eine fotografierte Gedächtnislücke.

Ich habe mit zehn Jahren einen Fotoapparat bekommen. Nach den ersten Bildern war ich süchtig nach Motiven. Bei allem, was mir vor die Linse kam, dachte ich: meins. Der Baum: gehört mir. Die Taube: gehört mir. Die Hunde, Katzen, alle Menschen, die ich mit meiner ersten Kamera festhielt, jeder Fisch an der Angel wurde mein Eigentum. Ich war ein Dieb, ich stahl mit den Augen. Später schwankte ich zwischen Größenwahn – ich kann die Zeit anhalten – und Traurigkeit. Jeder Druck auf den Auslöser hieß auch: Was eben war, wird nie mehr sein. Nie mehr so sein, wie vor einer Sekunde. Der Fisch, der eben noch an der Angel zappelte, ist tot. Die Menschen, die ich fotografierte, würden nie wieder denselben Gesichtsausdruck haben wie in dem Augenblick, als ich ihn festhielt. Klack. Das Geräusch sagte mir: vorbei. Augenblick für Augenblick: vorbei. Ein Druck auf den Auslöser und aus Gegenwart wird Vergangenheit. Blumen welken, Tiere werden geschlachtet. Ich war keine zwanzig Jahre alt und dachte beim Fotografieren an das Ende des Lebens. Es gibt keine Ausnahme, auch nicht für mich.

Kann sein, dass ich aus diesem Grunde aufgehört habe, Bilder zu machen. Jetzt, beim Anblick des Fotos dieser, wie Meinusch sagte, paralysierten Wasserratte, empfinde ich nichts. Ich weiß, dass ich das ›beherzte‹ Mädchen auf dem Bild bin. Es ist unheimlich, dass es eine Fotografie aus meiner Vergangenheit gibt, die mehr weiß als ich. Meinusch zitiert aus dem Fragebogen von Max Frisch: Haben Sie Fotos, auf denen Sie abgebildet sind, die Sie mit keiner einzigen Erinnerung verbinden können?

Ja, hab ich. Alle Säuglings- und Kinderfotos, von denen mir gesagt wurde, dass ich es sei, die dort krabbelt, lacht, erste Schritte versucht, auf den Armen von Omas und Opas getragen wird. Ich habe, was schade ist, keine Erinnerung an Spazierfahrten im Kinderwagen, Schnuller im Mund und Schleifen im Haar. Einmal habe ich mich geschämt, als ich mit einem Freund in alten Alben blätterte und er anzüglich über ein Foto grinste, auf dem ein dickes, nacktes Kind zu sehen war: ich. Scham beim Betrachten eines nackten Kindes, mit dem mich keine Erinnerung verbindet, ist seltsam. Einmal, ich war vielleicht zehn oder elf, hatte meine Großmutter mir ihr eigenes Album gezeigt. Sie als junge Frau. Mein Großvater, als er noch ihr Verlobter war. Bilder von mir, ihrem Enkelkind. Ich in ihren Armen, ich auf dem Schoß des Großvaters. Und dann das Foto, an das ich jetzt denke. Sie und ich: verkleidet. Sie als fescher Galan, die langen Haare unter einem Hut versteckt, im Anzug meines Großvaters mit Oberhemd und Schlips und angemaltem Schnurrbart. Ich als sie: Hütchen auf dem Kopf, Schleier vor dem Gesicht. Ich trug ihr Sonntagskleid, in dem ich steckte wie ein Streichholz in einem bunten Sack. Von den vergnüglichen Stunden, die wir beim Verkleiden gehabt haben müssen, wusste ich nichts mehr, keine Minute, hatte aber beim Anschauen der Fotografie ein Gefühl für den winzigen Augenblick, in dem das Bild entstand, für die eine Sekunde, in der uns mein Großvater anflehte, ernst zu bleiben: Herrgottnochmal, hört endlich auf, euch vor Lachen zu krümmen wie besoffene Regenwürmer. Dann hat er auf den Auslöser gedrückt und dieses verrückte Foto gemacht. Ende der Erinnerung. Zwei Wörter: besoffene Regenwürmer. Vorher nichts und nichts danach. Behält das Gedächtnis nur Episoden, die mit starken Gefühlen verbunden sind? Trauer. Tränen. Komik. Lachen. Und wo bleibt die Erinnerung an den gleichförmigen, sich wiederholenden, undramatischen Alltag – und wie groß ist sein Anteil an einem ganzen Leben? Kann es sein, dass neunzig Prozent meines Lebens keine Spuren hinterlassen haben? Vielleicht wird ein Teil meines Lebens, den ich nicht erinnere, in den Köpfen derer aufgehoben, die den Alltag mit mir teilen oder geteilt haben? Mütter und Väter, Geschwister, Großeltern, Freunde. Das wäre tröstlich.

Unfähig, mich auf den Zeitungsbericht zu konzentrieren, gebe ich Meinusch den Ausschnitt zurück.

Lies vor!

Er dreht das Gas unter dem Kartoffelbrei aus, schenkt Bier nach, holt die Brille aus dem Arbeitszimmer und liest:

Drama zwischen Deich und Meer. Von unserer Reporterin Frauke Bär. Am gestrigen Dienstag zwischen achtzehn und neunzehn Uhr beobachtete der Rentner Anton L. (78) das dramatische Geschehen im Schwimmbad der Grimmershörner Bucht. Rentner L.: »Ich stand auf dem Balkon, genoss die spektakuläre Abendsonne, als mir ein Mädchen auffiel, das wie von Furien gehetzt auf das menschenleere Freibad zulief.« Das Mädchen, so Anton L., hätte zuvor mit einem Jungen auf der Bank am Meer gesessen, dann den Zaun des geschlossenen Schwimmbads geschmeidig wie eine Katze überwunden und sich beherzt ins Wasser gestürzt. Zunächst hätte ihn das Nicht-wieder-Auftauchen des Mädchens nicht gewundert, er hätte weiter die Abendsonne betrachtet, die den Horizont in tiefes Lila tauchte. Dann hörte er laute, verzweifelte Hilfeschreie und sah, dass das Mädchen, auf dem Rücken schwimmend, ein Kind hinter sich herzog, so wie auch er selbst es einst beim Rettungsschwimmen gelernt hatte. L. war jahrzehntelang Jugendtrainer des DLRG. »Die Schreie«, so Rentner L., »klangen nach hoher Not. Ich rannte zum Telefon und alarmierte die Polizei.«

Meinusch sieht mich an. Erinnerst du dich?

Lies weiter.

Anton L. blieb auf dem Balkon, bis der Rettungshubschrauber landete, dann setzte er sich, wie jeden Abend, vor den Fernsehapparat, um Nachrichten zu sehen. Krankenhaus und Polizei waren bei Redaktionsschluss nicht in der Lage, über den Zustand des Kindes Auskunft zu geben. Nur so viel: Das Mädchen (Malu T.) werde künstlich beatmet und, sobald es sein Zustand erlaube, in eine Spezialklinik geflogen. Die junge Lebensretterin stand unter Schock. Sie hatte das Mädchen aus dem Wasser gezogen und, bis zum Eintreffen des Notarztes, versucht, es mit Herzmassage und Mund-zu-Mund-Beatmung ins Leben zurückzuholen. Der Bruder des Kindes wurde von der Polizei vernommen. Die Frage, warum seine Schwester, die nach Auskunft der Eltern eine gute Schwimmerin war, habe ertrinken können, kann zurzeit niemand beantworten. Ein Rettungssanitäter schloss einen angeborenen Herzfehler nicht aus. Auch Verschlucken kann zum Ersticken geführt haben, man nennt das ›trockenes Ertrinken‹.

Meinusch legt mir den Zeitungsauschnitt neben den Teller.

Und?

Ich schüttele den Kopf. Nichts.

Mein letztes Bild ist statisch: Malu unter mir auf den blauen Kacheln des Schwimmbads. Die Augen offen. Das Gesicht friedlich wie im Schlaf. Ich über Malu, starr wie der Hecht, bevor er sich auf seine Beute stürzt, um dann, so muss es gewesen sein, mit einer einzigen Bewegung pfeilschnell zu tun, was getan werden musste.

Lebt sie? Hab ich sie gerettet?

Sie lebt, Ragna. Ob das ihre Rettung war, kann ich nicht sagen.

Er dekoriert das Essen auf den Tellern. Ein Häufchen cornedbeefbraunes Kartoffelpüree in die Mitte, obendrauf zwei Spiegeleier, die Ränder kross, auf dem Tellerrand zwei Scheiben Rote Bete, ein Stück Hering, eine saure Gurke. Ich lobe das Essen, obwohl ich kaum etwas schmecke. Es ist, als hätte der Zeitungsbericht meine Geschmacksnerven betäubt. Zum Nachtisch serviert er in kleinen Schüsseln rote Grütze, selbst gemacht, mit steifgeschlagener Sahne und als er fragt, ob sie mir schmecke, kann ich immerhin mit Tucholsky, einem kleinen Beweis meines Erinnerungsvermögens, antworten: An meinem Todestag – ich werd ihn nicht erleben – da soll es mittags rote Grütze geben, mit einer fetten weißen Sahneschicht … von wegen: Leibgericht.

Bis weit nach Mitternacht sitzen wir auf dem Balkon mit schwindlig-schönem Blick über das schwarz im Mondlicht glänzende Wattenmeer. Ich rücke meinen Stuhl nah an die Türschwelle zum Wohnzimmer. Meinusch sagt, das Hochhaus stünde seit zehn Jahren und noch nie sei ein Balkon in die Tiefe gestürzt. Es ist einer der seltenen Abende, an denen es fast windstill ist. Nirgendwo Musik, kein Auto, auch die Möwen schlafen. Tief unter uns hält sich ein angetrunkener Mann an der Fahrplansäule fest. Wir genießen die laue Nacht, und wenn Meinusch erzählt, flüstert er und ich erfahre viel über den Jungen mit den viel zu dicken Pausenbroten und beginne zu verstehen, warum sich Frauen in ihn verlieben und ihn wieder verlassen.

An irgendeinem Weihnachten hatte ihn Kolja zu sich eingeladen. Nein, nicht an irgendeinem Weihnachten, sagt er, sondern am zweiten Weihnachtstag, einen Tag nach seinem vierzehnten Geburtstag. Meinusch brauchte den ganzen Vormittag, um sich vorzubereiten. Er seifte sich ein, duschte, bis er sicher war, nicht mehr nach Stall zu riechen. Er hängte den einzigen Anzug, den er besaß, in die Winterluft, polierte seine Schuhe, bis er sich darin spiegeln konnte. Er deckte seine roten Backen mit dem Puder seiner Mutter zu, ein einziges Mal wollte er blass wie Kolja sein. Über ein Geschenk musste er nicht nachdenken. Sein Vater hatte ihm einen dicken Schinken eingepackt. Nachdem ihn Koljas Mutter in die Wohnung gelassen hatte, wusste er, wie es im Paradies zuging. Leise. Nicht, weil sie dort flüsterten, sondern weil sie so sanft miteinander umgingen. Sie hörten Musik, von der er keine Ahnung hatte und nannten die Stücke Kantaten und Sonaten. Meinuschs Eltern hörten die Schlager ihrer Jugend. Karel Gott und Bata Illic, Roy Black und Freddy Quinn und beim Melken Wencke Myhres knallrotes Gummiboot und er, der kleine Meinusch, konnte die Texte mitsingen und am liebsten war ihm Daliah Lavis verzweifelte Frage: Wer hat mein Lied so zerstört?

Bei den Tönnings waren die Teppiche weich. Es gab Bilder an der Wand, die Gemälde hießen. Im Wohnzimmer stand ein Klavier und es gab Bücher! Die Wände rauf, die Wände runter. Und wie der Tisch gedeckt war – er wagte kaum, zu essen, obwohl Kolja sagte: Hau rein, Meinusch. Hier rammte niemand die Gabel kräftig in fettes Fleisch, bei Kolja am Tisch wurden zarte Scheiben von einer knusprigen Ente abgeschnitten. Koljas Schwester Malu tupfte sich mit einer Stoffserviette die Lippen ab, während man bei ihm den Handrücken benutzte. Nur eines war bei ihm zuhause besser: Sie hatten eine Annemarie, eine Magd, die kochte und das Essen auf den Tisch stellte und später die Küche aufräumte. Bei Kolja war die Magd die Mutter.

Am Abend lag er in seinem Bett und betete: Lieber Gott, mach, dass ich so leben darf wie die Tönnings. Ich will tausend Bücher haben. Gib mir Geschmack, damit ich schöne Möbel kaufen kann. Lieber Gott, hilf mir beim Lernen und lass mich nicht lebenslänglich nach Kuhkacke riechen.

Und? Hat er dich erhört?

Meinusch lacht. Ein bisschen. Ich habe Bücher, aber nicht so viele. Ich habe kein Klavier. Mein Geschirr ist rustikal, mein Geschmack, was Kunst angeht, eher kitschig geblieben. Sagen wir so: Der liebe Gott hat mir an diesem Weihnachtsfest die Stiefel gezeigt, mit denen ich mich auf den Weg machen kann.

Ich frage nach Kolja und Meinusch erzählt, erinnert sich genau, hat nichts vergessen.

Als gegen vier am Horizont der Tag beginnt, sagt er: Ragna, wir haben drei Möglichkeiten, die Nacht zu beenden. Ich rufe ein Taxi. Ich leih dir mein Fahrrad …

Oder?

Du bleibst hier.

Dass ich das Fahrrad nehme, ist keine Entscheidung gegen Meinusch, eher die Freude auf eine Stunde Strampeln zwischen Nacht und Tag und die Beschäftigung mit der Erzählung seiner Reise zu Kolja. Und dem Satz, mit dem er den Bericht beendete: Der liebe Gott hat Kolja nicht gewollt. Ich hoffe, dass das so geblieben ist.

Wir stehen im Flur und umarmen uns. Unsere Augen, unsere Nasen, unsere Münder sind auf gleicher Höhe. Das fühlt sich gut an. Dann löst er sich von mir, gibt mir einen kleinen Schlüssel und sagt: Wie du willst. Es ist das schwarze Giant Cross. Ich bin zufrieden mit dem Abend und der langen Zweisamkeit. Meine Suche hat einen Ort: Graefenreuth, und einen Namen: Max.

Ich schließe das Rad auf und schaue hoch in den zwölften Stock. Da steht ein kleiner Mann auf dem Balkon und winkt. Es ist ein Abschiedswinken, keines, das mich einlädt, umzukehren und ich fange an, zu verstehen, warum sich die Frauen in ihn verlieben und ihn verlassen. Wer nicht sagen kann, was er will, hat keine Wünsche. Die Frauen haben recht: Ein Mann ohne Wünsche ist langweilig. Oder scheu. Die Entfernung zwischen uns ist zu groß, um zu rufen: Mensch, Nikolaus Meinusch, sag, was du willst, schrei vom Balkon: Ragna, ich will mit dir schlafen! Das wäre unwiderstehlich – aber wer bringt ihm das bei? Immerhin hat Nikolaus Meinusch die Stiefel angezogen, die ihm der liebe Gott gezeigt hat. Er leitet eine Schule, wird von hundertzwanzig Kindern geliebt und hat hin und wieder eine Freundin. Ist das genug? Ich hebe die Hand, winke, steige aufs Rad. Giant Cross, zwanzig Gänge. Der Sattel hart wie Stein. Sobald er mich nicht mehr sieht, wird er die Küche aufräumen und sich zum Schlafen unter die Sterne legen.

Ich strample durch die laue Luft, leise und schnell, über mir ein blasser Mond. Ich versuche, mir Meinuschs Reise zu Kolja, wie er sie mir erzählt hat, noch einmal genau vorzustellen. Er war der einzige Freund, an dessen Namen sich Frau Tönning erinnerte. Sie hat ihn angerufen. Er ist sofort gefahren. Dann stand er an Koljas Bett und schluchzte wie ein Kind. Die Handgelenke gebrochen, beide Beine, das Becken, nur der Kopf war, wie durch ein Wunder, unverletzt geblieben und Meinusch fragte sich, was manierliche Stullen wert sind, was ein Klavier, Gemälde an der Wand, schönes Geschirr, Kantaten und Sonaten. Vor ihm lag ein Junge, der in den Tod springen wollte. Bleich wie Gips. Meinusch versuchte, im Gesicht des schlafenden Freundes zu lesen: warum? Er stand mit gefalteten Händen am Bett und konnte die Tränen nicht stoppen. Lieber Gott, mach ihn gesund, lieber Gott, pass auf ihn auf.

Ich nehme den Umweg über die Felder, auf denen dichter Nebel liegt. Ich höre Hufe, dann taucht verschwommen ein Pferd ohne Reiter vor mir auf. Es bleibt stehen. Ich steige vom Rad. Die Stute lässt sich den Hals streicheln und geht weiter. Ich sehe ihr nach, bis der Nebel sie verschluckt und ich nur noch ihre Hufe hören kann.

Meinusch lernte Max kennen, Koljas Schatten. Er war lässig – man sieht sich – und zärtlich. Er brachte Kolja Suppen, fütterte ihn, las ihm Geschichten vor, stellte ein Radio auf den Nachttisch, suchte Programme mit klassischer Musik, Hörspielen, Vorträgen. Die beiden hatten auf Meinusch wie ein Liebespaar gewirkt. Meinusch hatte Fragen. Warum ist Kolja vom Dach gesprungen? Warum am letzten Schultag? Warum am ersten Tag der Freiheit? Max sagte: Kein Gespräch über Kolja. Basta. Meinusch spürte, dass er nicht willkommen war. Frau Tönning saß stumm am Bett ihres Sohnes. Sie war höflich und freundlich, sie hatte es gut gemeint, als sie den Schulfreund ihres Sohnes informierte – aber Meinusch wusste nach zwei Tagen, dass ihn hier niemand brauchte. Er war überflüssig. Er fuhr zurück und rief nach etwa einem halben Jahr Koljas Mutter an. Ja, Kolja ging es langsam besser. Nein, Pläne habe er nicht. Zu früh, um über die Zukunft nachzudenken. Nein, er müsse ihren Sohn nicht noch einmal besuchen, Max sei an seiner Seite. Max habe ein Studium begonnen, er würde wahrscheinlich den Hof seines Vaters übernehmen und Tierarzt werden. Es war ein kurzes, sprödes Gespräch.

Ich sitze auf dem schnellen Rad vom kleinen Meinusch und rechne. Bei seinem Sprung vom Schuldach war Kolja neunzehn Jahre alt. Er müsste Mitte Vierzig sein. Meinusch hatte nach den

Gründen meiner Suche gefragt. Eine alte Verliebtheit? Unsinn. Der Grund ist profan und egoistisch. Sollte Kolja tatsächlich in die Landschaft seiner Kindheit zurückgekehrt sein, in das Drama seines Lebens, wäre seine Geschichte der Diamant in meiner Sammlung von Lebensläufen.

Ich stelle das Giant Cross in den Schuppen, bin hellwach und völlig überdreht. In der Wohnung mixe ich Eis mit weißem Martini. Auf der Mailbox ist die Stimme, zu der ich jetzt auch das Gesicht kenne. Die Stimme bedauert, mich nicht überredet zu haben, bei ihr zu bleiben.

Ich setze mich auf den Balkon. Die Bank am Meer sieht einsam aus. Dort, wo die Strandkörbe stehen, stelle ich mir das Schwimmbad vor. Hilfeschreie, die nach hoher Not geklungen hatten. Herzmassage. Mund-zu-Mund-Beatmung. Ich war sechzehn Jahre alt und hatte ein Leben gerettet. Ich hätte an einem Mittwoch nachlesen können, was am Dienstag geschehen war. Es gab einen Zeugen, den Rentner Anton L. Ich bin beobachtet und fotografiert, sicher auch befragt worden. Gab es Gespräche zwischen mir und meinen Eltern? Ich schaue auf die Uhr. Halb fünf. Zu früh für einen Anruf in der ›Perla de la Playa‹. Ich hatte einmal energisch beschlossen, die Stufen zu vergessen, über die sie meinen Studienfreund in den syrischen Folterkeller führten – und werde sie nie vergessen. Auch, weil es überall steile, graue Kellertreppen gibt, die mich daran erinnern, dass ich mich an spezielle Stufen nicht erinnern will. Gibt es eine Technik des Vergessens? Was wären die Folgen eines abendlichen Sortierens und Aufräumens: Dies behalten, dies vergessen? Es gab keinen Grund, meine ›Heldentat‹ aus dem Gedächtnis zu streichen. Also: Wo ist sie? Ich wünsche mir einen Tag der offenen Tür in dem Betrieb, der mein Kopf ist.

Ich trinke ein zweites Glas Martini. Und ein drittes. Meine Mutter hatte beim Vorlesen Spaß daran, ganze Seiten zu überspringen, so dass Figuren nicht mehr zueinander passten oder verloren gingen. Ich konnte mit den Lücken nicht leben und weinte. Ich war verzweifelt, wenn sie sagte: Denk dir was aus. Und weil ich mir nicht ausdenken kann, was zwischen der Rettung des Kindes und Koljas Sprung vom Dach passiert ist, werde ich den Mann suchen, der es wissen muss: Max.

Darf man morgens um fünf Uhr, ohne eine kranke Kuh im Stall, einen Tierarzt wecken?

Er war auf wortkarge Art höflich. Ja, er sei Max. Nein, er würde mir nichts über Kolja erzählen, schon gar nicht am Telefon. Nein, er wisse nicht, wo sich Kolja zurzeit aufhielte, da müsse ich mich an seine Mutter wenden, Frau Tönning stehe im Telefonbuch. Er hat in den Hörer geschwiegen bis ich ihm meine Geschichte mit Kolja und Malu erzählte und sagte, wenn er mir nicht weiterhelfe, sei er schuld, wenn ich den Verstand verlöre. Da hörte sich sein Atem zum ersten Mal an, als würde er lachen. Er sagte: Von Menschen, die den Verstand verloren haben, verstehen wir hier in der Gegend ziemlich viel. Er bot mir sein Gästezimmer an und versprach mich am Bahnhof abzuholen. Nach seiner Beschreibung stellte ich mir einen kräftigen Mann mit Schiebermütze auf angegrauten Haaren vor. Lederjacke, Jeans und derbe Stiefel. Einsneunzig, hatte er gesagt, ich sehe aus, wie man sich in der Stadt einen Bauern vorstellt.

Und ich bin …

Sie müssen sich nicht beschreiben, ich werde Sie erkennen.

Sie wissen, wie ich aussehe?

Nein, ich sagte, ich werde Sie erkennen.

Wie das?

Ich sehe Menschen vor mir, wenn ich ihre Stimme höre.

Wie sehe ich aus?

Plaudern war nicht seine Sache. Er wollte wissen, wann ich komme und sagte: Man sieht sich.

Auf dem Bahnhof in Rosenheim ist klar, dass in dem ganzen Trubel nur dieser eine Mann Max sein kann. Einsneunzig. Ein fester Händedruck, Servus, und große Schritte zum Auto. Kommen Sie, sagt er, es eilt, ein Notfall, ich kann Sie auf meinem Hof absetzen, Benedikt zeigt Ihnen das Zimmer oder …

Ich entscheide mich für Oder. Er wirft einen spöttischen Blick auf meine hochhackigen Sandalen. Den Versuch, ihn zu duzen, ignoriert er.

Wohin fahren wir?

Auf einen Bauernhof.

Und weiter?

Er fährt den Jeep wie einen Rennwagen und erklärt knapp die Situation. Der Bauer sei in Sorge, Valencia, seine ergiebigste Kuh, könne nicht kalben, irgendetwas stimme da nicht.

Und ich?

Sie können im Auto bleiben, spazieren gehen oder …

Oder, sage ich.

Er rast auf ein Dorf zu, biegt in einen Hof ein, hält mit quietschenden Reifen vor dem Stall. Der Bauer geht ihm entgegen, die Männer geben sich die Hand. Max zeigt auf mich, wirft einen zweiten spöttischen Blick auf meine Schuhe und sagt: meine Assistentin.

Er betritt den Stall und beginnt, während er sich langsam der auf Stroh ruhenden Kuh nähert, mit ihr zu sprechen. Na, Valencia, was haben wir für Probleme? Er legt ihr die Hand auf den Kopf, streichelt sie, fragt nach den Beschwerden. Sie hätte heute Nacht kalben müssen, sagt der Bauer, die Fruchtblase ist längst geplatzt, aber das Kälbchen will nicht kommen. Max sagt: Steh mal auf, Valencia. Die Kuh erhebt sich schwerfällig, schnauft.

Ruhig, Valencia, alles wird gut. Du kriegst dein Kälbchen. Versprochen.

Die Kuh schwitzt. Max sagt: Reib sie ab.

Womit?

Mit Stroh, Frotteehandtücher haben wir hier nicht. Und fang vorne an. Geh langsam rechts vorbei, dann weiß sie, dass du zu uns gehörst.

Er sagt Du.

Ich reibe der Kuh den Schweiß von der Haut, stelle mich vor sie hin und lege ihr, wie ich es bei Max gesehen habe, die Hand auf den Kopf. Rede mit ihr, sagt Max, das beruhigt sie.

Was soll ich sagen?

Kruzifix, sprich ihr Mut zu! Erzähl aus deinem Leben, zähl von hundert rückwärts, wenn dir nichts Besseres einfällt. Sie braucht sanfte Töne, kannst du sowas? Und sprich langsam.

Er wäscht sich Hände und Arme bis hoch zu den Schultern mit Kernseife, gibt der Kuh einen leichten Klaps auf den Rücken, zieht sich den langen Gummihandschuh über, sagt: Na, dann schau'n wir mal. Er schiebt den rechten Arm in die Vulva der Kuh, langsam, vorsichtig, tastend, sagt: Kruzifix.

Was soll ich sagen? Unterhaltungen mit Kühen sind in meinem Leben eher selten. Ich fange an, leise, etwas verschämt, zu zählen: Hundert. Neunundneunzig. Achtundneunzig. Siebenundneunzig. Kurz vor achtzig flüstere ich: Keine Angst, Valencia, der Doktor ist da. Alles wird gut. Du wirst ein wunderschönes Kälbchen kriegen und wir werden es taufen und ihm einen Namen geben und dann werdet ihr noch lange leben. Und weil sich weder Max noch der Bauer um mich kümmern, höre ich mich reden und reden und reden. Über das Wetter. Über meine Reise. Über den kleinen Meinusch und sein Rennrad. Ich singe leise Lieder, die mir einfallen und davon die Strophen, an die ich mich erinnern kann. Viele sind es nicht. Guten Abend, gute Nacht, mit Rosen bedacht, mit Näglein … Näglein? Wirklich? … bedeckt, schlupf unter die Deck. Ich singe: Es haust ein wilder Wassermann, auf der Burg wohl über dem See. Ich singe: Freude, schöner Götterfunke, Tochter aus Elysium, wir betreten feuertrunken? freudetrunken? Himmlische, dein Heiligtum. Die Kuh drückt ihren Kopf gegen meine Hand und schnauft.

Ich fühle einen Arsch, sagt Max zum Bauern. Das Kälbchen liegt falsch rum.

Ich lege der Kuh beide Hände auf den Kopf, erzähle, warum ich hergekommen bin, flüstere, dass ich Kolja suche und Malu und dass ich noch nie in einem Kuhstall war und noch nie so eine schöne Kuh gesehen habe. Erzähle von Aalen und der Sargassosee und sehe, wie Max eine Schlinge aus dem Arztkoffer zieht und höre, wie er leise zum Bauern sagt: Ich muss es drehen.

Ich rede weiter und weiter und kann nur ahnen, was am Ende der Kuh geschieht. Max sagt: Ich habe ein Bein in der Hand. Dann: Hab jetzt beide. Eine Weile ist es ganz still. Die Kuh bewegt den Kopf unter meinen Händen. Sie sieht mich an. Sie hat lange, weiße Wimpern. Ich sehe das Gesicht des besorgten Bauern und, wenn ich an der Kuh vorbeischaue, die kleinen, zusammengekniffenen, konzentrierten Augen von Max. Achtung, flüstert er, und zieht vorsichtig an der Schlinge. Valencia brummt. Meine Hände liegen wie eine Mütze auf ihrem Kopf. Max zieht seinen Arm aus der Kuh. Er schnauzt mich an.

Kruzifix, rede mit ihr, könnt sein, dass sie Schmerzen hat.

Ich singe vor lauter Aufregung: Kommt ein Vogel geflogen … Max lächelt, sagt zu sich und der Kuh: Achtung! Jetzt! In diesem Moment glitscht das Kälbchen mit zusammengebundenen Vorderbeinen – wie beim Kopfsprung ins Wasser – auf den weichen Heuboden. Langsam dreht die Kuh den Kopf, leckt Blut und Schleim von ihrem Kälbchen, bis es sauber glänzt wie frisch gebadet. Dann liegen sie da, ganz still, die schwere Kuh und ihr gerettetes Kalb. Was für ein Anblick. Mir laufen Tränen über das Gesicht. Der Bauer drückt Max die Hand. Bravo, Doc, sagt er, die Kuh gerettet, ein Kälbchen gewonnen, was für ein heiliger Tag. Er verlässt den Stall, kommt mit drei Gläsern zurück und einer Flasche klarem Obstler. Auf das neue Leben, sagt er. Wir stehen im Stall, schauen zu, wie das Kälbchen versucht, sich aufzurichten, wie es dann zitternd auf seinen viel zu langen Beinen steht, im viel zu großen Kopf erstaunte Augen und Wimpern so dicht und lang wie aus dem Beautyshop. Es sucht die Zitzen der Mutter. Valencia stupst ihre Tochter, bis sie den Kopf des Kälbchens unter sich spürt. Max lacht. Kühe sind wundervolle Mütter, sagt er. So sanft, so liebevoll, für ihre Kälbchen tun sie alles. Der Bauer schenkt nach, sieht meine Tränen und sagt zu Max: Wie heißt diese famose Assistentin? Max hat meinen Namen vergessen. Ich sage: Ragna. Der Bauer hebt sein Glas. Dann wollen wir das Kälbchen Ragna nennen. Ich kann gar nicht mehr aufhören zu heulen. Ein lebendiges Kalb trägt meinen Namen.

Wir essen in der Küche Schinkenbrot mit frischer Butter. Max geht noch einmal in den Stall, dann gibt er dem Bauern die Hand. Alles okay mit den beiden. Er tippt mit dem Finger an die Schiebermütze. Man sieht sich. Zu mir sagt er: Heute ist ein guter Tag, spüren Sie das auch?

An meinen Sandalen kleben Stroh und Kuhkacke. Max fährt langsam. Er sieht müde aus. Ich frage trotzdem. Was hast du mit der Schlinge gemacht? Er schweigt. Mit dem Bauern hat er geplaudert, mit der Kuh gesprochen, wie er wahrscheinlich mit allen Tieren spricht, denen er hilft, mit mir ist er wortkarg. Wir sind nicht mehr im Stall, er siezt mich, wir sind kein Team mehr. Aber so viel verstehe ich: Er hat dem Kalb die Vorderfüße zusammengebunden, dann leicht an der Schlinge gezogen und gehofft, das Kalb möge sich durch den kleinen Schubs von selber drehen.

Muss es mit dem Kopf zuerst rauskommen?

Sicher.

Und wenn nicht?

Wird es von der Nabelschnur erwürgt.

Wir fahren über sanfte Hügel, auf denen kleine Kirchen mit Zwiebeltürmen stehen, durch gemütliche, sehr saubere Dörfer, die Geranien auf den Balkons leuchten in der Abendsonne, die Kühe dösen auf den Weiden und wo immer gerade Städte zerbombt und Menschen erschossen werden – hier geht ein Tag zu Ende, an dem ich dabei sein durfte, wie ein Kalb ins Leben gezogen würde, das der Bauer füttern, streicheln, melken und ›Ragna‹ rufen wird.

Hinter Wasserburg, in einem weiten Tal, liegt ein Gebäudekomplex aus weißen Quadern und viel Glas. Max sagt: Hier haben wir einen Teil unserer Jugend verbracht.

Wir?

Kolja und ich.

Mehr sagt er nicht. Er zeigt auf einen alten Hof – mein Zuhause – und korrigiert sich: unser Zuhause. Im Hof steht ein Mann in Jeans und Holzfällerhemd. Er hält mir die Tür auf, zieht mich aus dem Jeep, sagt: Benedikt.

Max nimmt den Mann, den er Bärchen nennt, in den Arm, stellt ihn mir als Verwalter des Hofes und Betreuer seines Vaters vor und sagt über mich, ich sei auf der Suche nach der Geschichte eines Kindes, das auch er gekannt habe. Wie schnell man Sätze versteht, die gar nicht ausgesprochen worden sind. Wenn er sagt, ich sei auf der Suche nach der Geschichte eines Kindes, soll Kolja auf diesem Hof offenbar kein Thema sein.

Ich esse am Abend mit drei Männern Rindergulasch à la Benedikt und bin gerührt, wie liebevoll die beiden mit Max' Vater umgehen. Der alte Mann darf kleckern und schmatzen. Er isst die Knödel mit der Hand. Immer wieder wirft er mir einen fragenden Blick zu, als versuche er, sich zu erinnern. Du kennst sie nicht, sagt Max, sie heißt Ragna, sie wird ein paar Tage bei uns bleiben. Als der alte Mann satt und zufrieden ist, bringt ihn Benedikt ins Bad und dann ins Bett. Beim Verdauungsschnaps reden wir über kranke Tiere und wie sie, im Vergleich zu uns, mit Schmerzen umgehen. Wenn es meinem Vater schlecht geht, sagt Max, kann er stundenlang wimmern, und wenn ihn die Angst überfällt, auch schreien, während Kühe Verletzungen mit stoischer Ruhe ertragen. Nicht, weil sie Schmerz nicht empfinden, sondern weil sie, wenn auch gezähmt und an Menschen gewöhnt, Herdentiere sind mit altem Wissen. Schmerzensschreie könnten Raubtieren signalisieren, dass hier leichte Beute sei. Max erzählt Benedikt, dass ich im Stall fast alles richtig gemacht hatte. Ich hatte mich langsam bewegt, mit tiefer Stimme aus meinem Leben erzählt – er lacht – sie kann rückwärts zählen und hat gesungen! Nach dem dritten Schnaps erwidert er mein Du. Und weil Max jetzt eine Spur zugewandter ist, frage ich, was ich im Stall nicht verstanden habe.

Als ich vor der Kuh stand, sollte ich, um sie nicht zu ängstigen, rechts an ihr vorbeigehen – warum rechts?

Weil dort ihr linkes Auge sitzt.

Wie?

Hat mit dem Gehirn zu tun, sagt Max. Ist wie bei uns. Die Augen von Rindern und Pferden sind mit der jeweils gegenüberliegenden

Gehirnhälfte verbunden. Klar? Wenn nun die rechte Gehirnhälfte für das Erkennen von Gefahren zuständig ist, dann ist das linke Auge der Gefahrenmelder. Wenn du von hinten kommst und rechts an ihr vorbeigehst, müsste sie den Kopf verrenken, um sicher zu sein, dass sie dir vertrauen kann. Also gehst du links vorbei, damit die rechte Gehirnhälfte nicht Gefahr signalisiert. Logisch.

Rechts und links ist nicht meine Stärke, sage ich. Wenn ich also vor der Kuh stehe, an ihr vorbeigehen will, ohne sie zu ängstigen, dann wähle ich, von mir aus gesehen, die linke Seite. Und von der Kuh aus ist es dann rechts. Richtig?

Max schenkt noch eine Runde Schnaps aus. Er hat Geduld: Wenn du *vor* der Kuh stehst, gehst du, von dir aus gesehen, *rechts* vorbei, an ihrer *linken* Seite. Klar?

Ich nicke und nehme mir vor, zu zeichnen, was ich noch immer nicht ganz begriffen habe: einen Kuhkopf. Zwei Gehirnhälften. Zwei Augen, wobei das linke mit der rechten Gehirnhälfte verbunden ist und das rechte Auge mit der linken Hälfte des Gehirns, so dass der Mensch, wenn er das Tier nicht ängstigen will, rechts oder links … später.

Das Gästezimmer ist ein karger Raum. Ein Schreibpult, ein Bürostuhl. Auf den Regalen Schulbücher, zwischen Duden und Atlas klemmt ein räudiger Teddy. Ein schmales Bett. Max' altes Kinderzimmer. Ich öffne das Fenster, stopfe mir das Kissen unter den Kopf, spüre leichten Wind im Gesicht. Im Hof ist es still. Ich denke an die Warnung meiner Großmutter: Wer mit den Füßen zum Fenster schläft, den holt der Tod. Eine Eule wechselt mit zwei langen Flügelschlägen den Baum, die helle Glocke im Dorf schlägt zwölf Mal. Ich bin Schnaps nicht gewöhnt. Das Bett dreht sich langsam um sich selbst. Ich male mir den Tag aus, der in sieben Stunden beginnt. Frühstück mit Benedikt. Mit dem Mietauto in das Heim fahren, in dem, wie Max es ausdrückte, Frau Tönning die Trauer zu ihrem Beruf gemacht hat. Das Telefongespräch mit ihr war zäh, sie hat einem Treffen nur widerwillig zugestimmt. Wozu? Warum? Wenn sich Leid im Körper einen Ort sucht, an dem es sich niederlassen und zur Ruhe kommen kann, hat es sich bei Frau Tönning die Stimme ausgesucht. Sie klang, vielleicht verstärkt durch das Telefon, erschöpft oder besser: ergeben. Ja, wenn Sie meinen, dann kommen Sie halt. Ungeduldig hatte sie hinzugefügt: Was wollen Sie eigentlich? Als ich sagte, ich wolle wissen, was damals passiert sei, mir fehle ein Teil der Geschichte, war mir klar, dass ich das Drama nicht ›Geschichte‹ hätte nennen dürfen und ich wusste auch, dass dieser Tag keine Strategie verträgt, keine besondere Klugheit, keine Taktik. Ich muss hinfahren und schauen, was passiert. Ohne Blumen für Frau Tönning, ohne Schokolade für Malu. Die Kirchturmglocke schlägt einmal. Es ist halb eins. Jetzt möchte ich schlafen, schlafen gleich/ entschlafen unterm Mondeshauch/ umspielt vom flüsternden Gezweig, mir im Ohre Melodei/ die Uhr schlägt zwei. Gottfried Keller? Droste-Hülshoff? Ich fürchte mich vor der Begegnung mit Malus Mutter.

Benedikt und Max schlafen im Ostflügel des Hofes – wo schläft der Vater? In ihrer oder in meiner Nähe? Ich höre leichtes Schnaufen. Gibt es Kühe auf dem Hof? Hat Max Pferde? Der Name Kolja ist an diesem Abend nicht gefallen. Irgendwo quakt ein Frosch. Bevor Max heute Nachmittag in den Kuhstall gegangen war, hatte er sich einen der frischen Kittel angezogen, die im Auto lagen. Ich wollte witzig sein und hatte gefragt, ob er sich aus Höflichkeit für kranke Tiere umzöge. Das war nicht sein Humor. Er hatte mich mit einer knappen Erklärung abgefertigt, aber nun weiß ich, dass Kühe auf einem getragenen Kittel die Angst des Tieres riechen können, bei dem der Tierarzt vorher war. Wie die Welt wohl aussähe, wenn wir auf Kleidern, Anzügen, Mützen, Schals, Pullovern und Jacken die Angst der Menschen riechen könnte, ihre Enttäuschungen, ihre Wut. Wäre dann mehr Güte in der Welt? Hätten wir mehr Freunde? Ich habe zu viel Schnaps getrunken. Keine Angst, Großmutter. Solange das Bett sich dreht, wird der Tod mich nicht finden.

Er serviert frisch gemahlenen Kaffee und einen Berg Rührei auf rohem Schinken. Was mir gestern nicht aufgefallen war, sehe ich am Morgen: Benedikt, das Bärchen, ist viel jünger als Max. Dreißig vielleicht. Er habe Max langsam und mit Geduld erobert, erzählt er beim Frühstück, lächelt jung und klug und verrät, dass er sich nach ihrer ersten Begegnung in den wortkargen Mann verliebt hatte und darauf vertraute, dass Liebe bei guter Pflege wachsen kann bis sie groß und stark ist und die Sehnsucht nach einer verlorenen Liebe verblasst. Ich erfahre, dass auf dem Hof vier Katzen leben, die ihnen zugelaufen sind, ein Pferd, das abgestoßen wurde, nachdem ein Pferdemädchentraum ausgeträumt war. Es gibt einen hinkenden Hund, angefahren, liegengelassen, von Max gefunden und versorgt. An solchen Geschöpfen kann er nicht vorbeigehen, sagt Benedikt, für ihn ist auch eine Spinne ein Wesen mit Seele. Seitdem ich weiß, dass ihr winziges Herz hundert Mal in der Minute schlägt, schneller als meins und deins, liebe ich die Spinnen auch.

Man hat mir einen roten Flitzer vor die Tür gestellt – mein Mietwagen für die nächsten Tage. Benedikt winkt, wünscht mir einen guten Tag und gutes Gelingen, da weiß ich, dass er weiß, dass ich hier mehr suche als die Geschichte eines Mädchens.

›Haus Aldegundis‹ liegt, gut ausgeschildert, zwischen Rosenheim und Wasserburg, ein umgebauter Vierseithof, einen Teil der Bewohner kenne ich von den schönen Bildern im Netz. Sie sitzen in Rollstühlen, auf den Bänken im Park, am gedeckten Frühstückstisch, gepflegt und gut gelaunt, die Pflegerinnen in ihrer Nähe wie gütige Schutzengel. Sie behüten eine 50jährige Frau, die nach einem Schlaganfall ins Wachkoma gefallen ist und, darauf ist man hier spezialisiert, drei Menschen, die, wie Malu, dem Tod entrissen wurden und die lange Strecke zurück ins alte Leben nicht geschafft haben. Der Fachbegriff heißt nicht mehr Wachkoma, sondern Syndrom reaktionsloser Wachheit, SRW. Das klingt neutral, hält Abstand zu Koma und Tod. Ich habe mich informiert, nicht gründlich, nur so viel, um Frau Tönning die dümmsten Fragen nicht stellen zu müssen. Ich weiß, dass im Gehirn wichtige Funktionen ausfallen, wenn die Versorgung mit Sauerstoff für Sekunden unterbrochen wird. Ich weiß nicht, wie lange Malu auf den blauen Kacheln des Schwimmbads gelegen hat, bevor ich sie – so stand es in der Zeitung – aus dem Wasser gezogen und in hoher Not – so hat es der Zeuge gehört – um Hilfe geschrien habe.

Wir sind um drei verabredet, zum Kaffee hatte sie gesagt. Ich parke, schließe den Wagen ab, gehe langsam durch das hohe Backsteintor, über den Hof, an einer großen Kastanie vorbei, auf den gläsernen Eingang zu, folge dem Schild, das zum Speisesaal führt und mache mir Mut. Was ist das Schlimmste, was passieren kann? Eine unfreundliche Begegnung. Was noch? Die Weigerung, meine Fragen zu beantworten. Wer hat Frau Tönning über den Unfall informiert? Kolja? Die Polizei? Sind wir uns im Schwimmbad begegnet? Wusste sie, dass ich es war, die ihre Tochter aus dem Wasser gezogen hatte?

Es gibt kein Zurück. Die Tür zum Speisesaal öffnet sich automatisch, ich stehe im Türrahmen und werde von etwa dreißig Gesichtern gemustert. Erstaunt, neugierig, gleichgültig. Eine Greisin lächelt. Ein Mann winkt mit der Kuchengabel. Frau Tönning erkenne ich sofort. Es ist der einzige Blick in der Runde, der mich beurteilt. Sie hat ein rundes Gesicht, ihre Haare sind kurz geschnitten und weiß. Aus Koljas Mutter ist eine Angestellte im ›Haus Aldegundis‹ geworden, spezialisiert auf den Zustand von Menschen in reaktionsloser Wachheit. Ich suche die Runde nach einem Kindergesicht ab und finde keines. Links neben Frau Tönning sitzt eine junge Frau, die mit großen Augen in meine Richtung sieht, mich aber nicht zu meinen scheint. Ihr Blick gleitet an mir vorbei, mal rechts, mal links, als sei er auf der Suche nach einer Person, die erst noch kommen muss.

Auf diesen Anblick bin ich nicht vorbereitet. Ich bin ein Idiot. Wie konnte ich ein Mädchen mit dem Gesicht der ertrunkenen Malu erwarten? Die Frau neben Frau Tönning, auch wenn sie kindlich aussieht, muss fast vierzig sein. Ihre Hände liegen rechts und links vom Kuchenteller. Es sind Frauenhände. Ich habe mir das Kind auf den blauen Fliesen, dessen Haare sich unter Wasser bewegten wie Algen, noch nie als Frau vorgestellt.

Der Schreck ist der Feind der Beherrschung. Ich gehe keinen Schritt weiter in den Raum hinein. Ich bleibe im Türrahmen stehen, starre sie an, Mutter und Tochter und denke, was mir aberwitzig vorkommt: Die Frau mit dem Kindergesicht hat mich erwartet.

Frau Tönning steht auf.

Max und Benedikt haben einen Topf Hühnersuppe auf den Herd gestellt, die Reisschüssel in eine Wolldecke gewickelt, auf dem Tisch steht eine Flasche Wein, neben dem Teller ein Glas, die Nachricht auf der Schiefertafel sagt: Guten Appetit, wird spät bei uns.

Wenn man mit scharfen Gewürzen Gefühle betäuben könnte, würde ich jetzt ein Bündel Chilischoten in die Suppe werfen. Ich darf diesen Nachmittag nicht vergessen, keinen Satz, keine Geste, keine Betonung, keinen Blick, ich muss die Zeit mit Malus Mutter so genau wie möglich rekonstruieren, auch wenn es mich zerreißt. Diese Frau hat sich jahrelang, hinter meinem Rücken und ohne mein Wissen, mit mir beschäftigt. Sie hat mich verflucht, hat – in welchem Zusammenhang eigentlich – von Hass gesprochen. Sie hat mir den dunklen Teil ihrer Familiengeschichte zugewiesen. Wie hält man so einen Nachmittag fest? Hastig alles in den Laptop tippen von der ersten Minute bis zur letzten: Ankunft gegen drei. Angst vor der großen Halle, Angst vor der Tür, die zum Speisesaal führt. Die Augen der Kaffeerunde, die Augen von Frau Tönning, die Frau neben ihr, der Schock. Die Bilder, die ich sehe, überschlagen sich, Gesten, Gefühle, Gedanken, ihre Sätze, meine Sätze, ich kann so schnell nicht schreiben wie es sich in meinem Kopf dreht. Reden wäre gut, erzählen, der Reihenfolge nach: und dann, und dann, und dann. Ich bin allein auf dem Hof. Wenn im Stall eine Valencia stünde, würde ich sie jetzt besuchen. Aber Max hat keine Kuh.

Im Wohnzimmer steht ein Telefon. Ich gehe die Namen meiner Freunde durch und finde niemanden, der eine so lange, verwickelte Geschichte verstehen würde. Der Einzige, der sich ein wenig auskennt und Geduld hat, ist der kleine Meinusch. Wenn ich nicht will, dass die Erinnerung an diesen Nachmittag aus lauter Lücken besteht, muss ich sie festhalten. Reden ist das Aufbewahren von Geschichten. Abends ist die Schule geschlossen, Meinusch hat keine Freundin, ich lasse das Telefon in seiner Wohnung klingeln, flehe den Anrufbeantworter an, er möge dem Meinusch sagen, er solle mich anrufen. Unbedingt. Noch heute. Bitte. Egal wie spät. Ich esse zwei Teller Hühnersuppe, warte dreißig Minuten, vierzig Minuten, habe das Gefühl, zu ersticken, beginne, laut zu sprechen, und dann stelle ich, weil mir nichts Besseres einfällt, ein zweites Glas auf den Tisch, fülle es mit Wein, erkläre das Glas zum Zuhörer und rede drauflos, als müsse ich eine Kuh beruhigen, die eine schwere Geburt vor sich hat.

Meinusch, hör zu.

Frau Tönning hat, als ich zwischen Tür und Speisesaal stand, aufgehört, ihre Tochter mit Kuchen zu füttern. Sie hat ihr den Mund abgewischt, stand auf und kam langsam auf mich zu. Zu langsam, fast ein wenig bedrohlich. Stell es dir so vor: Zwei Frauen, etwa gleich groß, gaben sich mit viel Abstand zwischen sich die Hand. Sie ignorierte mein Lächeln, das war wirklich eine Leistung. Ernst bleiben beim Händeschütteln schaffst du nur auf dem Friedhof, und selbst dort nicht immer. Sie ging auf leisen, weißen Arztschuhen vor mir her, öffnete die Tür zur Bibliothek. Dann saßen wir uns gegenüber. Stumm. Fremd. Ohne Wasser, ohne Kaffee, irgendwie nackt. Sie hatte vergessen, dass ich zur Kaffeezeit kommen sollte. Ich glaube, ihr erster Satz war: Sie sind das also.

Ja.

Die tolle Schwimmerin. Das Mädchen im schwarzen Badeanzug, das meine Malu aus dem Wasser gezogen haben soll.

Sie sagte: Haben soll. Nach diesem spröden Anfang war klar, dass auch ihr ein Teil der Geschichte fehlte. Ich habe mich vorgestellt, was überflüssig war, sie wusste ja, wer ich bin und dann hab ich mich gleich nach den ersten Sätzen verheddert. Wo anfangen? Mit der Ferienwohnung am Meer, in der ich arbeiten wollte? Sollte ich ihr erzählen, worüber ich forsche? Wozu? Ich glaube, ich habe nur versucht, ihr meine Verwirrung zu erklären, als sich die Landschaft vor meinen Augen verwandelte, mir ein Schwimmbad zeigte und eine Bank mit einem Jungen.

Sie hat mich reden lassen, hörte aber nicht wirklich zu. Ungeduldig schnitt sie mir einen Satz mittendurch: Was wollen Sie von uns?

Wieso ›uns‹? Klar, sie meinte sich und Malu.

Weißt du, Meinusch, einen Tonfall wiederzugeben ist schwerer als einzelne Sätze. Ihre Stimme war auf eine kränkende Weise neutral. Sie ließ mich keinen Millimeter an sich heran. Kein Lächeln, kein Nicken. Sie sah mich an, aber ihre Augen stießen mich zurück. Wenn ich dem Gespräch eine Farbe geben müsste, wäre das Grau. Kein schönes Grau, eher das Grau, das wir aus dem Norden kennen. Novemberregen morgens um sieben. Ich kann wiederholen, was sie gesagt hat, aber was ihre Sätze mit mir machten, lässt sich kaum beschreiben. Als würde sie mir Gift unter die Haut spritzen, das sich langsam ausbreitet. Nie werde ich ihr Gesicht vergessen, als sie mir gestand, dass es ihr egal gewesen wäre, wenn mich der Möbelwagen … davon später. Ich saß einer Richterin gegenüber, die ihr Urteil gefällt hatte, und wenn ich nicht wirklich dringend etwas von ihr gewollt hätte … Also blieb ich sitzen und sagte so ruhig wie möglich: Ich möchte, dass Sie mir erzählen, was damals passiert ist. Bitte! Sie reagierte sofort:

Das wissen Sie besser als ich!

Kein guter Anfang, Meinusch, aber es war wenigstens einer. Ja, habe ich gesagt, oder besser: Nein, das weiß ich nicht besser als Sie. Der Teil der Geschichte, an den ich mich erinnere, hört unter Wasser auf, in dem Moment, als ich meine Arme nach Malu ausgestreckt habe. Wie ein Film, der immer an derselben Stelle reißt.

Stell dir Frau Tönning als Richterin in schwarzer Robe vor. Ich erinnere keine Farben an der Frau, nur die weißen, kurzen Haare, die schwarz getuschten Wimpern, die kühlen, blauen Augen, den schmalen Mund. Sie hat den gleichen kleinen Leberfleck neben dem linken Mundwinkel wie Kolja. Kein Lippenstift, das weiß ich genau.

Um ihr nicht ständig in die Augen sehen zu müssen, habe ich mich auf ihre Hände konzentriert, die wie zum Gebet gefaltet auf dem Tisch lagen. Kein Ring, auch kein Trauring. Die Sonne schien auf ihre gelackten Nägel, die glänzten wie die Perlmuttschicht in der Venusmuschel.

Der Tisch zwischen uns war leer. Keine Tasse zum Festhalten, kein Keks zum Knabbern, keine Serviette zum Knüllen, wohin mit den Händen? Zigaretten wären ein Segen gewesen. Ich legte meine Hände – so wie sie – gefaltet auf den Tisch und wartete. Zuerst ihre Fragen: Wann hatte ich mich an diesem Abend mit Kolja getroffen? Waren wir verabredet gewesen?

Nein.

Hatten wir Malu ins Schwimmbad geschickt, um allein zu sein?

Nein!

Wusste ich, dass Malu allein im Schwimmbad war?

Nein.

Wie lange war ich im Meer, wie lange habe ich mit Kolja auf der Bank gesessen, wann haben wir Malu vermisst, wann nach ihr gesehen, wie lange hatte das Kind unter Wasser …

Ich saß ihr gegenüber wie auf der Anklagebank und hörte mich sagen: Ich weiß es nicht, ich weiß es nicht. Vielleicht war Malu genauso lange im Schwimmbad wie ich im Meer, sagte ich. Vielleicht hatte sie in der Zeit, in der ich mit Kolja auf der Bank saß, Kopfsprung geübt. Oder Kraulen. Oder Tauchen. Vielleicht ist sie vom Dreimeterbrett gesprungen. Kann sein, dass sie sich verschluckt hat, gehustet … ich kenne das von meiner DLRG-Ausbildung. Schroff sagte sie: Hören Sie auf. Ich weiß, wie Ertrinken funktioniert.

Was sollte ich sagen? Es gab niemanden, der beobachtet hatte, ob und wann das Mädchen die Besinnung verlor, ob und wann ihr Herz aussetzte, ab wann sie nicht mehr in der Lage war, Hilfe zu rufen. Ich starrte auf unsere Hände. Sie lagen gefaltet auf dem Tisch. Ihre wie eine Faust, die Knöchel weiß. Wir schwiegen. Plötzlich streckte sie ihre Finger, so dass sie wie kleine Gewehre auf mich gerichtet waren. Kannst du dir das vorstellen? Vor Schreck machte ich es ihr nach. Meine Finger waren jetzt auf sie gerichtet wie ihre auf mich.

Man sagt, wenn zwei Menschen, die sich gegenübersitzen, spontan die gleiche Haltung einnehmen, spräche das unbewusst für Sympathie. Das muss ein Irrtum sein. Unsere ausgestreckten Finger waren Waffen. Dazwischen die Todeszone. Ich hatte Herzklopfen, als befürchtete ich einen Schuss. Und der fiel dann. Sie sagte ganz ruhig, ganz leise, sie habe mich für die Rettung ihres Kindes gehasst. Für d i e s e Rettung. Ich sei zu spät gekommen.

Ich konnte nicht sofort reagieren, merkte aber, wie sich meine Lähmung in Wut verwandelte. Mensch Meinusch, verdammt noch mal, überlegt sich ein Mensch, ob seine Hilfe rechtzeitig kommt oder zu spät, ob sie gefährlich ist, belohnt oder verurteilt wird? In der Not rennt man los, man springt, man greift zu. Oder? Die Folgen? Egal. Ich habe ihr gesagt – vielleicht aber auch nur gedacht – dass ich mir eine Welt nicht vorstellen möchte, in der man zum Beispiel einen Menschen verbluten lässt, damit er nach dem Unfall nicht ohne Beine leben muss. In der man ein Mädchen nicht aus dem Wasser zieht, nicht reanimiert, weil es dann vielleicht nicht d i e Rettung ist, nur d i e s e Art der Rettung.

Du hättest die Stille hören müssen, in die hinein sie sagte: Der 25. Juni war für mich – für Sie offenbar nicht – der Tag, an dem mein Leben zertrümmert wurde. Sie hat in den Nächten geschrien, am Tag geweint und nur im allertiefsten Tablettenschlaf geglaubt, das alles sei ein schlechter Traum. Malus Vater sei der Meinung gewesen, man müsse das Schicksal annehmen, aber wie kann man einen solchen Einbruch in das Leben Schicksal nennen! Das Schicksal bestimmen die Götter und kein Gott kann wollen, dass ein Mädchen ertrinkt. Hätte sie den Kindern das Schwimmen verbieten sollen? Es gab keinen Grund. Hätte sie sie begleiten müssen? Aufpassen? Wozu? Hätte, hätte, hätte. Wenn, wenn, wenn. Eine Kette besteht aus vielen Perlen, viele Bäume sind ein Wald. Aus vielen Zufällen wird ein Schicksal. Sagt man Schicksal, wenn etwas Schlimmes passiert ist und niemand hat Schuld?

Sie redete über heiße und kalte Wut. Sie benutzte das Wort Hass. Sie hatte beobachtet, wie ihr Sohn mich vor der Schule mit einer für sie unerträglichen Innigkeit umarmte. Da wagten zwei Menschen mitten im Unglück ein neues Glück! Sie sah mir in die Augen, während sie sagte, sie wäre in dieses Glück am liebsten hineingefahren.

Meinusch, was war mir so übel an diesem kahlen Tisch. Als sie meine Tränen sah, schien sie zu erschrecken, was sie aber nicht davon abhielt, ganz ruhig zu sagen, dass es einen Moment in ihrem Leben gab, in dem sie sich wünschte, der Möbelwagen hätte mich überfahren.

Welcher Möbelwagen?

Sie sah mich an, als sei ich eine Lügnerin oder verrückt.

Der Umzug. Kolja im Möbelwagen, dahinter sie und ihr Mann im eigenen Auto. Die Bilder haben sie verfolgt. Ein scharf bremsender Umzugswagen und ein Mädchen, das mitten auf der Straße stand und die Arme ausbreitete wie ein Polizist. Sie war ausgestiegen, hatte mein ernstes, entschlossenes Gesicht gesehen, die wehenden Haare, ein Mädchen, das mit so anrührend einfacher Bewegung zu ihrem Sohn sagte: Geh nicht weg. Ich hab dich lieb. Sie hat mich erkannt, geflucht und so lange auf die Hupe gedrückt, bis sich der schwere Möbelwagen in Bewegung setzte. Für das, was sie empfand, sagte sie, gäbe es keinen Ausdruck. Trauer ist zu schwach, Trauer vergeht. Es war Wut. Und Neid. Es hatte in ihrem Leben noch nie jemanden gegeben, der sie so bedingungslos festhalten wollte wie ich ihren Sohn. Und welche Größe, wenn sie in diesen Minuten entschieden hätte, Kolja aussteigen zu lassen, ihn freizugeben, einen Ausweg zu finden aus dieser unerträglichen Szene.

Mein Sohn schreiend zwischen den Möbelleuten, seine Freundin heulend am Straßenrand. Sie erinnern sich?

Nein.

Ich begann zu begreifen, dass diese Frau, die sich meinen Tod unter einem Möbelwagen vorstellen konnte, auch eine Beichtende war. An Koljas Vater erinnere ich mich nicht.

Jetzt trinke ich dein Glas leer, Meinusch, Wein ist genug da.

Ich war nicht in der Lage, ihr ins Gesicht zu sagen, was ich dachte: Sie sind ein Monster, Frau Tönning. Ein neidisches, kaltes, hasserfülltes, ungerechtes Monster. Was ich wirklich gesagt habe: Wenn ich Malu nicht gerettet, nicht beatmet, wenn ich, wie der Zeuge sagte, nicht um Hilfe geschrien hätte, dann …

Ja, sagte sie. Dann wäre Malu seit dreißig Jahren tot.

Verdammt, wäre das besser?

Sie stand auf. Ganz ruhig. Es schien, als wolle sie das Gespräch beenden, obwohl es erst angefangen hatte. Sie ging ans Fenster und schaute in den Garten. Ich sah an ihrem Rücken vorbei ins Grüne. Ein trauriger Rücken. Geteiltes Leid ist nicht halbes Leid. Der Volksmund irrt. Leid lässt sich nicht teilen. Ist draußen Trost? Keine Spur. Den Büschen, den Vögeln, den Enten auf dem See ist es völlig egal, in welchem Zustand Malu an ihnen vorbeigeschoben wird. Die Vögel singen, auch wenn Frau Tönning über ihre Tochter weint.

Eine tote Malu wäre besser?

Ich schämte mich für die Frage, konnte sie aber nicht mehr zurücknehmen. Sie drehte sich nicht um, blieb einfach am Fenster stehen und sagte mit dieser grauen Stimme: Ja. Das wäre besser gewesen.

Mensch, Meinusch! Wie kann sie das sagen, als Mutter eines Kindes, das sie füttert und pflegt!

Sie muss über diese Frage gründlich nachgedacht haben, denn sie sagte im gleichen Ton: Wir wären nach einer Phase der Trauer darüber hinweggekommen. Zusammengeblieben. Wir als Familie. Verstehen Sie, was ich sagen will? Mit diesem Kind in diesem Zustand hat sich jeder seinen Weg gesucht. Malu und ich den Weg in dieses Heim. Andere sind vor diesem Geschöpf geflüchtet. Malus Vater nach Amsterdam. Eine neue Frau, ein neues Kind. Zu Malus Bruder … nun ja, da gibt es wenig Kontakt.

Bist du schon mal Achterbahn gefahren? Immer zwischen Luft anhalten und Schreien. Du wünschst dir festen Boden unter die Füße und wenn die Fahrt zu Ende ist, ist dir schlecht.

Eine Pflegerin sah kurz zu uns rein, fragte, ob sie Tee, Kaffee oder Wasser bringen könnte. Die Entscheidung traf Frau Tönning. Nein danke. Wir sind fertig. Sie hatte gesagt, was sie sagen wollte. Mir, der Schuldigen am Zustand ihrer Tochter, die mit ihrem Sohn in den Sonnenuntergang träumte, während Malu … ertrinken ist ein einsamer Tod. Er hat sie nicht gekriegt, sagte ich, ich war schneller als der Tod.

Vor einem Jahr war Malu ihrer Mutter zum ersten Mal im Traum als die Person erschienen, die sie heute ist. Die Frau mit SRW. Das habe ihr auf eine nicht erklärbare Weise gutgetan. Jahrelang aus Träumen aufzuwachen, in denen sich ein Mädchen tummelt, das es beim Aufwachen nicht mehr gibt, sei wie eine immer neue Todesnachricht. Nach einem solchen Satz bin ich stumm. Verstehst du das, Meinusch? Das war ein Schlusssatz. Sie würde mir keine Gelegenheit mehr geben, zu fragen, was mich wirklich umtreibt. Ich bat um zehn Minuten. Wie hatte sie von dem Unfall erfahren? Sie war verblüfft.

Na, durch Sie!

Durch mich?

Durch wen sonst?

Sie glaubte nicht, dass ich an diesen Teil der Geschichte keine Erinnerung habe. Ich schwor, warum sollte ich lügen? Sie trat vom Fenster zurück, setzte sich nicht zu mir an den Tisch, wanderte im Raum auf und ab, von Bücherwand zu Bücherwand. Ich folgte ihr mit den Augen. Wenn sie nah an mir vorbeiging, roch es leicht nach Sommer und Zitronenhain. Wie in dem Haus, in das ich mich eingemietet hatte. Ein Geruch, der mir seine Geschichte nicht verraten hatte. Ich kannte ihr Parfüm? Woher?

Sie musste sich nicht, Meter für Meter, den weiten Weg zurücktasten zu den Bildern von damals. Sie hatte nichts vergessen. 25. Juni. Gegen Abend. Ein spektakulärer Himmel. Sie hatte am Fenster gestanden, als sich ein zartes Gelb in ein leuchtendes Orange verwandelte, wie daraus ein dunkles Rot entstand und dann ein tiefes Lila. Sie hatte das junge Mädchen gesehen, das heulend wie eine Sirene, auf ihr Haus zugerannt kam, die Schläge auf die

Klingel gehört, das wilde Trommeln mit beiden Fäusten gegen die Haustür. Das wissen Sie nicht?

Nein!

Sie waren außer Atem. Ich habe nicht verstanden, worum es ging. Für mich stand vor der Haustür eine Irre, die weinte und hysterisch lachte. Nass und barfuß. Eine verrückt gewordene Undine. Es war nicht möglich, irgendeinen vernünftigen Satz aus Ihnen herauszukriegen. Das Wasser troff aus Ihren Haaren. Sie haben meine Händen gepackt und mich aus dem Haus gezerrt. Das wissen Sie nicht?

Nein.

Dann hätte sie das Wort ›Schwimmbad‹ verstanden und dass Malu gerettet sei und dann, sagte sie, als sie das Blaulicht sah, den Arzt, die Sanitäter, die Gaffer, die Presse, ihr Kind auf dem Rasen – da sei ihr eiskalt geworden. Ich fragte: Wo war Kolja? Sie sagte: Saß auf der Bank und starrte aufs Meer.

Sie erinnerte sich an den Satz des Notarztes: Wir holen Ihr Kind zurück und wie sie geschrien hat: Zurück? Zurück? Von wo denn zurück?

Dann sagte sie etwas, wofür ich sie gerne umarmt hätte: Es gibt für mich auf der ganzen Welt kein traurigeres Bild für dieses Drama als meinen Jungen auf der Bank. So einsam. So verlassen. Die Hand so behütend auf den Sachen seiner Schwester.

Den Rest musste sie nicht erzählen, ich konnte ihn mir vorstellen. Notaufnahme. Hubschrauber. Spezialklinik. Der Umzug. Der Albtraum, von dem sie dachte, er würde so abrupt enden wie er begonnen hatte.

Meine Fragen waren beantwortet. Wir schwiegen. Es gab nichts mehr zu sagen. Kein Trost. Keine Hoffnung. Ich hätte aufstehen, mich für die Auskunft bedanken und das Gespräch beenden können. Stattdessen starrte ich auf meine gefalteten Hände. Wir hätten jetzt einen Moderator gebraucht. Jemanden, der uns mit höflichen Worten die Trennung ermöglicht. Ich saß am Tisch wie ein verstocktes Kind, gekränkt, wütend, gerührt. Sie tat mir leid. Ich traute mich nicht, die einfachste aller Fragen zu stellen und suchte nach Formulierungen:

Malu … ich würde gerne …

Sie kam mir zuvor: Was wollen Sie noch von uns?

Wissen, wie es Malu geht.

Noch einmal Achterbahn fahren mit verbundenen Augen. Du hältst die Luft an, bist darauf gefasst, in die Tiefe zu stürzen und dann geht es plötzlich ganz ruhig geradeaus. Ihre Antwort war sachlich wie die einer kompetenten Pflegerin, nicht wie die einer Mutter. Sie vermied das Wort Wachkoma, nannte den Zustand ihrer Tochter SRW, Syndrom reaktionsloser Wachheit, machte eine Art Bestandsaufnahme: Das Herz schlägt kräftig. Sie atmet ohne Hilfe. Die Schluckreflexe funktionieren. Sie schläft in der Nacht und ist tagsüber wach. Sie reagiert empfindlich auf laute Geräusche. Türenknallen, Hupen, Schreien, alles, was schrill ist, erschreckt sie. Malu isst gerne süßen Brei. Malu liebt Musik. Klavier ist ihr zu hart, Flötentöne zu hoch, ich habe Laute gelernt. Spielen Sie ein Instrument?

Mundharmonika. Ein bisschen.

Sie nickte, was nichts bedeutete und fuhr fort: Sie hat mit dreizehn ihre Tage bekommen. Malu wird im Herbst achtunddreißig. Sie ist eine erwachsene Frau. Niemand kann hinter ihre Augen sehen. Sie hält sich in einer anderen Form des Lebens auf.

Sie sagte: Malu lebt in einer Welt der leisen Zeichen. Wer sie lernen will, braucht Geduld und Zeit.

Hoffnung?

Hoffnung ist die Mutter der Ungeduld! Es gibt die Geschichte des Mannes, der nach dreiundzwanzig Jahren sein Versteck verlassen hat. Es gibt ein paar Wundergeschichten. Sich an denen festzuhalten und zu glauben, das eigene Kind reihe sich dort ein, sei wie Glauben an den lieben Gott. Es gibt Menschen, denen ist er erschienen, sagte sie, den meisten nicht. Alles ist möglich.

Unser Treffen ging zu Ende. Ich bat sie um die Adresse von Kolja. Sie kramte in ihrer Handtasche nach einem Block und einem

Stift, schrieb kommentarlos eine Telefonnummer hinein, riss das Blatt ab und schob es über den Tisch. Ich erkannte eine Null und eine Vier am Anfang, das könnte eine Vorwahlnummer im Norden sein. War es jetzt friedlich zwischen uns? Ich weiß es nicht. Klar war, dass sie über ihren Sohn nicht sprechen würde. Nicht jetzt. Nicht mit mir. Wahrscheinlich nie. Ich bleibe für sie das nasse Mädchen im schwarzen Badeanzug, die Vorbotin der Katastrophe und sie für mich die Richterin in der schwarzen Robe. Die reale Distanz zwischen uns am Tisch betrug einen Meter, für den Abstand, den ich fühlte, gibt es keine Maßeinheit. Und trotzdem – oder gerade deshalb – tat ich etwas völlig Verrücktes. Es war nicht überlegt. Kein Plan. Vielleicht hatte es mit der Erinnerung an ihr Parfüm zu tun, den Geruch, den ich wahrgenommen haben musste, als ich am Tag des Unfalls ihre Hände packte und sie aus der Wohnung zog. Ich bat Frau Tönning um einen Tag mit Malu.

Es war nicht die Pflegerin in ihr, es war die Mutter, die sagte: Abstrahieren Sie von dem, was Sie sehen werden. Eine Seele kennt kein Koma.

*

Ich schiebe das Bett so nah ans Fenster, dass mir der Vollmond ins Gesicht scheint. Ich möchte meinen Kopf ganz und gar mit seinem weißen Licht füllen. Zu den Geräuschen im Hof denke ich mir ein ausrangiertes Pferd, stromernde Katzen, einen hinkenden Hund und kleine Spinnen mit klopfenden Herzen. Ich habe einem Kind das Leben gerettet. Alles, was Frau Tönning erzählt hat, wird stimmen. Ich glaube ihr. Ich bin das Mädchen im schwarzen Badeanzug, aber ich kann das nicht fühlen.

Ich höre das Telefon läuten und denke: Kleiner Meinusch, danke fürs Zuhören. Ein Auto rollt langsam über den Kiesweg auf den Hof. Schritte. Leises Lachen. Ich schließe die Augen. Der Mond ist eine große, weiße Schlaftablette.

Ich habe mir einen Tag mit Malu gewünscht und bin nun schon drei Mal am Ziel vorbeigefahren. Angst? Wovor? Was kann mir eine Frau antun, die keine Erinnerung an mich hat, nicht spricht, mir für ihre Rettung nicht danken, mich aber auch nicht verwünschen kann. ›Haus Aldegundis‹ ist eine freundliche Anlage. Ein Teich mit Enten, Bänke, geharkte Wege. Ich stelle den Wagen auf den freien Parkplatz von Frau Tönning.

Im Foyer wartet eine weiß gekleidete Schwester, nimmt mir den Blumenstrauß aus der Hand, sagt, sie heiße Liza, wisse Bescheid, ich möge ihr folgen. Während wir über lange, helle Flure gehen, sie schnell, ich einen halben Schritt hinter ihr, vorbei an geschlossenen Türen, weiht sie mich in die Lebensgeschichte der Heiligen Aldegundis ein. Lieber hätte ich mich mit den diffusen Gefühlen zwischen Neugier und Scheu beschäftigt, wäre konzentriert und gefasst gewesen, aber als Schwester Liza auf Malus Zimmer zugeht, spukt mir die katholische Aldegundis durch den Kopf: Im Jahre 630 als Königstochter auf einem Schloss in Frankreich geboren. Hörte als junges Mädchen eine Stimme: Suche keinen Bräutigam, dein Bräutigam ist der Sohn Gottes. Mit dreizehn wurde sie einem englischen Königsspross versprochen, floh in eine menschenleere Ödnis, wurde Einsiedlerin, Gründerin eines Frauenklosters, Äbtissin. Die Heilige Aldegundis starb mit 54 Jahren an Krebs und wird um Beistand gebeten bei Fieber, Kopfschmerzen, Krebs und Krankheiten des Geistes.

Vor Zimmer 24 bleibt Schwester Liza stehen, klopft an, wartet einen Augenblick, öffnet die Tür und ist nun keine ruppige Schwester mehr, sondern eine leise Vertraute. Sie geht auf die Frau im Rollstuhl zu. Ihre Stimme ist sanft.

Schau, Malu, du hast Besuch. Das ist Ragna. Ihr kennt euch.

Ahnt sie, was dieser Satz in mir auslöst? Nein, verdammt, wir kennen uns nicht. Die Frau, die ich vor fast dreißig Jahren aus dem Wasser gezogen habe, ist mir fremd. Sie war Koljas kleine Schwester, das Mädchen, das an diesem Abend trotzig darauf bestanden hatte, allein in das leere Schwimmbad zu gehen. Drama zwischen Deich und Meer. Mir ist der Zeitungsbericht vertraut, als hätte ich ihn selbst geschrieben. Der Rentner auf dem Balkon. Genoss den spektakulären Abendhimmel, als ihm ein Mädchen auffiel, das, wie von Furien gehetzt, auf das menschenleere Freibad zu rannte, geschmeidig wie eine Katze den Zaun überwand und sich beherzt ins Wasser stürzte. Während der Rentner den Himmel betrachtete, war ich, was er nicht sehen konnte, mit wenigen, kräftigen Zügen auf den Schatten zugeschwommen, der still unter dem Wasser auf den Kacheln ruhte. Die langen Haare wie Algen, die offenen Augen auf mich gerichtet. Verblüfft und erstaunt. Die Schreie in hoher Not muss ich dem Zeugen glauben, erinnern kann ich sie nicht. Ich habe als junges Mädchen einem Kind das Leben gerettet – d i e s e Form des Lebens, wie Frau Tönning sagte, weil ich zwanzig, vierzig, sechzig oder achtzig Sekunden zu spät gekommen bin. Nein, wir kennen uns nicht.

Schwester Liza erklärt den Tag: Mittagessen um zwölf, Kaffee und Kuchen um drei, Abendessen um sechs, zwischen den Mahlzeiten kann ich mit Malu spazieren fahren, ihr vorlesen, am Teich sitzen, die Enten füttern, altes Brot gibt es bei Anna in der Küche.

Leisten Sie ihr Gesellschaft, sprechen Sie mit ihr.

Ich verstehe. Malu besuchen heißt, bei ihr sein. Nah sein. Reden. Von einem Leben erzählen, von dem der Unfall sie abgeschnitten hat. Schwester Liza wünscht einen schönen Tag und lässt uns allein. Leise schließt sie die Tür, ich höre ihre Schritte bis zum Ende des Flurs, dann umgibt Malu und mich Stille. Gespanntes Schweigen. Als würden wir hoffen, dass die Schritte zurück kommen.

Ich stehe in einem ebenerdigen Zimmer. Die Fenster reichen von der Decke bis zum Boden. Die Morgensonne scheint auf zwei

Cocktailsessel, eine Couch, das blanke Parkett. Ihre Strahlen tauchen die Frau im Rollstuhl in warmes Licht. Das Zimmer riecht nach Maiglöckchen. Am Türhaken hängt ein braunes Lebkuchenherz. Über einem rosaroten Krönchen eine weiße Zuckerschrift: Für meine kleine Prinzessin. Papi. Ich gehe auf den Rollstuhl zu, lege vorsichtig meine Hand auf Malus Hand.

Hallo Malu. Ich bin Ragna.

Sie trägt ein langes Sommerkleid in verwaschenem Blau. Die Füße stecken in weichen Sandalen. Man hat ihr die Zehennägel rosa lackiert. Ihre Augen haben die gleiche Farbe wie das Kleid. Blau, verwaschen. Sie sehen in meine Richtung, aber sie sehen mich nicht an, halten mich nicht fest, sehen durch mich hindurch wie damals, als ich die Hände nach dem Mädchen auf dem Grund des Schwimmbads ausstreckte und sie mich ansah, wie sie mich jetzt ansieht. Eine Mischung aus Staunen und Desinteresse, als wolle sie sagen: Wer bist du und gleichzeitig: Ist mir doch egal. Jetzt, in diesem Augenblick, mit meiner Hand auf ihrer Hand, begreife ich das Ungeheuerliche. Wenn es mich nicht gäbe, gäbe es auch Malu nicht. Ich habe mich ihr auf dem Weg in den Tod entgegengestellt. Ich habe ihr den Weg in den Himmel versperrt. Ich habe sie nicht gefragt, nicht fragen können, ich habe sie gepackt, wie ich es gelernt hatte, und gerettet. Ich habe sie nicht unbeschädigt zurückgeholt. Ich bin für ihren Zustand verantwortlich. Was daraus folgt? Ich weiß es nicht. Es gibt kein Gebot, das sagt: Denk nach, bevor du ein Leben rettest.

Man hat ihr die Haare im Nacken zu einem weißblonden Zopf geflochten. Ihr Gesicht ist groß und nackt und auf eine entrückte Art schön.

Wenn ein Mensch stirbt, öffnen wir das Fenster, um die Seele zu befreien. Wo war Malus Seele während der kurzen Zeit ihrer Abwesenheit? Eine Seele kennt kein Koma, hatte Frau Tönning gesagt.

Hallo Malu. Ich bin Ragna.

Ich ziehe einen der Sessel nah an sie heran. Wenn ich sitze, sind unsere Köpfe auf gleicher Höhe.

Leisten Sie ihr Gesellschaft. Sprechen Sie mit ihr.

Leicht gesagt, nur kriege ich den Mund nicht auf. Ich möchte, dass Schwester Liza zurückkehrt und das Schweigen vertreibt. Ich schaffe es nicht, mehr zu sagen, als immer wieder: Hallo Malu. Ich bin Ragna. Wie ein Papagei. Hallo Malu. Ich bin Ragna. Mit Valencia war es leichter, weil ich sicher war, dass die Kuh nichts von dem Unsinn versteht, den ich erzähle, singe, deklamiere. Von der Frau, die vor mir sitzt im Zustand reaktionsloser Wachheit, weiß ich nicht, was sie hört, was sie versteht oder nicht versteht, was sie erschreckt, ärgert, freut, ängstigt, wütend macht.

Ich überlege: Wenn sie wach ist, nur nicht reagieren kann, darf ich nicht von Dingen reden, die ihr Angst machen könnten. Lieber erzählen, was sie freut. Ich spreche leise, um sie nicht zu erschrecken, auch mich nicht, um sie und auch mich an meine Stimme zu gewöhnen.

Hör zu, Malu, das wird dir gefallen. Wissenschaftler haben gesunde Menschen in einen Kernspintomographen gelegt und sie über Kopfhörer aufgefordert, sich vorzustellen, dass sie Tennis spielen. Aufschlag. Vorhand. Rückhand. Sprint zum Netz. Das Geräusch des Balles auf dem roten Sand, der kurze, harte Aufprall, wenn der Ball auf den Schläger trifft. Sie haben die Reaktionen der Teile im Gehirn beobachtet, die für räumliche Wahrnehmung und Bewegung zuständig sind. Da war viel los. Dann haben sie das gleiche Experiment mit Wachkomapatienten wiederholt. Die Befehle wieder über Kopfhörer: Stellen Sie sich ein Tennisspiel vor. Aufschlag. Vorhand. Rückhand. Sprint zum Netz. Aufprall des Balles auf dem roten Sand. Und was soll ich dir sagen? Da war im Gehirn genauso viel los wie bei den gesunden Menschen. Verstehst du? Sie hatten die Aufgabe verstanden und im Kopf umgesetzt. Das heißt: Du hörst, was ich Dir sage. Du verstehst, was ich sage, kannst nur nicht nicken, nicht lächeln, nicht reagieren. Oder nicht so reagieren, dass ich es sehen kann, während es in deiner Bewusstlosigkeit ein Bewusstsein gibt und es in deinem Kopf rappelt wie in meinem. Ist das so?

Malus Gesicht bleibt ohne Ausdruck. Ich werde alle Worte vermeiden, die mit Wasser zu tun haben. Schwimmen. Baden. Tauchen. Meer. Sollte das Tennis-Experiment für Malu gelten, sollte sie wissen, was mit ihr geschehen ist, würden diese Wörter sie erschrecken und traurig machen.

Noch immer liegen meine Hände auf ihren Händen. Sie sieht durch mich hindurch, an mir vorbei, ihre Augen sind ohne Verständnis und Interesse. Ihr Mund ist ein wenig geöffnet. Ihre Lippen sind geschwungen und zeigen leicht nach oben. Wie bei einem schlafenden Kind mit einem schönen Traum. Ein Gesichtsausdruck, sagt man, entstehe durch gelebtes Leben. Durch Falten, die vom Ärger kommen, vom Schmerz, vom Lachen, der Freude, der Enttäuschung. Malus Gesicht hat keine Falten. Ihr Herz schlägt seit fast achtunddreißig Jahren. Ungefähr siebzig Mal in der Minute bis zu diesem Augenblick und hat nur ein einziges Mal für ein paar Sekunden ausgesetzt. Wo sind die Spuren dieser Jahre? Ihr Gesicht wirkt unberührt. Diese ›andere Form des Lebens‹ – hinterlässt die keine Spuren? Blätter welken, Hunde, Katzen und Fische werden alt, nichts bleibt wie es ist, kein Berg, kein Stein, die Zeit bleibt nirgendwo stehen. Malus Jahre stecken nicht in ihrem Gesicht, sie haben ihren Körper entwickelt. Ich schätze sie auf einen Meter siebzig. Sie hat einen großen Busen. Kleidergröße? Schwer zu sagen. Sie ist schmal. Ob Frau Tönning aufpasst, dass ihre Tochter im Rollstuhl nicht unförmig wird?

Leisten Sie ihr Gesellschaft. Sprechen Sie mit ihr.

Was soll ich erzählen? Die Legende der Heiligen Aldegundis wird sie langweilen. Wer weiß, wie oft ihr diese Wundergeschichte schon vorgetragen worden ist. Ich erzähle vom Kuhstall. Von Valencia und dem Kälbchen, das mit einer Schlinge ins Leben gezogen worden ist. Ich rede über meinen Forschungsauftrag. Hatte deine Kindheit eine Farbe? Ich weiß, was Malu sagen würde: Ragna, du kennst unsere Farben. Grün die Wiesen. Blau der Himmel. Grau das Meer. Die Wolken weiß. Unsere Kindheit roch nach Salz und Fisch.

Mit welchen Märchen, welchen Geschichten, ist Malu aufgewachsen? Über Mädchenbücher wird sie nicht hinausgekommen sein.

Mir fallen längst vergessene Gestalten ein. Nathanael. Olimpia. Professor Spalanzani, Figuren aus ETA Hoffmanns Gespenstererzählung ›Der Sandmann‹. Nathanael, der Student, der sich in Olimpia, die ›Tochter‹ seines Professors verliebt. Eine schöne, rätselhaft wortkarge Gestalt, die stundenlang zu ihm hinüberblickt wie festgezaubert hinter ihrem Fenster. Olimpia: eine Konstruktion. Eine Maschine. Eine Puppe. Schön, aber tot. Bin ich verrückt! Ich werde Malu doch nicht diese Geschichte erzählen!

Sprechen Sie mit ihr.

Ich glaube, es ist leichter, mit einer Puppe zu sprechen und sich vorzustellen, sie sei lebendig, als mit einem lebendigen Menschen, der mich anschaut wie eine Puppe. Miranda, meine Lieblingspuppe, hat gesprochen, wenn ich das wollte. Sie konnte lachen, weinen, nannte mich Mama, tat, was ich wünschte und befahl. Was, wenn ich mir vorstelle, Malu könnte all das auch?

Sie ist umgeben von Plüschtieren und Büchern, die benutzt aussehen, wie tausend Mal durchgeblättert. Malus Bilderbücher sind Kunstbände. Angebote an die Augen: Farben. Die Himmel von Nolde, die Blumen von van Gogh. Freundliches und Abstraktes von Klee und Miró. Ein Bildband der Séraphine Louis. Ich nehme das Buch in die Hand. Blumen und Früchte in wunderbaren Farben. Im Vorwort steht, die Künstlerin habe den Auftrag, zu malen, von ihrem Schutzengel bekommen. Séraphine Louis sprach mit Bäumen und Blumen, sie starb in der Psychiatrie. Frau Tönning bietet ihrer Tochter Surreales von Dalí, Max Ernst und Magritte an. Es gibt großformatige Tierbücher. Pferde, Hunde, Katzen, Fische. Ein dickes Buch mit Höhlenmalerei. Im Regal steht ein prächtiger Bruegel-Band. Den schauen wir nicht an, sage ich, da gibt es ein Bild, das ich nie wieder sehen möchte. Und einen Aufseher im Museum, dessen Stimme ich ganz bestimmt nicht vergessen werde: Schauen Sie, vor Ihren Augen spielen 246 Kinder über achtzig verschiedene Spiele auf einem niederländischen Platz des 16. Jahrhunderts. Schauen Sie, der Junge dort unten links im Bild hängt über dem Zaun wie ein nasser Sack. Ich muss das Buch nicht aufschlagen, um zu empfinden, was ich in Wien empfunden habe, als der Museumswärter sagte: Wer wird denn vor einem Bruegel weinen?

Malu hat den Kopf ein wenig in meine Richtung gedreht. Sieht sie mich oder hat sie das Klopfen gehört? Schwester Liza fragt, ob alles in Ordnung sei, ob wir uns vertragen, die Malu und ich. Wie kann ich das wissen? Sie geht auf Malu zu, schaut ihr ins Gesicht und sagt: Ob sie Sie mag, kann ich nicht sagen, sie lehnt Sie auf jeden Fall nicht ab.

Kann man das sehen?

Schauen Sie doch! Ihr Gesicht ist entspannt. Wenn sie sich aufregt oder ärgert, zieht sie die Lippen nach innen und ihre Augen … wie soll ich sagen … werden dunkel wie der Himmel vor einem Gewitter.

Durch die offene Tür schleicht eine Katze, berührt mit dem Kopf sacht Malus Füße, wie um sich anzukündigen, springt dann mit einem Satz auf ihren Schoß. Dreht sich ein paar Mal um sich selbst, rollt sich zusammen und schnurrt. Malu legt, ohne nach der Katze zu schauen, beide Hände auf den weichen Rücken des Tieres. Die Katze hat grüne Augen. Sie schielt. Ihren Namen hat sie aus dem Tierheim mitgebracht: Henna, die Rothaarige. Schwester Liza will uns zum Mittagstisch holen. Ihren Vorschlag, ich könne Malu beim Essen helfen, habe ich vehement abgelehnt. Ich kann keiner erwachsenen Frau Brei in den Mund schieben. Nein, ich möchte nicht zusehen und hungrig bin ich auch nicht.

In der nächsten Stunde sitze ich am See, beobachte die Enten, zähle die Sekunden, die ihr Kopf unter Wasser bleibt. Zehn, fünfzehn, zwanzig, dreißig. Ich schaue auf die Uhr: Kein Entenkopf bleibt länger als eine Minute unter Wasser. Dann paddeln sie ein Stückchen, suchen auf der Wasseroberfläche nach Pflanzen und Mücken und unter Wasser nach Krebsen und Larven. Einundzwanzig, zweiundzwanzig, dreiundzwanzig. Luft anhalten. Kopf ins volle Waschbecken stecken, zählen. Jeden Morgen, jeden Abend. Wochenlang. Vorbereitung auf die Tauchprüfung. Eine Minute kann sehr lang sein. Können Enten ertrinken?

Ein paar Stunden noch, dann muss ich mich von Malu verabschieden. Mit welchen Worten? Ist ›Auf Wiedersehen‹ ein Wunsch oder ein Versprechen? Es ist ganz einfach, ich sehe es vor mir: Ich gebe ihr einen Kuss auf die Stirn und sage: Steh auf, Malu, du kannst gehen. Sie ist verblüfft. Sie schaut mich an. Sie legt ihre Hände auf die Armlehnen des Rollstuhls und steht auf. Sie weiß, wer ich bin. Sie sagt: Ragna, auf diesen Tag hab ich gewartet. Nur du hast die Macht, mich ganz und gar zurückzuholen. Bloß jetzt nicht flennen. Das Wort für diese Phantasie heißt Größenwahn.

Was braucht man, um in der Welt der leisen Zeichen lesen zu lernen. Zeit und Geduld. Monate. Jahre. Ich bin Besuch für einen Tag und werde nicht erfahren, ob Malu hinter der starren Mimik lächelt oder schmollt, traurig oder böse ist. Ob sie die Menschen, die sie nicht verstehen, auslacht oder verflucht. Ob sie zufrieden ist mit ihrem Leben oder stumm und hilflos gar nicht leben will? Verwünscht sie ihre Rettung und mich, die Retterin? Séraphine Louis hatte einen Schutzengel. Hat Malu einen Schutzengel? Bin ich das? Oder bin ich ihr Nachtmahr. Wenn ich Malu verlasse, war ich nicht mehr als ein flüchtiger Gast, der von ihrer Welt nichts verstanden hat.

Das Bild hieß Plate 65 und hing in der Ausstellung des amerikanischen Fotografen Gregory Crewdson. Die Geschichte dieser raffiniert arrangierten Inszenierung zu verstehen, versetzte mich in einen Zustand von Wut und Schwindel. Die Szene schien aus einem Hollywood-Film zu stammen oder aus einem Roman von Stephen King. Beim flüchtigen Vorbeigehen wäre mir nicht aufgefallen, dass das Bild seine Erklärung verweigert. So aber, mit Zeit und Geduld, stand ich davor, verlor mich in einem Irrgarten der Motive. Eine amerikanische Vorstadtsiedlung in der Nacht. Das Licht ist unwirklich. Es ist eher hell als dunkel. Auf der Straße steht eine junge Frau, die einen langen Schatten wirft. Sie ist barfuß. Sie hat die Schuhe in der Hand, auch das Kleid. Sie trägt einen blassrosa Unterrock, darüber eine offene Strickjacke. Ist sie gewaltsam entkleidet worden? Hat sie sich selber ausgezogen? Sie schaut zu Boden. Traurig. Betreten. Nicht gehetzt, nicht ängstlich. Eher, als halte sie inne, um einen Gedanken zu Ende zu denken. Barfuß und im Unterrock? Es gibt keinen Hinweis auf ein Verbrechen, sonst würde sie in das grell erleuchtete Haus flüchten, zu dem es nur wenige Meter sind. Am Straßenrand steht ein Taxi, in dem zwei Männer sitzen. Der eine, ein Glatzkopf, am Steuer, der andere, ein junger Mann, auf der rechten Seite des Rücksitzes. Haben sie das junge Mädchen nach Hause gefahren? Die Männer im Auto erwecken den Eindruck, als warteten sie darauf, dass das Mädchen umkehrt, einsteigt, mit ihnen davonfährt. Alle scheinen zu warten, aber: worauf? Auto, Mann, Taxifahrer, Frau – haben die viel oder nichts miteinander zu tun? Ein Bild voller Hinweise, die nicht zueinanderpassen und ich, die Betrachterin, habe mich verirrt in einem Labyrinth sich widersprechender Zeichen.

Auch Malus Zimmer ist ein Ort sich widersprechender Dinge. Maiglöckchen-Parfüm für alte Damen und ein Lebkuchenherz für eine kleine Prinzessin, aus der ein erwachsenes Dornröschen geworden ist. Kunstbände und Kuscheltiere. Augen, die mich nicht sehen. Oder doch? Eine Frau, die hören kann und nichts versteht. Oder doch? Sieht sie Farben, erkennt sie Formen? Sieht sie den kleinen Vogel Uccellino, von dem ich erzählt hatte, der auf dem Kopf einer Giraffe das Ende der Welt sehen kann?

Zimmer 24 und Plate 65. Blödes Hirn. Falsches Angebot zur falschen Zeit. Hier gab es nichts zu vergleichen. Das Bild tat alles, um nicht verstanden zu werden, während Malu alles tun würde, um sich der Welt um sie herum verständlich zu machen.

Über den Hof flitzt eine Katze, auf der Flucht oder auf der Jagd nach Mäusen. Der Hund hinkt mir entgegen, wedelt, bellt. Die Fenster zum Hof sind geöffnet. Ich höre Männerstimmen in der Küche. Lachen. Tellerklappern. Fast ist es wie nach Hause kommen. Benedikt winkt. Komm rein, Max kocht.

Ich habe den Tag mit einer stummen Frau verbracht und bin erschöpft wie nach einer Schicht im Steinbruch. Dabei habe ich mich kaum bewegt, habe geredet oder geschwiegen, wobei ich länger geschwiegen als geredet habe. Ich habe in Kunstbänden geblättert. Ab und zu ein Satz:

Schau Malu, wie rot die Blumen sind, wie blau der Himmel, wie schwarz das Meer.

Ich habe Malu ein paar Mal um den Teich geschoben, ihr das Märchen vom hässlichen Entlein erzählt, bis mir, mitten in der Geschichte, auffiel, dass das keine gute Wahl für eine Frau in Malus Zustand war. Lautet die Botschaft dieser Fabel nicht: Nur unter meinesgleichen bin ich schön und hässlich unter Fremden? Was, wenn sie alles versteht und wütend wird? Weint sie, wenn sie traurig ist, oder kann sie nur weinen, wenn sie Schmerzen hat? Ich ging um den Rollstuhl herum, sah ihr ins Gesicht. Ihre Augen waren hell, ihre Züge entspannt. Hör zu, Malu, wir erfinden schnell ein neues Märchen: Es war einmal … woher ein neues Märchen nehmen? … ein kleiner, neugieriger Vogel, der … ja, was? Der am liebsten ganz allein hoch über den Wolken flog. Er hieß … Uccellino und flog so hoch, dass er eines Tages … die Orientierung verlor und in einem Land landete, das ihm ganz und gar fremd war. Es gab dort keine Wolken … aber was dann? Es gab dort … einen großen, immer blauen Himmel und auf der Erde Tiere, die den Piepmatz einluden, bei ihnen zu bleiben. Keine Angst, Malu, ich erzähl dir keine traurige Geschichte. Also: Auf den Rücken der Elefanten ließ sich Uccellino durch die Steppe tragen, in dem Zottelfell eines jagenden Löwen krallte er sich fest, saß auf dem Kopf einer Giraffe und blickte bis ans Ende der Welt und ließ sich von einem dicken Walross durch Flüsse und Seen schaukeln und … hatte eines Tages vergessen, dass er sich einmal gründlich verflogen hatte. Weiß schon, Malu, es gibt bessere Geschichten, aber vielleicht gefällt es dir ja, wenn dich eine Stimme begleitet und Unsinn erzählt.

Hätte ich tatsächlich acht Stunden Steine geschleppt, stünde ich jetzt keuchend im Hof. Weil aber Seelen nicht keuchen, ist mir die Anstrengung dieses Tages nicht anzusehen.

Ich könnte vor Durst einen See austrinken und stürze stattdessen kalten Wein in mich hinein. Ich schaufle mir Kartoffelpüree auf den Teller und protestiere nicht gegen das größte Stück des Sauerbratens. Ich warte nicht auf Fragen, frage nicht nach dem Tag der beiden Männer, nicht nach dem Vater, der heute Abend nicht am Tisch sitzt, ich rede und rede und plappere sie zu, bin völlig überdreht und kann den Schwall nicht stoppen. Benedikt fragt: Möchtest du noch Braten und Püree?

Ja.

Fressen und Reden tut gut. Wie Valium und Baldrian. Die Männer hören geduldig zu, fragen nach Malus Zustand, scheinen fasziniert von der Beschreibung der Fotowand, diesem Altar aus Bildern, den ich erst kurz vor dem Abschied entdeckt hatte. Malu im roten Kleid. Malu im blauen Kleid. In Jeans und Pullover. Im T-Shirt. Malu in der Sonne. Malu im Schnee mit Mütze und Schal. Am See. Im Park. In der Stadt. In einer Chagall-Ausstellung. Malu mit Schwester Liza im Zimmer eines Mädchens, dessen Augen ratlos schauen wie ihre eigenen. Malu mit offenen Haaren, mit Pferdeschwanz, mit Zöpfen. Es gibt viele Bilder mit ihrer Mutter, wenige mit dem Mann, der wohl der Vater der Prinzessin ist. Ein Bild mit einem Jungen, der dir ähnelt – hast du sie besucht? Max schüttelt den Kopf. Ein, zwei Mal, nach dem Umzug von der Klinik ins Pflegeheim. Ich sage nicht, dass ich ein Foto mit zwei ernst blickenden Jungen entdeckt habe, die Arme des einen liebevoll um die Schultern des anderen gelegt.

Ich konnte mich nicht losreißen von den Stationen eines Leidenswegs, der noch lange nicht zu Ende ist. Immer wieder kehrte ich zu den allerersten Bildern zurück, dem Anfang der Geschichte eines Traums vom Glück. Die Tönnings: ein junger Mann, eine junge Frau, ein Baby im Kinderwagen. Ein strahlendes Paar. Ein paar Jahre später ein ähnliches Bild: ein Mann, eine schwangere Frau, dazwischen ein weißblonder Junge. Ringelsocken, Matrosenanzug – drei, die sich auf den Nachwuchs freuen, ein fotografiertes Tagebuch. Aus dem verknitterten Babygesicht wird ein niedliches Kleinkind, das mit einem Jahr übt, sich auf wackeligen Beinen zu halten. Malu, die Prinzessin, im Arm ihrer Mutter, auf der Schulter des Vaters, an der Hand des Bruders. Im Kinderwagen, in der Kinderkarre, als Puppenmutti mit Puppenwagen. Aus dem Kleinkind wird ein Schulkind mit langen Zöpfen und einer bunten Schultüte. Malu mit Schlittschuhen auf einem zugefrorenen Waldsee, eine Eisprinzessin in Rosa. Malu und das Meer: im Kinderbikini, mit einer Schaufel am Strand. Ich sehe: Ein Mädchen lernt schwimmen. Ich sehe: Malu zwischen einem Paar, das wohl ihre Großeltern sind. Urlaub in den Bergen. Ein Klassenfoto: die Zweite von links. Schmal, lange, helle Haare. Vielleicht ist Malu nicht das schönste Mädchen in der Gruppe, aber das mit dem freundlichsten, zufriedensten Gesicht, als wäre es noch nie gescholten, noch nie bestraft worden. Malu mit Kolja am Klavier. Im Märchen würde nun der Unfall folgen, das Leid, die Angst, dann die wunderbare Heilung. Die Rückkehr des Mädchens nach dem Ausflug in die seltsame Welt des Wachkomas in ihre Familie. Vater, Mutter, Bruder, Schwester: überglücklich alle vier. Und wenn sie nicht gestorben sind …

Die Bilderwand in Malus Zimmer kennt kein Happy End. Dort wird sachlich dokumentiert, wie aus der Eisprinzessin das Kind mit den leeren Augen wurde. Ich weiß nicht, wie lange ich vor dieser Dokumentation des Endes einer glücklichen Familie gestanden habe. Als es an der Tür klopfte und Schwester Liza sagte, sie müsse Malu zum Abendessen holen, hatte ich das Gefühl, mich viel zu lange in etwas Verbotenes, Intimes eingeschlichen zu haben. Schwester Liza fand die Bilderwand nur ›interessant, nicht wahr‹!, und erlaubte mir, auch ohne Malu noch eine Weile im Zimmer zu bleiben. Zum Abschied nahm ich Malus Gesicht in meine Hände und sagte aus lauter Verlegenheit: Ciao, Malu, wenn ich Kolja gefunden habe, komme ich zurück. Allein im Zimmer, stellte ich mich wieder vor die Fotos. Frau Tönning hatte den Traum einer glücklichen Familie dokumentiert und dann ungeschönt das Erwachsenwerden eines behinderten Menschen, ihrer Tochter. Auf Malus Gesicht liegt seit vielen Jahren ein gleichgültiger Frieden, als wäre der Unfall im Schwimmbad niemals bei ihr angekommen.

Vielleicht waren es diese in die Ferne gerichteten Augen, die mich an ein Buch über Totenfotografie erinnerten. Ende des 19. Jahrhunderts, als Fotografen preiswerter wurden als Maler, ließ man sie ›letzte Bilder‹ machen. Man schmückte und schminkte seine Toten, zog ihnen die schönsten Kleider und Anzüge an, verwandelte tote Babys in Engel, verstorbene Kinder in kleine Bräute, gab ihnen den lebendigen Hund an die Seite, den Kanarienvogel, legte ihnen die Katze auf den Schoß und den Teddy in den Arm, bettete sie für die letzte Aufnahme auf Blumen und band ihnen Schleifen ins Haar. Es gab Bilder, auf denen tote Babys in den Armen ihrer Mütter liegen. Brüderchen und Schwesterchen ruhten mit offenen Augen im Kinderbett. Wer war hier tot? Der Junge? Das Mädchen? Wahrscheinlich das Mädchen, weil die zum Gebet gefalteten Hände auf einer Puppe lagen, vielleicht die Grabbeigabe. Beliebt waren Bilder, die den Toten, durch ein nicht sichtbares Gestell gestützt, aufrecht sitzend im Kreise der Familie zeigten, gerne an festlich gedeckter Tafel. Nicht immer wurden dem Verstorbenen die Augen geschlossen. Wenn alle mit offenen Augen in den Blitz der Kamera starrten, fiel der Tote zwischen den Lebenden nicht auf. Oder doch?

Ich hatte Stunden mit diesem Buch verbracht, nicht wissend, was genau ich eigentlich suchte. Es war ein Verdacht. Irgendwo zwischen diesen Seiten musste sich das Geheimnis verbergen, das mir den Unterschied zwischen einem toten und einem lebendigen Menschen verriet. Ich war besessen von dem Gedanken, dass man einen Toten von einem Lebenden unterscheiden können muss. Seite um Seite starre Mienen. Weil es für die Lebenden bei einem Totenmahl keinen Anlass gab, in die Kamera zu lächeln, gab es kein lächelndes Gesicht. Es war zum Verrücktwerden. Wer am Tisch war tot? Es mag Einbildung gewesen sein, aber irgendwann glaubte ich, den Unterschied zu erkennen, auch wenn er nur winzig war. Ich redete mir ein, die Toten sähen ein wenig hilfloser, erschöpfter, schlapper aus. Um die Münder der toten Kinder entdeckte ich einen vorwurfsvollen Zug. Ich sah, was ich sehen wollte: Trauer auf den Gesichtern der Lebenden, kein Leid in den Gesichtern der Toten.

Max ist entsetzt. Er findet meine Beschäftigung mit toten Gesichtern im Zimmer der lebendigen Malu makaber.

Was daran ist makaber? Malus Augen sind so friedlich und gleichgültig wie die Augen der Toten. Ist das schlimm?

Ja.

In seiner Familie, sagt Benedikt, gehöre das Fotografieren eines Toten zum Abschied dazu wie das Öffnen des Fensters für die verstorbene Seele. In seinen Familienalben gebe es viele ›letzte Gesichter‹. Eine Großmutter im Sarg, dezent geschminkt, das lange Haar sorgfältig auf das Kissen gebreitet, in den gefalteten Händen eine weiße Rose. Es gibt eine Cousine auf dem Totenbett, einen aufgebahrten Onkel in der Trauerhalle. Ein besseres Andenken kann ich mir nicht vorstellen, sagt Benedikt.

Max schüttelt den Kopf. Die Erinnerung an seine Großmutter soll lebendig bleiben, sagt er, ihr totes Gesicht darf nicht in einem Album vergilben. Er will sie vor sich sehen, wie sie über den Hof schlurfte. Er will hören, wie sie beim Verstreuen des Futters mit den Hühnern um die Wette gackerte. Er will nicht vergessen, wie lustvoll sie das Beil zum Schlachten hob.

Benedikt versteht den Einwand nicht. Warum sollte ein Totengesicht der Erinnerung an die Großmutter im Wege stehen?

Max schweigt. Denkt nach. Versucht, eine merkwürdige Erfahrung zu beschreiben, sagt schließlich: Fotos mischen sich ein. Sie verschmelzen mit den Erinnerungen. Ich habe, sagt er, Fotos von meiner Mutter so oft betrachtet, dass ich, wenn ich an sie denke, nicht mehr an sie, sondern an die Fotos denke. Die Erinnerung an meine Mutter besteht aus zehn starren Bildern in einem Album.

Und du denkst …

Allerdings, sagt Max. Die Erinnerung an meine Großmutter würde allmählich zu einem Bild von einem Totengesicht werden.

Ich bin dankbar für die Gastfreundschaft. Und weil es schön ist, mit den Männern in der Küche zu sitzen und Wein zu trinken, und auch Max weniger spröde mit mir umgeht, beichte ich den Männern meine größenwahnsinnige Phantasie von Malus spontaner Heilung. Steh auf, Malu, du kannst gehen. Dass sie aufsteht, mir die Hand gibt und sagt: Ragna, auf diesen Tag habe ich gewartet. Nur du hast die Macht, mich zurückzuholen. Max murmelt ein Wort, das sich wie ›Hirnpapperlapapp‹ anhört, Benedikt lacht und verlässt die Küche. Ich höre ihn Schubladen auf- und zuziehen, dann kommt er mit einer alten Bibel zurück: Zum letzten Glas Wein, liebe Ragna, eine kurze Geschichte, nach der du ruhig schlafen wirst. Er schlägt die Bibel auf, blättert, sucht, liest:

Auf dass ihr aber wisset, dass des Menschen Sohn Macht hat, zu vergeben die Sünden auf Erden, sprach Er zu dem Gichtbrüchigen: Ich sage dir, stehe auf, nimm dein Bett und gehe heim. Und alsbald stand er auf, nahm sein Bett und ging hinaus vor allen, also dass sie sich entsetzten und priesen Gott und sprachen: Wir haben solches noch nie gesehen.

Benedikt klappt die Bibel zu, sagt: Markus zwei, Vers zehn bis zwölf. Er lacht: Wenn sich das Wunder wiederholt, lass es mich wissen.

Die Männer schlafen längst, als ich im schmalen Jungenzimmer versuche, die Bilder dieses Tages beiseitezuschieben, wenigstens für diese Nacht. Malus Augen. Blass lackierte Fußnägel. Entenköpfe unter Wasser. Ich öffne das Fenster, lege mich ins Bett, horche mit geschlossenen Augen in den Hof, den ich jetzt kenne und denke mir aus, was draußen geschieht. Die dickste Katze hat sich ins Zimmer von Max' Vater geschlichen und schläft zusammengerollt am Fußende des Bettes. Die anderen Katzen jagen Mäuse. Der hinkende Hund schläft im Stall in der Wärme des Pferdes. Den Mond will ich in dieser Nacht nicht sehen, er würde mich mit Malus Augen betrachten.

Ich darf mich hier nicht verlieren. Ich sage mir streng: Morgen fährst du zurück. Du bist Wissenschaftlerin. Du musst Kolja finden. Du kennst die Telefonnummer. Du findest ihn. Dass er im Norden lebt, bestätigt die Sehnsucht der Menschen nach der Landschaft ihrer Kindheit. Er soll mir erzählen, warum es ihn ans Meer gezogen hat, wo doch das Wasser sein Albtraum sein müsste. Ich muss hier weg. Ich habe vor langer Zeit ein Mädchen aus dem Wasser gezogen. Der Rest geht mich nichts an.

Leisten Sie ihr Gesellschaft … Sprechen Sie mit ihr … Schau Malu, wie rot die Blumen sind … Nimm dein Bett und geh heim … Ich suche vergebens nach einem Abendgebet, das meinen Kopf beruhigt und finde stattdessen vier schöne Zeilen: Jetzt lege ich mich schlafen/ Weil ich schläfrig bin/ Und tu, als ob ich schliefe/ bis ich eingeschlafen bin. Zehn Mal Jandl als Mantra gemurmelt, ersetzt den Mond als Schlaftablette.

Fast schon im Traum noch eine flüchtige Erinnerung an einen Duft. Wann immer ich in Zukunft Maiglöckchen rieche, werde ich ein Zimmer mit Plüschtieren sehen und eine Frau mit einem blonden Zopf. Aber Vorsicht! Maiglöckchen sind giftig. Enger Kontakt führt zu Benommenheit und bringt das Herz aus dem Takt.

Es ist früh am Morgen. Ich stehe am Fenster, schaue in den Hof und nehme mir vor, nichts von dem zu vergessen, was ich sehe. Die ersten Sonnenstrahlen wärmen alles, was auf dem runden Holztisch steht: den hellen, roten Schinken, die Schüssel mit Kräuterquark, den Honig und die Marmelade. Die Sonne scheint auf die weiße Tischdecke, die Stoffservietten, die Frühstücksteller, die Semmeln, sie wärmt die Eier im Glas, das Brot im Korb, die Menschen am Tisch.

Ich bilde mir ein, den Schinken zu riechen, den Honig zu schmecken, die Marmelade, den frischen Käse. Max' Vater sitzt im Rollstuhl und neben ihm, auf einer alten Bank, Benedikt. Er liest ihm ein Märchen vor oder eine Geschichte aus der Bibel. Nicht laut, nicht betont, ich höre nicht mehr als eine sanfte Melodie aus gemurmelten Worten. Es scheint nicht wichtig zu sein, ob Max' Vater den Inhalt versteht. Benedikt umgibt den alten Mann mit seiner Stimme wie mit einer warmen Decke.

Gestern Abend hat Max seinen Vater einen Seismographen genannt, einen sicheren Anzeiger für kaum spürbare Erschütterungen. Die Unruhe, die nach dem Besuch bei Malu in mir stecken, der Stau an Eindrücken, den ich aus dem Haus Aldegundis mitbringen würde, hätte ihn, der hochsensibel auf Tonlagen und starke Gefühle reagiert, ›ausschlagen‹ lassen. In solchen Situationen, hat Max erklärt, schreie sein Vater wie vor einem drohenden Vulkanausbruch. Jetzt, wo ich höre, wie Benedikt Max' Vater mit Sprache einlullt, begreife ich, warum er beim Abendessen nicht bei uns am Tisch gesessen hat.

Was ich vom Fenster aus im Hof sehe, ist so friedlich, so freundlich, so innig, dass ich in diesem Augenblick nur eines möchte:

dazugehören. Wie der Hund unter dem Tisch, wie die Katze auf dem Schoß des alten Mannes, wie das Pferd auf der Koppel. Ich möchte zu diesem Haus gehören, in dem es keine Schubladen mit Socken gibt und Postkarten, auf denen ich verraten werde. In der gleichen Lautstärke, in der Benedikt seinen Text murmelt, sagt er, als gehöre der Satz zum Buch: Komm herunter, Ragna, setz dich zu uns, guten Morgen. Max scheint zur Arbeit gefahren zu sein, das dritte Gedeck auf dem Tisch ist für mich. Ich erkenne die Bibel, aus der Benedikt gestern Abend die Geschichte des Gichtbrüchigen vorgelesen hatte. Nimm dein Bett und geh heim – den Satz will ich auch nicht vergessen.

Ich setze mich zu ihnen. Max' Vater, der Hubertus heißt, lässt sich von meiner Begrüßung nicht stören. Benedikt liest:

Im zweiten Jahr seiner Herrschaft hatte Nebukadnezar einen Traum, über den er so erschrak, dass er aufwachte. Und der König ließ alle Zeichendeuter und Weisen und Zauberer und Wahrsager zusammenrufen …

Hubertus hört zu, sagt, als habe er eine Frage zu dieser Geschichte:

Und wo ist Max?

Max ist bei den Tieren.

Hubertus senkt den Kopf, hört zu.

Und der König sprach zu ihnen: Ich habe einen Traum gehabt, der hat mich erschreckt und ich wollte gerne wissen, was es mit dem Traum gewesen ist …

Es vergehen drei, vier, höchstens fünf Minuten … als Hubertus leise fragt:

Und wo ist Max?

… werdet ihr mir nun den Traum nicht kundtun und deuten, las Benedikt, so werde ich euch die Wahrheit sagen:

Max ist bei den Tieren.

Lesen, zuhören, fragen. Wie Wellen, ein sanftes Hin und Her. Ich kenne die Geschichte nicht, verstehe aber den Satz, den Benedikt in die Geschichte einfügt: Greif zu, Ragna, der Schinken ist köstlich, die Marmeladen habe ich selber gemacht, du musst sie probieren. Himbeeren, Mirabellen, Kirschen aus eigener Ernte.

Wo sich Eier, Schinken und Honig nahtlos in einen Bibeltext einfügen, wo ein dementer Mann eine Semmel zerkrümeln darf, ohne getadelt zu werden, da, denke ich, ist es auch erlaubt, neugierige Fragen zu stellen.

Max ist dein Mann und dein Chef – wie kann das gut gehen?

Theoretisch eher nicht, sagt Benedikt, praktisch ausgezeichnet.

Max hat einen Beruf, er verdient das Geld und du …

Ich pflege den Vater, das Pferd, den Hund, ich füttere die Katzen. Ich kaufe ein, ich koche …

Du bist die Hausfrau?

Benedikt lacht: Ich bin der Manager.

Du wirst bezahlt?

Mir gehört der Hof.

Wie bitte?

Benedikt nimmt Hubertus die Semmel aus der Hand, rückt den verrutschten Sonnenhut zurecht, freut sich über mein verblüfftes Gesicht.

Als wir uns kennenlernten, sagt er, war der Hof, um es deutlich zu sagen, am Arsch. Runtergewirtschaftet. Hubertus zielstrebig auf dem Weg in eine andere Welt, Max am Ende seiner Kraft. Bevor der Hof verlotterte, suchte er einen Pfleger und Verwalter – und fand mich. Ich war ideal: Bauernsohn, Krankenpfleger, Erbe und – er grinst – schwul. Ich habe den Hof gekauft und gehofft, dass er sich in mich verliebt.

Und?

Hat Geduld gebraucht. Er war verschlossen wie eine Auster. Er trauerte dem Menschen nach, den du suchst. Ich sagte mir: keine Eile. Vertrauen. Gewöhnung. Alltag. Gutes Essen. Gute Gespräche. Humor. Ich ließ den Hof sanieren, begleitete Hubertus in seine schräge, neue Welt. Und nun feiern wir demnächst unser Zehnjähriges als Paar.

Und?

Und gut!

Ihr seid ziemlich verschieden.

Er lacht. Wir sind zwei Zahnräder, die ineinanderpassen. Meine Zacken passen in seine Lücken. Ich koche, er genießt das Essen. Er ist kein Gutsherr, ich liebe diesen Hof. Ich sorge für den Freundeskreis, er, wie du weißt, spricht lieber mit schwangeren Kühen oder mit Spinnen, die kleine Herzen haben. Ich habe viel über Tiere gelernt und er ein wenig über Menschen.

Hubertus blinzelt, sieht aus, als versuche er, die Situation zu verstehen. Er weiß, dass ihm nicht mehr vorgelesen wird. Wir sprechen zwar ruhig miteinander, aber eine Geschichte ist das nicht. Es ist zum Weinen, als er, drängender als zuvor, fragt:

Und wo ist Max?

Max ist bei den Tieren.

Benedikt steht auf, geht ins Haus, kommt mit frisch aufgebrühtem Kaffee zurück und drückt mir eine Visitenkarte in die Hand. Gruß von Max. Ich lese: Prof. Dr. Margarete Linn.

Heute wollte ich mich von Max, Benedikt, Hubertus und dem Hof verabschieden und nun bekomme ich unverhofft einen Tag geschenkt. Professor Dr. Margarete Linn, erklärt Benedikt, leite die Klinik für Kinder mit Schädel- und Hirnschäden. In dieser Klinik seien Max und Kolja einmal wie zuhause gewesen.

Am Telefon war sie reserviert, aber bereit, mit mir zu sprechen, wobei sie wohl eher Max einen Gefallen tun wollte. Was ich von ihr erwarte, hatte sie gefragt, und ich konnte ihr nicht mehr als ein paar vage Sätze anbieten. Was soll ich von einer Frau erwarten, von der ich nie zuvor gehört habe. Nur diesen Satz: Frau Linn versteht mehr von Kolja als seine Mutter, hatte Benedikt gesagt. Die Visitenkarte war ein Geschenk von Max.

Man hat das Gedächtnis mit einer Bibliothek verglichen, einem Speicher oder einer Festplatte. Man hat es Archiv genannt, Abtei, Keller und Palast. Palast! Ich stelle mir hohe Räume vor, edle Möbel auf Marmorböden, vor allem: Ordnung. Mein Kopf gleicht eher einer Rumpelkammer, weniger Ordnung, mehr Chaos, in dem ich manchmal finde, was ich suche, entdecke, wonach ich nicht gesucht habe und suche, was sich nicht finden lässt, obwohl es dort sein muss: der Sprung ins Schwimmbad, mein Hilferuf. Es gibt Zeugen. Ich war im nassen Badeanzug zu Frau Tönning gerannt und wieder zurück ins Schwimmbad. Und dann? Wie bin ich nach Hause gekommen? Mit dem Fahrrad? Mit dem Bus? Wurde ich gefahren? Von wem? Waren meine Eltern stolz auf mich? Kannten sie den Bericht in der Zeitung? Alles verschwunden. Wohin? Ich weiß es nicht.

Frau Linn ist keine Psychologin, sie kann mir bei der Suche nicht helfen. Was ich von ihr erwarte? Eine Spur zu dem Jungen, den ich verloren habe. Er fünfzehn. Ich sechzehn. Salzwasser auf brauner Haut, verliebt in graublaue Augen und weißblondes Haar. In meiner Jackentasche steckt ein Zettel mit einer Telefonnummer. Null, vier … das ist irgendwo im Norden. Ich kann ihn anrufen. Ich kann mir nicht vorstellen, was dann geschieht.

Ich parke auf dem großen Platz vor der Klinik. Weiße Quader aus Glas und Beton. Mächtige Buchen, dazwischen Kamille, Klee, Mohn und Hahnenfuß, eine wilde, bunte Blumenwiese. Neben der Klinik ein Stall und ein Reitplatz ohne Hürden. Kommen Sie zum Kaffee in mein Büro, hatte die Klinikchefin gesagt. Ich schaue auf die Uhr. Viertel vor vier. Noch eine viertel Stunde. Ich bin mit sechzehn Jahren in ein Schwimmbecken gesprungen und habe ein Mädchen aus dem Wasser gezogen, von dem ich nicht weiß, ob es mit den Folgen dieser Rettung leben will. Ich schließe das Auto ab und gehe langsam auf die Klinik zu. Mit welchem Recht belästige ich die Chefin einer Spezialklinik mit meiner Gedächtnislücke? Die Glastür öffnet sich automatisch. Ich bin angemeldet. Zum Umkehren ist es zu spät. Der Pförtner bittet mich um ein paar Minuten Geduld.

Im Foyer entdecke ich eine Wunderwelt aus Wasser, Farnen, Muscheln und bunten Fischen, die jagen oder gejagt werden, sich unter Muscheln und zwischen schwingenden Algen verstecken. Um das Aquarium herum sitzen Männer und Frauen, mehr Frauen als Männer, neben ihnen Kinder in Rollstühlen, auf Bistrotischen stapeln sich leere Kaffeebecher. Die Gesichter der Kinder sind verschlossen, verträumt oder verkrampft, ich erkenne in ihnen Malus Gesicht. Die Augen ohne Blick. Ich sehe Verzweiflung und Hoffnung in den Gesichtern der Eltern. Im Aquarium spiegelt sich mein Gesicht zwischen Korallen und Fischen, die neue Frisur nicht mehr ganz c'est la bonne coupe, wie nach dem Besuch bei Madame Francine.

Ich streiche mir die Ponyfransen aus der Stirn und begegne zwischen den Algen braunen Augen, von einer starken Brille groß und rund gemacht. Wie drehen uns gleichzeitig zur Seite und lachen über die Begegnung der Augen unter Wasser, geben uns die Hand und nun wird die Professorin vielleicht nicht mehr ganz so streng wissen wollen, was ich von ihr erwarte. Auf dem Weg ins Arbeitszimmer fragt sie nach Malu, und während ich noch versuche, meine Eindrücke zu sortieren, sagt sie: Die kleine Prinzessin haben wir nicht zurückholen können. Geht es ihr gut? Sie beantwortet die

Frage selbst. Ja, sie hat es gut dort, wo sie ist. Mehr Fürsorge kann es nicht geben.

Sie öffnet die Tür zu ihrem Arbeitszimmer. Ein heller Raum im Erdgeschoss. Durch die großen Fenster kann ich den Reitplatz sehen. Ihr Schreibtisch ist aufgeräumt, zwischen zwei Telefonen steht ein Totenkopf, braun und rissig wie aus einem alten Baumstamm geschnitzt. Sie zeigt auf den Besucherstuhl, lässt sich in ihren Bürosessel fallen, greift zum Hörer, bestellt Kaffee und Plätzchen und als sie fragt, was sie für mich tun kann, habe ich keine Scheu mehr, ihr von der unheimlichen Verwandlung einer Landschaft zu erzählen, von dem Gefühl, einen Umbau auf der Bühne verschlafen zu haben, dem Staunen über das graue Bild aus der Vergangenheit. Von dem Schwimmbad, der Bank am Meer, dem Jungen von damals und dem Kleiderbündel neben ihm. Auch von dem Mädchen erzähle ich, das sich mit blauen Flossen im Wasser tummelte wie ein Delphin, um den Jungen auf der Bank zu beeindrucken. Ihre Augen hinter den dicken Brillengläsern werden ganz aufmerksam, als ich endlich sagen kann, dass ich Koljas Geschichte brauche, um meine zu verstehen. Eine Praktikantin bringt Kaffee und während wir Milch und Zucker in die Tassen rühren, werfe ich immer wieder einen Blick auf den toten Schädel. Sie lächelt.

Stört er?

Bevor ich antworten kann, dreht sie ihn so weit zu mir, dass ich ihm in die Augenhöhlen sehen kann. Mehr zu dem braunen Kopf als zu mir sagt sie: Wir leben in großer Nähe miteinander. Unsere Geschöpfe – sie umschreibt mit einer ausladenden Geste das Klinikgebäude – sind, wenn man so will, Ergebnis oder Erfolg der modernen Medizin. Ohne Hightech wäre vor vielen Jahren irgendwo ein Mädchen ertrunken, und auf einem Friedhof stünde ein Grabstein mit einem Namen: Malu.

Wäre das besser?

Weiß nicht, sagt sie, niemand kann entscheiden, wann ein Leben lebenswert ist, am wenigsten derjenige, den man auf seinem Weg in den Tod, ohne ihn fragen zu können, zur Rückkehr gezwungen hat. Sie sieht mich mit ihren großen Brillenaugen an, legt fast zärtlich eine Hand auf den toten Schädel, lässt sie, in Gedanken verloren, dort liegen, sucht in ihrer Erinnerung nach der Zeit mit Malu und Kolja und den Bildern, die damit verbunden sind und scheint die beiden allmählich wieder vor sich zu sehen, nickt wie zum Gruß, sagt: Der Junge war vernarrt in Hirne und Schädel, die für ihn voller Gefühle und Geheimnisse waren. Ich kenne kaum einen Erwachsenen, der so wissbegierig war wie dieser Junge, so besessen, zu verstehen, was sich im Inneren eines Kopfes abspielt. Er fragte, fragte, fragte: Was macht die Großhirnrinde? Was ist ein Kleinhirn, ein Mittelhirn, ein Zwischenhirn? Er lernte Fachbegriffe. Thalamus. Hypothalamus. Amygdala. Was war kaputt im Kopf seiner Schwester und wo genau saß der Schaden, den er, davon war er inzwischen überzeugt, angerichtet hatte? Warum kann Malu schlucken, aber nicht sprechen? Warum weint sie manchmal leise? Weiß sie, was passiert ist? Erkennt sie ihre Eltern, ihren Bruder? Es war, so schien mir, der Versuch, die Verantwortung für den Zustand seiner Schwester, die man ihm aufgebürdet hatte, durch Wissen zu kompensieren. Sie zeigt auf die Wand hinter sich.

Schauen Sie! Solche Bilder hängen hier in vielen Zimmern. Das war auch damals so. Er hat sie sich so oft erklären lassen, bis er sie anderen erklären konnte.

An den Wänden hängen, dicht an dicht, Zeichnungen, Grafiken, Illustrationen. Dreißig, vierzig Bilder und nur ein Motiv: das Gehirn. Sie greift in die Schublade, zupft aus einer Schachtel eine Zigarette, zündet sie an, sagt: Also, was genau wollen Sie wissen?

Alles über Kolja.

Nach diesem Satz, glaube ich, beginne ich zu begreifen, dass Kolja nicht mehr weiß als ich. Er saß auf der Bank, als ich seine Mutter alarmierte. Er hatte sich nicht vom Fleck bewegt, als ich um Hilfe schrie und versuchte, Malu zum Atmen zu bringen. Ich brauche den erwachsenen Kolja, um zu verstehen, warum ich mich an das Stück Leben, das ich verloren habe, nicht erinnern kann. Ich habe nie versucht, herauszufinden, wohin die Familie gezogen ist –

warum nicht? Kann man ein Ereignis so schnell vergessen, dass es keine Zeit hat, zur Erinnerung zu werden?

Professor Linn zieht den Rauch tief ein, dann pustet sie die graue Wolke respektlos gegen den toten Hinterkopf auf ihrem Schreibtisch. Ist der Schädel braun, weil sie so viel raucht?

Als ich ihn kennenlernte, sagt Professor Linn, war er fünfzehn. Malu hat man im Notfallhubschrauber zu uns gebracht, aus Norddeutschland, wenn ich nicht irre. Die Familie war in die Nähe der Klinik gezogen, keiner konnte etwas über Dauer und Ergebnis der Behandlung sagen. Der Anblick des Jungen, den ich vom Pförtner abholte, um ihn zu seiner Schwester zu bringen, tat mir in der Seele weh. Ein verstoßener Engel, verurteilt zur Buße am Bett seiner Schwester. Um Himmelswillen, wofür sollte der Junge büßen? Er musste nicht explizit schuldig gesprochen werden, er fühlte sich schuldig, weil der Unfall keine fünfzig Meter von ihm entfernt passiert war. Trauernde wie Koljas Mutter, scheint mir, brauchen zum eigenen Überleben einen Schuldigen. Sie begreifen nicht, dass ein Schuldiger die Trauer nicht kleiner macht.

Sie sieht mich mit ihren vergrößerten Augen an, als erwarte sie eine Reaktion. Soll ich sagen, dass Frau Tönning auch mich schuldig gesprochen hat? Schuldig am Leben ihrer Tochter, an d i e s e m Leben. Ich schweige. Sie nickt, als sei das Schweigen in Ordnung.

Wissen Sie … die beiden sahen sich ähnlich wie Zwillinge. Weißblonde Haare, graublaue Augen, sanfte Gesichter. Zweimal pro Woche, so hieß das Strafmaß. Ob Sie's glauben oder nicht: Ich spürte von Anfang an, dass der Junge auf einen gefährlichen Weg geschickt worden war. Ich sah ihn vor dem Aquarium stehen und die Einsamkeit, die ihn umgab, rührte mich. Ein trostloser Anblick. Im Sinne des Wortes ohne Trost. In diesem Augenblick habe ich wohl beschlossen, ihn im Auge zu behalten.

Und Max?

Max war ein Segen. Für alle. Für seinen Cousin, für Kolja, Max war der Sonnenschein der Klinik. Ein respektloser, pragmatischer und phantasievoller Bauernjunge, der sich um seinen Cousin aus einem einzigen Grund kümmerte: Er liebte den Kleinen wie einen Bruder. Er habe, sagt sie, Fliegen aus dem Kuhstall in eine Tüte gesperrt und gehofft, mit dieser ›Fliegenmusik‹ sein Kläuschen aus dem Koma zu holen wie ein Kind aus dem Schlaf. Er hat ihm einen endlos plappernden Vogel auf den Nachttisch gestellt und ihm eine dicke Unke auf die Hand gesetzt. Max hat ganz intuitiv alles gemacht, was wir basale Stimulation nennen. Unter uns galt die Devise: Lass ihn machen, Schluss ist erst, wenn er mit Kühen und Schweinen anrückt. Sie haben ihn kennengelernt?

Ein wenig.

Kein Wunder, dass er Tierarzt geworden ist. Mensch oder Tier – er macht keinen Unterschied zwischen Kreaturen. Der Mensch braucht das Tier und das Tier den Menschen. Das musste er nicht lernen, das wusste er einfach.

Während sie sich erinnert, betrachte ich die Poster hinter ihr. Ich sehe ein leuchtend blaues Gehirn, im Gestrüpp dünner Äste glüht ein roter Ball wie eine explodierende Sonne: Gehirnblutung. Ich sehe zwei Gehirnhälften. In der linken befinden sich einzelne, gelbe Flecken, wie zwei Spiegeleier in der Pfanne. In der rechten Hälfte breiten sich die Flecken aus wie schaumig geschlagenes Rührei: Demenz.

Sie sieht meinen Blick. Mit jedem neuen, technischen Verfahren, sagt sie, entstehen aufregend neue Aufnahmen beschädigter Gehirne: Kolja liebte solche Bilder. Sie faszinierten ihn. Er suchte in all diesen Abbildungen das verletzte Gehirn seiner Schwester.

Ich entdecke eine Grafik, die das Gehirn als universale Schaltzentrale zeigt. Tausende von Rädchen, tausende von Schräubchen, die ineinandergreifen. Schranken, Weichen, Übergängen und Unterführungen, die reibungslos die gewaltige Aufgabe des Denkens und Umdenkens, Fühlens und Handelns erledigen. Teamwork. Tag und Nacht. Jedes Teil hat seine Aufgabe, alle sind mit allen vernetzt, wissen, was zu tun ist. Wo Schäden entstehen, wird repariert. Ein hochflexibles Gebilde. Eine Fabrik im Kopf ohne Chef. Oder bin ich der Chef? Ich glaube nicht, dass ich dort der Bestimmer bin. Aber wer dann? Die Frage unter der Grafik – kann das Gehirn das Gehirn verstehen – könnte einen Migräneanfall auslösen.

Noch Kaffee?

Max und Kolja wurden Freunde, sagt sie, unzertrennlich bis zum Abitur, so schien es mir, und dann – aber das ist eine andere Geschichte. Sie wählt eine kurze Nummer, bittet um frischen Kaffee, erinnert sich immer genauer. Am Anfang kam Kolja zwei Mal die Woche in die Klinik, stand wie versteinert am Bett seiner Schwester und als ich ihm anbot, auch andere Kinder zu besuchen, schien das die Erlösung. Irgendwann war er jeden Tag hier. Wir nannten ihn den kleinen Herrn Doktor. Er hatte Narrenfreiheit. Er freundete sich mit Eltern an, beobachtete, wie sie sich am Bett ihrer Kinder verhielten. Und die Eltern, Mütter zumeist, ließen ihn gewähren, erzählten ihm von den Unfällen ihrer Kinder, waren froh über den Zuhörer. Er war ein hübscher Junge, behutsam und ernst. Ich habe vieles vergessen, aber ich glaube, er hatte ein besonders enges Verhältnis zu einer Frau – müsste ich nachgucken, wenn Sie das interessiert – Hofer? Höfer? Ihre Tochter lag seit mehr als zehn Jahren im Koma, ein tragischer OP-Fehler. Sie war ein paar Wochen bei uns, um die Medikation überprüfen zu lassen. Frau Hofer mochte den Jungen. Sie war eine nachdenkliche Person, klug, mit einer großen Fähigkeit zur Empathie. Sie hatte stundenlang bewegungslos neben ihrer Tochter gelegen, um herauszufinden, wie man Schmerz, Kitzel, Jucken, alle Formen der körperlichen Irritation erträgt, wenn man sich nicht bewegen kann. Sie wusste, was sie tat und sie kannte die Grenzen des Einfühlens. Ob die Bekanntschaft letztlich ein Segen für Kolja war – ich weiß es nicht.

Das Plakat unten rechts ist für Kinder?

Das ist für mich, sagt sie, ein Geschenk. Die Künstlerin war meine Patientin.

Sie dreht sich um, schaut auf das Bild, sagt, im Großen und Ganzen sehe es in ihrem Kopf wie auf dieser Zeichnung aus: ein großes Gewimmel und Getümmel. Sonnen, Monde, Sterne. Kleine, rote Herzen und Küken, die auf weißen Eiern sitzen. Grüne Würmer.

Hunde und Katzen. Kleine Kirchen, kleine Häuser. Sonnenblumen. Farne. Bäume. Aber – eigenartig, nicht wahr – keine Menschen. Stattdessen in allen Arealen des Gehirns winzig kleine Totenköpfe.

Die Frau Hofer oder Höfer, war … kein Segen für Kolja?

Sie langt, ohne hinzuschauen, in die Schublade, zieht eine Zigarette aus der Schachtel, zündet sie an, bläst den Rauch, offensichtlich aus Gewohnheit, gegen den toten Schädel. Hinter den Augenhöhlen, im Inneren des Kopfes, wohnt schwarze Trauer.

Was ist ein Segen? Was ist ein Fluch, fragt sie. Frau Höfer hat ihn Empathie gelehrt. Die Übung hieß: Ich bin du. Er hat es mir erzählt. Wissen Sie, Frau Höfer war eine erwachsene Frau, sie wusste, was sie tat, wenn sie neben ihrer Tochter lag, um zu spüren, was Lähmung ist. Kolja steigerte sich voller Wissbegier in dieses stumme Spiel hinein. Zunächst übte er zuhause. Ein Kitzeln in der Nase: nicht bewegen. Aushalten. Eine Fliege auf der Stirn: nicht bewegen. Aushalten. Das war okay. Als er anfing, sich um einen kleinen Jungen zu kümmern, den wir ›Kai in der Kiste‹ nannten, war ich glücklich, dass er ›sein‹ Betreuungskind gefunden hatte. Der Junge hieß Simon und war als Baby vom Wickeltisch gefallen. Er sah hinreißend aus: ein wilder, roter Lockenkopf mit großen, blauen Augen. Mehr eine Puppe als ein lebendiges Kind. Völlig debil und sehr lieb. Wir setzten ihn ein, zwei Mal am Tag in eine Kiste, damit er ein Gefühl für Begrenzung entwickeln konnte. Die beiden zu beobachten, war eine Wonne – wenigstens zu Beginn. Kolja hatte einen so großen Respekt vor der Verletzbarkeit von Köpfen entwickelt, dass er sich kaum traute, dem Kleinen die Haare zu bürsten. Er sorgte dafür, dass Räder unter die Kiste geschraubt wurden und zog den Jungen hinter sich her. Alles o. k. Der Kleine bekam selten Besuch und obwohl er kaum Möglichkeiten hatte, Gefühle zu äußern, sah man in winzigen Reaktionen, dass er positiv auf Kolja reagierte. Ein wonniges Gespann. Kolja trainierte weiterhin Empathie. Ich bin du. Er konnte eine Stunde lang bewegungslos wie ein Buddha neben dem Kleinen sitzen. Saß da mit offenem Mund und starrte Löcher in die Luft. Ich bin du. Kolja ist Kai: Was geht in dir vor. Zeig mir, wer bist du. Zeig mir, was du aushältst. Er hatte aus der Anregung von Frau Höfer oder Hofer den Schluss gezogen, dass es möglich war, einen anderen Menschen ganz und gar und in allem zu verstehen. Gedanken und Gefühle. Trauer, Schmerz, Freude – alles. Auch einen beschädigten Kopf. So wie Max versuchte, seinem Cousin mit brummenden Fliegern näherzukommen, so dachte Kolja, er hätte einen Weg gefunden, sich in einen schwachsinnigen Jungen einzufühlen.

Um ihn aufzuwecken?

Da war nichts aufzuwecken, das wusste er genau. Der Weg war nicht ungefährlich.

Wieso?

Sie zieht heftig an der Zigarette. Hören Sie mal! Wenn ein intelligenter, junger Mann versucht, sich in ein schwer behindertes Kind zu verwandeln, dann muss man ›Halt‹ rufen.

Haben Sie ›Halt‹ gerufen?

Na, und ob! Ich musste schreien, um ihm klarzumachen, dass er keinen Hirnschaden hat, nicht vier Jahre alt ist und Verantwortung trägt für seine Intelligenz. Später, als er mich und meinen Mann am Orta-See besuchte, konnten wir auf einer anderen Ebene über Eigenverantwortung reden. Da hatte er den Sprung vom Dach hinter sich und verstand sehr genau, dass er nicht versuchen durfte, ein anderer zu werden. Nicht Max und schon gar nicht Kai. Das nämlich war das Problem, das ich nicht erkannt hatte: Er wollte sich verlassen. Er wollte nicht mehr er selber sein, der Junge, der Schuld daran hatte oder haben sollte, dass aus der Schwester ein Komakind geworden war.

Einfühlung trainieren wie eine Sportart! Verrückt. Es war der Versuch, aus sich selber auszuziehen. Umzuziehen in eine Existenz, die ohne Schuld war. Er wollte ein ›Kai in der Kiste‹ werden. Betreut, ohne Schuld für seinen Zustand, ohne Verantwortung für sein Leben. Und wenn das nicht möglich war, was er ahnte, dann war es wohl besser, die Welt zu verlassen. Dazu kam die Geschichte mit Max.

Sie sieht meinen fragenden Blick, schaut auf die Uhr, sagt, sie müsse zur Teamsitzung, wenn ich wolle, könne ich warten und wenn ich Lust hätte, könnten wir anschließend eine Kleinigkeit essen. Ich sage: Lieb von Ihnen, ich lade Sie ein. Sie widerspricht sofort: Nein, lieb sei sie nicht, keineswegs. Was sie erzähle, gehöre allein den Beteiligten, und wenn sie nicht das Gefühl hätte, unser Gespräch sei im Sinne von Max und mein Wissen käme auf irgendeine Weise Kolja zugute, hätte sie mich nicht empfangen. Sie zeigt auf den Stapel Fachzeitschriften auf der Fensterbank, sagt, sie sei in einer knappen Stunde zurück, schiebt Zigarettenschachtel und Feuerzeug in den Arztkittel, richtet ihre großen Augen auf mich, als überlege sie, ob sie mich in ihrem Zimmer zurücklassen könne, nickt und lässt mich mit dem Totenkopf allein.

Die Augen: tiefe Höhlen, die Nase: ein ovales Loch. Die Zähne: kleine, braune Stummel. Die Backenzähne enden knapp unter den Schläfen, der Totenkopf grinst. Ich klopfe ihm sacht auf die Schädelplatte. Hohl. Da ist nichts mehr, was diesen Kopf einmal ausgemacht haben könnte. Kolja wollte das Gehirn verstehen. Und ich? Ich wünsche mir, dass jemand auf die Idee käme, mir einen großen, begehbaren Schädel zu bauen. Ein Museum. Den Einstieg stelle ich mir über dem siebten Halswirbel vor mit einer Rolltreppe hoch zum Atlas. Im Zwischenhirn, dem Wartezimmer, stoße ich auf eine Karte, die mich an den Stadtplan von Mexico City erinnert. Eine Landschaft aus einem Wirrwarr von Haupt- und Nebenstraßen, langen Gassen, krummen Wegen, Boulevards, großen Parks und kleinen Gärten. Auf Knopfdruck öffnet sich eine Schiebetür. Über allem liegt ein sanftes Dämmerlicht. Es gibt Pavillons, in denen Hostessen Auskunft geben.

Zur groben Orientierung helfen Tafeln wie in Krankenhaus-Foyers. Hier führen die Pfeile nicht zur Neurologie, Chirurgie, Psychiatrie, Onkologie, Kardiologie, sondern zum Stammhirn, Großhirn, Kleinhirn, Thalamus. Hypothalamus. Amygdala. Hypophyse. Hippocampus. Es gibt Unterabteilungen und Zweigstellen der Unterabteilungen, damit der Besucher sich nicht verirrt. Wo geht es zur Motorik, zur Abteilung: Sehen, Hören, Riechen? Ein Pfeil zeigt unters Dach, ein Fahrstuhl führt zur Großhirnrinde, wo die Erinnerungen liegen. Und wo wird entschieden, was vergessen wird? Die Hostess sagt: mit dem Laufband in den ersten Stock, der kleine Raum in der Mitte. Steht draußen dran: Hippocampus. Es ist das krumme Teil, das wie ein Seepferdchen aussieht.

Jetzt könnte ich das Seepferdchen fragen, warum es eine Episode meines Lebens nicht aufgehoben hat, an die ich mich, weil sie dramatisch war, erinnern müsste. Hippocampus wird schweigen. Oder sagen, dass es für ihn tausend Möglichkeiten gibt, mit Erlebtem umzugehen. Ich sage: Ich kenne nur vier: Vergessen. Kurzfristig speichern. Langfristig verwahren. Verdrängen. Das autobiografische Gedächtnis, erfahre ich auf meiner Expedition durch den Museumsschädel, kann lügen, betrügen, täuschen, sich täuschen lassen, manipulieren, sich manipulieren lassen. Es ist so vielfältig wie das echte Seepferdchen, das ein Fisch ist, aber nicht aussieht wie ein Fisch, nicht schwimmt, sondern aufrecht im Wasser spaziert. Ein Jäger, der nicht jagt, sondern versteckt auf Beute lauert. Es kann die Farbe wechseln wie ein Chamäleon, kann gelb sein, orange, purpurrot, braun, schwarz oder weiß. Es kann seine Farbe dem Partner anpassen und der Umgebung. Es ist geschmeidig wie das autobiografische Gedächtnis. Hippocampus ist aufnahmefähig wie ein Schwamm. Eines der überzeugendsten Experimente, erfahre ich im Kopfmuseum, ist das von John, Chris und dem alten Mann:

John wird gebeten, seinem jüngeren, etwa vierzehn Jahre alten Bruder Chris zu erzählen, dass der im Alter von fünf Jahren in einem Einkaufszentrum verloren gegangen war. Nach langer, verzweifelter Suche habe man ihn endlich in Begleitung eines alten Mannes, der ein Flanellhemd trug, entdeckt. Die Geschichte war erfunden. Zwei Tage später weiß Chris ganz genau, was er damals empfunden hat: Große Angst, seine Familie nie wieder zu sehen. Noch ein paar Tage später ›erinnert‹ er sich, dass seine Mutter gesagt habe, er dürfte nie wieder mit einem Fremden gehen. Im Laufe der Zeit ›erinnerte‹ sich Chris an immer mehr Details: an das blaue Flanellhemd, an das Gespräch mit dem alten Mann. An die Brille, die er trug, den grauen Haarkranz. Im Verlauf des Experiments wurden Chris auch wahre Geschichten aus seiner Vergangenheit erzählt und als er sagen sollte, welche der Erzählungen wahr waren und welche erfunden, hielt er die erfundene für die wahre Geschichte.

Funktioniert so Gehirnwäsche? Oder ist es tröstlich, dass der Hippocampus ein so hochgradig flexibles Organ ist? Wenn man erfundene Geschichten in Gehirne pflanzen kann wie Blumen in einen Topf, dann ist es doch wahrscheinlich, dass Teile meiner Geschichte dort einfach verschlampt worden sind.

Der Schädel auf dem Schreibtisch grinst.

Ich höre Schritte auf weichem Sandboden, der Schatten eines Pferdekopfes legt sich auf die Poster an der Wand. Es folgt ein zweiter Schatten – ich drehe mich um, sehe Ross und Reiter. Ich stehe auf, öffne das Fenster, schaue in einen Hof, in dem eine junge Frau ein Pferd an langer Leine führt. Auf dem Pferd sitzt ein Kind, ob Junge oder Mädchen, kann ich, da sie sich von mir entfernen, nicht erkennen. Der kleine Reiter passt sich dem wiegenden Pferdekörper an, bewegt die Hüften, den Rücken, hat die Hände auf die Schenkel gelegt, schaut nicht nach rechts und nicht nach links, lässt sich schaukeln, sicher wie im Traum. Sie umrunden den Platz, und als sie noch einmal an mir vorbeigehen, sehe ich in das Gesicht eines etwa zehnjährigen Jungen, der den Kopf in meine Richtung dreht, mich ansieht, ohne mich wirklich zu sehen. Bevor ich ›Hallo‹ rufen kann, hebt die Hippotherapeutin die Hand zum Gruß, lächelt, legt den Zeigefinger auf den Mund. Ich verstehe. Ich soll das selbstvergessene Reiten des Kindes nicht stören. Ich bleibe am Fenster und schaue zu. Wie schön das aussieht. Alles an dem Jungen ist in Bewegung. Die Wirbelsäule, der Nacken, der Kopf. Sie drehen noch zwei Runden, dann hebt die Therapeutin den Jungen vom Pferd und übergibt ihn einer Frau, die auf ihn gewartet hat. Der Junge geht die wenigen Meter zwischen Pferd und Rollstuhl ohne Hilfe.

Eine Schwester öffnet die Tür, lässt ausrichten, die Chefin habe noch ein Elterngespräch, ich möge mich eine Viertelstunde gedulden. Ich schließe das Fenster, entdecke vor der Bücherwand einen Couchtisch voller Fotos. Babygesichter in Silberrahmen, Bilder von Kindern, deren Alter ich nicht schätzen kann. Acht, zwölf, vierzehn, zwanzig? Ist Wachkoma ein Zustand, der Älterwerden verzögert? Es sind Fotos mit Widmungen. Für Professor Linn von Ralf. Für Professor Linn mit Dank von Mona und ihren Eltern. Tausend Dank für alles: Familie Moreau. Ich sehe Kindergesichter ohne Ausdruck. Verträumte Gesichter. Gesichter wie im Schlaf. Ich schaue in offene, starre Augen. Es gibt Fotos von Kindern, die stark schielen und Kindern im Rollstuhl – und von Kindern, die in dieser Klinik den Weg zurück in ein normales Leben gefunden haben. Wache Kinder, die in die Kamera lachen. Ich entdecke das Bild einer jungen Frau, das in einem schmalen Rahmen steckt. Sie hat den rechten Arm um ein Mädchen gelegt. Weißblonde Zöpfe, ein rundes Gesicht, graublaue Augen. Ich erkenne Frau Tönning, das Mädchen an ihrer Seite ist Malu. Blonde Zöpfe, trotziges Gesicht. Schräg hinter den beiden ein Junge mit weißblonden Haaren, genervt grinsend über die Aufstellung zum Familienfoto. Wie verliebt ich in diesen Jungen war! Vielleicht war es das letzte Bild vor dem Unfall, die Erinnerung an eine Familiengeschichte, zu deren Zukunft keine Katastrophe gehörte.

Zwischen all den Bilderrahmen liegt ein Album, blaues Leder, nicht größer als ein Portemonnaie. Sieben Seiten, sieben Fotos – eine Bildergeschichte. Sie beginnt mit einem Datum. Weiße Schrift auf schwarzer Pappe: Montag, 3. Mai 2004. Das erste Bild zeigt einen Säugling, nur wenige Stunden alt, nackt auf einem weißen Kissen, winzig wie ein Küken. Auf dem zweiten Bild krabbelt ein Kleinkind über ein flauschiges Lammfell. Bild drei: Ein Junge mit glatten, braunen Haaren, drei Jahre alt, vielleicht auch vier, balanciert auf einem Laufrad aus Holz. Auf der nächsten Seite hält derselbe Junge unsicher grinsend eine Schultüte im Arm. Es folgt eine schwarze Seite mit einem Datum in weißer Schrift: Donnerstag, 28 Oktober 2010. Das Kind ist sechs Jahre alt und geht seit einem halben Jahr zur Schule. Auf der nächsten Seite ist der Junge eine Mumie. Der Kopf: ein einziger Verband. Ein hilfloses Kerlchen hängt mit

Schläuchen und Kanülen an diversen Tröpfen und Apparaturen. Das sechste Bild zeigt ein schlafendes Kind in einem Klinikbett, auf dem Kopf eine bunte Strickmütze. Ich blättere zurück, lese die Widmung: Wir danken dem lieben Gott und Frau Prof. Dr. Linn: Andy, Clara und Udo Winter. Auf der vorletzten Seite des Albums steht wieder nur ein Datum auf der schwarzen Pappe: Samstag, 25. Juli 2015. Ich wage nicht, die letzte Seite aufzuschlagen, versuche, mir das siebente Bild vorzustellen. Beruhige mich. Wenn dem lieben Gott und der Chefärztin gedankt wird, kann Andy nicht gestorben sein. Es wird das Foto eines lebenden Kindes sein – aber in welchem Zustand des Lebens? Bevor ich anfange, über den Unfall eines fremden Jungen zu weinen, werfe ich einen ganz schnellen Blick auf das letzte Foto der Bildergeschichte und heule dann doch: ein Junge auf einer Schaukel. Andy. Lachend, mit offenen Augen und wachem Gesicht.

Manchmal führt eben doch ein Weg aus der Welt reaktionsloser Wachheit zurück in ein normales Leben. Dem lieben Gott sei Dank und Frau Professor Linn.

Sie stößt die Tür zum Lokal auf, begrüßt die Chefin mit Handschlag, steckt den Kopf in die Durchreiche und ruft in die Küche: Grüß Gott. Für mich wie immer. Das Gasthaus heißt ›Unterwirt‹ und ›wie immer‹ ist Krustenbraten in Dunkelbiersoße mit Semmelknödeln und als Nachtisch Bayrisch Creme. Ich bestelle Dampfnudeln. Der Abend ist warm aber wir säßen auch bei Kälte im Garten, weil wir nicht zum Reden kämen, wenn die Ärztin für jede Zigarette hinausgehen müsste. Sie hält mir die Schachtel hin, ich schüttele den Kopf, sie sagt: Gut so. Vernünftig.

Ich stelle mir vor, dass sich an dieser Frau die Geister in der Klinik scheiden. Sie sagt, was sie denkt, sie fragt, was sie wissen will, ist direkt, ohne burschikos zu sein. Keine Umwege. Ihren großen Brillenaugen scheint nicht viel zu entgehen, wenn sie einen Jungen, der vor einem Aquarium wartet, ohne ihn zu kennen, als gefährdet wahrnehmen kann. Mich scheint sie für robust zu halten.

Was erinnern Sie von der Rettung des Mädchens?

Nicht viel. Malus Haare, die sich im Wasser bewegten wie Algen. Die offenen Augen. Den Frieden auf ihrem Gesicht. Die blauen Fliesen. Mehr gibt mein Kopf nicht her. Ich weiß nicht einmal, welche Farbe ihr Badeanzug hatte.

Und dann?

Nichts. Wie es weiterging, hat in der Zeitung gestanden. Was dort nicht stand, hat mir Frau Tönning erzählt.

Erinnern Sie Geräusche?

Kann man Geräusche erinnern? Ich höre nichts. Die Unterwasserbilder in meinem Kopf sind stumm.

Sie bläst den Rauch der Zigarette nach rechts, dorthin, wo auf ihrem Schreibtisch der tote Schädel steht.

Die Kellnerin bringt warmes Brot, Frau Linn greift zu, sagt ohne Einleitung: Reden wir über Max. Max ist ein Schatz. Keine Ahnung, seit wann er wusste, dass er schwul ist. Früh, vermute ich. Auf jeden Fall war es ihm klar, als er sich in Kolja verliebte. Da war er fünfzehn oder sechzehn. Er machte sich auf eine rührende Art unentbehrlich. Wenn ich damals die große Beschützerin für Kolja war, dann war Max der kleine Schutz, der Freund, der für ihn da war, auf ihn wartete, ihm zuhörte. Erst in der Klinik, dann in der Schule, später, als die Situation für Kolja zuhause unerträglich wurde, hat er ihm sein eigenes Zuhause angeboten.

Wie war Max damals?

Nehmen Sie vom warmen Brot, sonst ist es weg!

Sie knabbert am Brot, schaut in die Ferne, als könne sie dort den Jungen sehen, der Max einmal war.

Kein Grübler wie Kolja, sagt sie nach einer Weile, eher wortkarg, ein ruppiger Junge mit Charme. Er ahnte, dass der Freund seine Neigungen nicht teilt, wusste aber genau, wie bedürftig er war. Wie traurig. Wie verwirrt. Selbst wenn hier immer wieder gesagt wurde, er sei nicht schuldig am Unfall seiner Schwester – Kolja litt unter der Starre, die ihn überfiel, sobald er an ihrem Bett stand, an seiner Unfähigkeit, mit Malu so unbefangen umzugehen wie ihm das mit anderen Kindern gelang. Max spürte den Hunger seines Freundes nach Berührungen und Kolja war dankbar für Zuverlässigkeit, Freundschaft, Interesse an seinem Leben in einer Familie, die sich langsam auflöste. Der Vater: Lieber Himmel! Eine Katastrophe! Vernarrt in eine unserer Logopädinnen. Jünger als er. Zart und hübsch – der Klassiker! Die Nummer gehört zu unserer Klinik wie der Fisch zum Wasser. Während er seine Tochter im ersten Jahr noch gemeinsam mit seiner Frau besuchte, kam er später immer häufiger allein in die Klinik, fast so oft wie Kolja, ohne dass sich die beiden begegneten. Er stand am Bett von Malu und wartete auf … wie hieß sie noch … egal … der Anfang einer dieser profanen Liebesgeschichten. Der Mann verlässt die Familie, die Geliebte kündigt, die Spur verliert sich, die Frau bleibt beim Kind. Gucken Sie nicht so entsetzt! Die

Herren der Schöpfung sind schnell ein wenig überfordert, wissen Sie das nicht? Unglück ist nicht ihre Stärke. Koljas Mutter: eine starke Frau mit Kraft für ihre Tochter. Ohne Reserven für den Sohn.

Und Kolja?

Kolja hatte Max. Er liebte ihn auf seine Art und wollte sich für alles, was Max für ihn tat, bedanken, ihn glücklich machen, seine Wünsche erfüllen, vielleicht hat er es versucht … was weiß ich. So stelle ich mir das vor mit den beiden …

Deshalb der Sprung vom Dach?

Wer will das wissen? Ich bin keine Psychologin. Vielleicht wollte er Max nicht kränken. Vielleicht wusste er keinen Ausweg. ›Vielleicht‹ ist in der Klinik eines unserer Lieblingswörter. Stellen Sie sich einen begabten Abiturienten vor, die Zukunft von der Gegenwart verstellt. Eine verbitterte Mutter, der Vater ein Verräter und er selbst nicht in der Lage, Max, den Freund, auf die Weise zu lieben, die dieser sich wünschte. Für einen sensiblen Jungen ist das zu viel. Die Welt schien nicht offen, sie war vernagelt, verstellt, verbaut. Übrigens war ›Suizid‹ das Thema seiner Abiturarbeit – Max hat mir später gesagt, das hätte ihm zu denken geben müssen. Vielleicht ja. Vielleicht nein. Dass Max nach dem Suizidversuch um Koljas Liebe gekämpft hat, machte das Leben der beiden nicht einfacher.

Sie schaut in Richtung Küche, tritt die Zigarette auf dem Boden aus, strahlt der Bedienung entgegen, die sich mit zwei dampfenden Tellern unserem Tisch nähert. Nur ein Satz noch, sagt sie, dann wollen wir das Essen genießen. Wären die beiden nach Koljas Genesung ein Paar geworden, hätte ich mir keine Sorgen gemacht. Aber so war das nicht – sie greift zu Messer und Gabel – wir hatten dann ja noch diesen Sommer am See.

Sie zieht den Duft des Essens ein, überlässt mich mit dieser Andeutung von Unheil dem bleichen Kloß auf meinem Teller und wünscht guten Appetit. Ich betrachte das glasige Teil, das in Vanillesoße liegt, steche hinein: Pflaumenmus! Abscheulich. Frau Linn schneidet einen kräftigen Bissen vom Krustenbraten ab. Ihre großen Augen ruhen auf meinem blassen Klops.

Was haben Sie sich unter einer Dampfnudel vorgestellt?

Einen Kloß mit Gulasch und Pilzen.

Sie winkt die Bedienung an den Tisch, lässt die angestochene Dampfnudel zurückgehen, bestellt die Spezialität des Hauses: Schweinebraten, Spätzle, Pilze und Rosenkohl, lächelt wie vor einem guten Deal: Sie warten auf Ihr Essen und ich höre zu. Ihre Untersuchung: Was interessiert Sie an der Topografie der Kindheit und der späten Rückkehr in die Landschaft der ersten Lebensjahre?

Ich bin noch keine Woche unterwegs und habe das Gefühl, von der Wohnung am Meer und meiner Arbeit so weit entfernt zu sein wie die Erde vom Mond. Ich bin dankbar für die Frage, sie lässt die Entfernung für einen Augenblick schrumpfen.

Ich erzähle vom Forschungsteam, unserer Aufgabenteilung und wie glücklich ich darüber bin, die Statistik der Kollegen mit Leben zu füllen. Ich schwärme von der Intensität der Gespräche, von der Lebensklugheit und Wahrnehmungsfähigkeit der Menschen unabhängig von ihrer Bildung, ihrem Umgang mit Kindheiten voller Unglück oder Kinderjahren, die schöner nicht hätten sein können. Von der Sehnsucht, die ein Wald, ein See, eine Berglandschaft in einer Biografie verankern kann. Von Gerüchen und Gerichten, die, bewusst oder unbewusst, das Heimweh lebendig halten. Manchmal, sagte ich, gehört auch ein Drama dazu, um aus einer Landschaft die unverwechselbare Heimat zu machen, in der man sich geborgen fühlt.

Sie denken an Kolja?

Ja. Er könnte den Bildern seiner Kindheit aus dem Weg gehen. Er könnte in eine mongolische Jurte ziehen oder in ein Loft nach New York. Er kann seine Möbel zurücklassen, Bücher, Freunde – die eigene Geschichte wird ihm dennoch folgen, treu wie der eigene Schatten. Das Gedächtnis ignoriert Entfernungen, der Igel ist immer schon vor dem Hasen da.

Sie isst konzentriert, sagt zwischen zwei Bissen: Erzählen Sie mir eine Geschichte über Heimweh nach Heimat, über die Sie sich gefreut haben, weil sie Ihrer Theorie entsprach.

Ich muss nicht lange überlegen. Ich sage: Nennen wir ihn Jürgen. Es hatte ihn aus beruflichen Gründen von München nach Frankfurt verschlagen. Jahrelang fuhr er mit der U-Bahn zur Arbeit, abends ging er manchmal durch die Hochhausschluchten zurück in das Viertel, in dem er wohnte. Es war ein gutes Viertel. Schöne, alte Häuser, eine lebendige Geschäftsstraße mit vielen Läden. Metzger, Bäcker, Gemüsestände. Es gab einen Schuster in der dritten Generation, Änderungsschneider, Friseure, italienische, griechische, spanische Kneipen, Kinos … eine Gegend, in der man gerne wohnt. Er auch. Irgendwann, er hatte Zeit, seine Frau war bei ihren Eltern, begann er, in den Fernsehprogrammen nach Filmen zu suchen, die in den Bergen spielten. Die kitschigsten Alpenpanoramen trieben ihm die Tränen in die Augen. Er spürte sein Herz, wenn die Kamera über Almen und weidende Kühe schwenkte, er das Geräusch der Glocken an ihren Hälsen hörte. Wie schön das alles war! Die kleine Kirche in der Dorfmitte, die schmucken Häuser, die klare Luft, die mächtigen Bergmassive. Der Watzmann, die Watzmannfrau, die Watzmannkinder. Schon diese Namen! Und der Himmel über Bayern – was für ein Blau! Die Wolkentürme: Als hätten sich die Berge von der Erde gelöst, um über den Himmel zu segeln. Die Biergärten, nicht zu vergleichen mit den staubigen Hinterhöfen der Stadt, in der er lebte. Das bayerische Essen, das weiche, rollende ›R‹ seiner Sprache gegen die hessischen Zischlaute, der fehlende Genitiv. Statt Georgs Buch – des Buch vum Schorsch! Oder: dem Schorsch sei Buch. Ihm wurde flau im Magen bei Filmen über Wanderwege, die zu Almhütten führten. Wie lange hatte er keine Wanderschuhe an den Füßen gehabt und was war so ein echter, warmer Föhn gegen die kranken, künstlichen Winde, die um die Hochhäuser fegten. Er sah Filme über Paraglider und Skispringer, und als er anfing, nach Serien wie ›Der Bergdoktor‹ zu lechzen, hatte die Krankheit einen Namen: Heimweh.

Und, fragt Frau Linn, wo lebt der Mann heute?

Bayern. Bernau.

Sie wischt sich mit der Stoffserviette den Mund ab, sieht mich nicht streng, aber ernst an. Und Sie wollen, dass Kolja Ihnen seine Geschichte erzählt?

Ja. Er lebt im Norden.

Mehr wollen Sie nicht?

Gute Frage, denke ich. Um ehrlich zu sein: Ich weiß es nicht. Nicht genau. Ich beginne ja erst langsam, mich zu erinnern, wie sich frisches Verliebtsein angefühlt hat.

Plötzlich, ohne Ankündigung, wie eine nicht vereinbarte Prüfungsfrage, sagt sie: Welche Farbe hatte der Badeanzug, den Malu trug?

Ohne zu zögern sage ich: Rot.

Sie lacht. Sehen Sie, man kann den Kopf überlisten.

Die Fortsetzung des Abends hätte daraus bestehen können, dass ich esse und sie erzählt. Vor mir steht die Spätzleschüssel, der Schweinebraten ist rosa, die Pilze duften wie frisch gepflückt und Frau Linn beginnt, von d i e s e m Sommer am See zu erzählen. Sie bestellt zwei große Bier, zündet sich eine Zigarette an und raucht sich in wenigen Zügen in unvergessliche Sommerwochen zurück. Italien. Orta. Der See lang wie ein Fjord. Klares Wasser, bei Sonnenschein so blau wie der Himmel. Wolken färben ihn grau, grün oder schwarz. Balzac hat ihn einen See mit menschlichen Ausmaßen genannt. Sie hatten eine alte Villa gemietet, sie und ihr Mann. Das Grundstück ging bis zum See. Es gab einen Anlegesteg und eine Jolle mit rostrotem Segel. Dieses Segel, sagt sie, habe sie gegen Ende des Urlaubs fast um den Verstand gebracht. Auf der Terrasse standen drei Liegestühle. Von dort wurde der Blick magisch angezogen von der Isola San Giulio mit dem Kloster und der mächtigen Basilika. Diese Insel, keine dreihundert Meter lang, wurde im vierten Jahrhundert, so die Sage, von Julius, einem wundertätigen Griechen, von Schlangen und Drachen befreit. Wir dachten, sagt sie, bei einem ruhigen Ehepaar wie meinem Mann und mir in einer verzaubert schönen Kulisse müsste Kolja Frieden finden. Wir hatten ihn eingeladen. Er war unser Gast.

Nach wenigen Bissen merke ich, dass ich nicht gleichzeitig essen und zuhören kann. Wenn ich auf den Teller blicke, vermisse ich ihre Augen und wenn ich sie ansehe, stochere ich blind auf dem Teller herum. In der Rechten das Messer, in der Linken die Gabel, vor mir der Schweinebraten, so höre ich zu.

Ihr Mann sei Lehrer, sagt sie. Religion, Kunst, Geschichte – ein idealer Gesprächspartner, dachte sie, für einen so wissbegierigen Menschen wie Kolja. Der Junge war dürr als käme er aus dem Krieg. Seine Ausstrahlung bei der Ankunft: erschöpft, melancholisch, aber voller Freude auf die Zeit mit uns. Er war wiederhergestellt. Nur wer genau hinsah, bemerkte, dass er das linke Bein ein klein wenig nachzog. Minimal. Die erste Woche war wunderbar, sagt Frau Linn, mein Mann und Kolja verstanden sich sofort auf der Ebene, die Kolja vorgab. Er hatte sich auf Orta vorbereitet, wusste, dass für Nietzsche der Ort so wichtig war, dass er ihm seinen ›Zarathustra‹ gewidmet hatte. Ich hielt es mehr mit dem Untertitel des Werkes: ein Buch für alle und keinen. Bitte sehr. Nicht für mich. Ich wollte im Urlaub kein Nietzsche-Seminar besuchen. Ich las Krimis, ging schwimmen, wanderte, kaufte ein, kochte. Kochen ist Erholung und Vergnügen. Ich war begeistert, dass Kolja das Essen genussvoll in sich hineinschaufelte. Ich habe ihm sehr bewusst etwas zur Verfügung gestellt, womit ich sonst geize: Zeit. Sie zeigt auf meinen Teller.

Ihr Schweinebraten wird kalt.

Ich schiebe mir ein paar Spätzle in den Mund, ein Stück Braten, einen Rosenkohl. Zeit, sage ich, Sie haben ihm Zeit geschenkt für Gespräche mit Ihrem Mann?

Ja, so viel sie wollten. Aber natürlich blieb es nicht aus, dass ich bei offener Verandatür, bei offenem Küchenfenster mitbekam, worüber sie debattierten. Es ging um Selbstfindung und Wahrheit, Leiden und Leidensfähigkeit. Nietzsche eben: Die Verwandlung der Seele in ein Kamel, die Verwandlung des Kamels in einen Löwen und die dritte Verwandlung vom Löwen zum Kind, das für Neubeginn und Unschuld steht. Ich bin Neurologin, wissen Sie, mich interessieren handfestere Dinge als Seelenwanderungen. Für

Kolja schienen diese Gespräche existenziell zu sein, keine Gedankenspiele. Es ging, das begriff ich sofort, um ihn und sein Leben, das gerettet worden war. Zwischen Gemüse schnippeln und Fische dünsten hörte ich die Stimme meines Mannes:

Bist du nicht froh über dein geschenktes Leben?

Ich stellte mich nah ans Fenster, um Koljas Antwort nicht zu verpassen. Er sagte: Nein. Wobei er das Wort dermaßen in die Länge zog, dass es am Ende fast zu einer Frage wurde.

Sie schaut mich an, bemerkt das Besteck in meinen Händen, den vollen Teller – aber anstatt mich aufzufordern, zu essen, sagt sie, sie lasse sich die Portion einpacken, dann habe ihr Mann auch etwas von dem Abend. Sie bestellt noch zwei Bier. An ihren Augen erkenne ich, dass sie ganz und gar an den See zurückgekehrt ist. Ich frage, ob Kolja verschlossen war, still, in sich gekehrt.

Keine Spur! In der ersten Woche diskutierte er wie ausgehungert nach Bestätigung, Widerspruch, Anregung. Er hatte sich viele Gründe zurechtgelegt, warum es manchmal sinnvoller war, aus dem Leben zu scheiden, als dort auszuharren. Ich hörte meinen Mann irgendeinen Dichter zitieren, der gesagt haben soll, das Leben sei einzig und allein dazu da, seine Einmaligkeit zu genießen und wie Kolja ihn auslachte und fragte, wo wohl der Genuss läge beim Blick auf seine Biografie. Nach ungefähr zehn Tagen hatte sich ein Rhythmus zu dritt eingestellt, der ohne Anstrengung war. Aufstehen, Kaffee trinken, schwimmen, wandern, Besichtigung des Sacro Monte, des Heiligen Berges, und seiner hundert Kapellen. Wir verloren das Gefühl für die Zeit, wir hatten reichlich genug davon und keine Eile. Kolja konnte so lange bei uns bleiben, wie er wollte, wir hatten sechs Wochen Urlaub. Er war ein liebenswerter, anregender Gast.

In dieser Zeit, in der wir die Tage nicht mehr in Stunden aufteilten, in Vor- und Nachmittage, in der wir in eine Art von Zeitlosigkeit versanken, entdeckte Kolja die Jolle mit dem rostroten Segel. Er war am Meer groß geworden, er konnte segeln und ich glaube, ohne dass wir es merkten, begann er, die Fragen, die ihn umtrieben, mit dem See zu klären. Nach dem Frühstück machte er die Jolle klar, das Wetter war ihm egal. Wir hatten tagelang Regen, das störte ihn nicht. Wenn danach die Sonne wieder heiß auf den See schien, legte sich eine Dunstschicht über das Wasser. Kein Nebel. Nebel ist weiß und undurchdringlich – dieser Dunst war lebendig und gehorchte eigenen Gesetzen. Manchmal legte er sich auf die Insel, verwandelte Kloster und Basilika in graue Schatten, zog weiter, gab die Sicht für ein paar Minuten wieder frei, kam zurück und ließ die Insel verschwimmen wie ein Bild hinter Milchglas. Bei klarem Wetter sahen wir Kolja über den See kreuzen, bei Dunst war er unserem Blick entweder ganz entzogen oder das rostrote Segel tauchte mal hier und mal dort auf, als gleite das Boot ohne Steuermann über den See. Im Nachhinein kommen mir diese sechs Wochen wie ein einziger, endlos langer Tag vor. Wie weggeblasen die hellen Sommertage, mit denen der Urlaub begann. Ich sehe feucht-schwülen Dunst und dazwischen, wie ein Spuk, dieses rostrote Segel. Kolja redete mit meinem Mann über Todesarten, als sei der Suizid eine Theorie, über die man streiten kann. Mein Mann ist gläubiger Katholik – Sie können sich vorstellen, wie entsetzt er darauf reagierte, nicht nur über Selbstmord reden zu müssen, sondern auch noch über Variationen, das Leben zu beenden. Kolja würde, sagte er, nie wieder in die Tiefe springen, die Sekunde zwischen Flug und Aufprall enthalte einen Grad von Angst, der schlimmer sei als der Schmerz des Aufschlags. Er war ein so verdammt ernster junger Mann. Ich hätte ihm am liebsten jeden Morgen gesagt: Kolja, schau in den Spiegel. Du siehst umwerfend aus, leb dein Leben, wirf es nicht weg. Er würde seine Liebe finden, da war ich sicher. Aber nein, anstatt von Liebe zu träumen, verriet er uns die Todesart, die ihn fesselte. Mit einer Jolle wie dieser über den Ozean segeln. Sich ausliefern. Ankommen oder untergehen. Dem Leben eine Chance geben oder dem Tod. Gleichberechtigt.

Die Bedienung bringt den Nachtisch. Frau Linn bestellt einen zweiten Löffel, damit ich die Bayrisch Creme probieren kann und spricht weiter, als wäre sie nicht unterbrochen worden.

Das Gefühl, am Zustand seiner Schwester schuldig zu sein,

konnten wir ihm nicht nehmen. Wir sind keine Psychologen. Er hatte in der Reha eine Therapie begonnen, sich aber nicht wirklich darauf eingelassen. Der Therapeut war ihm zu jung. Wissen Sie, arrogant sind Bengel in dem Alter eben auch nicht zu knapp.

Hatten Sie Angst um ihn?

Ja und nein. Einerseits war das Meer, dem er sich – theoretisch – ausliefern wollte, weit genug entfernt, andererseits: Was trieb er stundenlang auf dem See? Er übt, sagte mein Mann als wir wieder einmal das rostrote Segel sahen. Was übt er denn, fragte ich. Segeln, sagte mein Mann. Handwerk. Ankommen oder untergehen. Wissen Sie, zu dieser Szenerie gehört noch etwas, was das Ganze in eine unerträgliche Melancholie tauchte. In das Nachbarhaus war eine Familie mit zwei kleinen Mädchen eingezogen. Vier und sechs Jahre alt. Zu der Ausstattung des Hauses gehörte ein Paddelboot. Die Mädchen durften es benutzen, mussten aber in Sichtweite bleiben. Was war Sichtweite? Die zwei zogen an ihrem und unserem Grundstück vorbei. Immer hin und her und immer mit demselben Lied. Stundenlang die hellen Kinderstimmen im Dunst: Bella Ciao. Ich dachte, ich werde verrückt. Mal lauter, mal leiser, mal wie geflüstert, mal hörte ich nur das Eintauchen ihrer Paddel im See, aber sobald ich dachte, es sei einen Augenblick still, waren sie wieder da. Engelsstimmen. Bella ciao. Engel sind tote Seelen. Die Kinder kannten nur einzelne Wörter des Textes und den Refrain: Una mattina … o bella, ciao! Bella ciao, bella ciao, ciao, ciao. Man kann dieses Lied schmettern wie ein Kampflied, man kann es fröhlich trällern, sie aber sangen hell und hoch, ins Singen und Paddeln verloren. Tote Seelen. Es trieb mir die Tränen in die Augen. O partigiano, bella ciao, bella ciao, bella ciao, ciao, ciao. Una mattina … o bella ciao! Der Dunst, der See, diese Kinder und das Segel der Jolle, es war zu viel. Und dann gab es eine Nacht, in der ich geglaubt habe, Kolja wolle andeuten, dass er vielleicht doch schuldig sei am Schicksal seiner Schwester – ich habe den Gedanken, bevor er ihn ganz aussprechen konnte, erschlagen wie eine Mücke im Anflug.

Was für ein Sommer! Sicher haben wir ihn nicht von der Kostbarkeit des Lebens überzeugen können. Worauf er sich einließ, war ein Denkmodell, das mein katholischer Mann ihm anbot: Neugier. Mehr nicht. Neugier auf das Leben und was es für ihn bereithält und was er damit anstellen kann. Pragmatismus. Ein Leben auf Probe. Ich war schockiert! Aus dem Munde meines gläubigen Mannes zu hören, Zeit genug, sich umzubringen, bestünde das ganze Leben. Kolja hat es geholfen. Er lebt.

Sie bestellt zwei doppelte Obstler. Ihre Stimme ist dünn, als sie sagt: Möge nie wieder jemand in meiner Gegenwart ›bella ciao‹ singen. So einen Sommer halte ich nur einmal aus.

Wir stoßen mit den Schnäpsen an. Sie bestellt zwei neue. Ich sage: Sie haben mir heute Abend ein großes Geschenk gemacht.

Ein Espresso im Stehen, ein Croissant, ein kleines Frühstück, ein schneller Abschied. Max sagt, er könne mich zum Bahnhof fahren – oder ist der Acht-Uhr-Zug zu früh? Den Leihwagen lassen sie abholen. Wie gerne würde ich noch einmal mit Benedikt und dem verwirrten Vater im Hof sitzen, am runden Tisch mit frischem Brot, Eiern im Glas, Käse, Marmelade. Ich möchte der leisen Vorlesestimme zuhören, der sorgenvollen Frage: Wo ist Max und der freundlichen Antwort: Max ist bei den Tieren. Es gibt keinen Grund, länger zu bleiben. Meine Zeit ist um. Die Reisetasche ist gepackt. Der Abschied von Benedikt ist herzlich. Er nimmt mich in den Arm, sagt, ich sei sein Gast, wann immer ich in der Nähe sei. Möglich, dass ich die letzten Tage meine Umgebung so überwach wahrgenommen habe, dass ich Dinge höre, die so nicht gemeint sind. Benedikt sagte: Du bist ›mein‹ Gast, er hat nicht ›unser‹ Gast gesagt.

Max drängt zur Eile. Er öffnet die Praxis um acht, heute sei ›Kleinviehtag‹, sagt Benedikt und zählt verschnupfte Sittiche auf, angefahrene Katzen, vergiftete Hunde, die die herumliegenden Medikamente ihrer Frauchen und Herrchen mit Leckerlis verwechselt haben. Auf Max, sagt Benedikt, warteten an solchen Tagen kranke Schildkröten, Hamster, Hasen, Kaninchen. Vielleicht sagt Benedikt beim Frühstück zu dem verwirrten Hubertus: Max ist heute bei den kleinen Tieren.

Ich hole die Reisetasche aus dem Gästezimmer, sehe zu, wie sich die Männer liebevoll umarmen, dann steigen wir in den Jeep. Beim Winken habe ich das Gefühl, eine lange, gemeinsame Zeit hinter mir zu lassen. Tatsächlich liegen zwischen Ankunft und Abreise keine vier Tage.

Max fährt vom Hof, hupt, ein letzter Gruß an Benedikt. Dann konzentriert er sich auf den Verkehr und schweigt. Ich möchte etwas Schönes, Intensives sagen, einen Satz, der ausdrückt, was ich hier erlebt habe und Max verdanke. Ich könnte mich für die Gastfreundschaft bedanken, für den Kontakt zur Professorin Linn, ich könnte sagen, wie gut mir Benedikt gefällt, wie schön es mit Valencia und ihrem Kälbchen war, wie froh ich bin, dass es meinen Namen trägt, wie nett sie mit dem verwirrten Vater umgehen. Max konzentriert sich auf den Verkehr. Sein Schweigen verschließt mir den Mund. Warum fragt er nicht nach dem Treffen mit der Professorin? Weiß er von dem Urlaub am Orta-See? Kennt er das rostrote Segel und die Kinderstimmen, die bella ciao sangen? Er schweigt nicht angespannt, er sagt nur einfach nichts. Und ich? Ich möchte, dass er mich nach meiner Geschichte mit Kolja fragt und kann nicht glauben, dass ihn das nicht interessiert. Oder weiß er nicht, wie er fragen soll und was er fragen darf?

Ich könnte mit dieser Reise zufrieden sein. Ich habe mit Frau Tönning gesprochen, ich durfte einen Tag bei Malu sein, ich hatte gute Stunden mit der Professorin. Ich habe eine Telefonnummer, ich weiß, dass ich Kolja finden muss, dass nur wir zwei in unserer Vergangenheit aufräumen können. Er mit seiner Schuld, die er nicht hat. Und ich? Als hätte mich Koljas Mutter mit einem schleichenden Gift geimpft, fange ich an, mich nach meiner Verantwortung zu fragen. Hat sie recht? Habe ich nur einen Teil ihrer Tochter gerettet? Darf man das sagen? Darf man das denken? Ich habe doch ein ganzes Mädchen gerettet, auch wenn es danach nicht mehr sprechen und nicht mehr laufen kann. Aber es atmet doch! Es lebt! Es ist gewachsen. Malu ist eine Frau geworden. Das Gift sagt: Du bist zu spät gekommen. Du warst verliebt. Du hast dich an Kolja gewärmt, statt nach Malu zu fragen. Hättest du sie ein paar Minuten früher aus dem Wasser gezogen, wäre aus Malu eine gesunde Frau geworden und keine, die mit eingesperrten Gedanken und Gefühlen im Rollstuhl sitzen muss. Vielleicht. Vielleicht auch nicht. Nein, ich bin nicht zufrieden mit dieser Reise. Mir fehlen fast dreißig Jahre.

Max fährt und schweigt. So können wir uns doch nicht trennen: Gute Reise, danke für alles, man sieht sich. Ich versuche es mit der Frage, die selten beantwortet und meistens zurückgereicht wird.

Woran denkst du?

Nichts Besonderes. Und du?

An Kolja. An dich. An mich. An uns.

Langsam biegt er in die Straße ein, die zum Bahnhof führt. Mit der ruhigen Gewissheit des Tierarztes, der die Steißlage des Kälbchens diagnostiziert, sagt er: Du gehörst nicht zu unserer Geschichte.

Er sucht einen Parkplatz. Er reicht mir beim Aussteigen die Hand. Sie ist kräftig und warm. Er trägt meine Tasche zum Zug. Er wartet, bis der Zug einfährt. Es ist unerträglich. Er hat mich mit einem einzigen Satz aus seinem Leben entfernt. Er sagt: Du musst einsteigen. Ich klettere in den Zug, als sei ich gerade verprügelt worden. Max hebt die Hand zum Gruß. Freundlich bis zum Schluss, höflich, korrekt. Er hat mir geholfen, er hat seine Pflicht erfüllt. Der Abschied ist endgültig. Sieht er, wie mir die Tränen über das Gesicht laufen? Das Paar, das mir im Abteil gegenübersitzt, lächelt. Für sie sind wir ein Liebespaar, das Abschied nimmt. Tränen sind Tränen, aus welchem Anlass sie geweint werden, kann man nicht sehen. Sie sind lauwarm und salzig. Sie brennen in den Augen. Der Zug fährt an. Der Bahnhof verschwimmt und damit auch Max, der zurück zum Auto geht, um die Schmerzen kleiner Tiere zu lindern.

Zum vierzigsten Geburtstag hatte Kolja seine engsten Freunde ins ›Atelier Belo‹ eingeladen, ein gemütliches Bistro in einer stillen Schwabinger Gasse. Belo malte Barfrauen, Banker, Aussteiger, Prostituierte und ihre Freier, rauchende, trinkende, flanierende Großstadtexistenten, deren Welten sich in dieser Stadt berühren, ohne sich nahe zu kommen. Die Bilder waren ohne Pathos, die Gesichter blickten stumm auf die Gäste des Malers und regten die Gespräche in Belos Bistro an. Niemand wünschte sich das einsame Leben dieser stoischen Gestalten – aber lässt sich das verhindern? Wer kennt die Zukunft, wer die Vergangenheit der Typen, die Belo Modell saßen? Kolja mochte den schweigsamen Maler, der an diesem Abend zur Geburtstagsrunde gehörte und Cora, seine Frau, neben der immer, auch wenn sie in der Küche stand und kochte, ein aufgeschlagenes Buch lag. Heute also: Geschlossene Gesellschaft. Glückwunsch und Champagner für vierzig Jahre Leben, eine Feier mit sieben Menschen: Tim und Mareike, Musiker und Koljas Nachbarn in der Münchner Göhrenstraße, Felix und Anja, Uni-Kollegen und Freunde und Krista, Belos Agentin. Auf die Zukunft! Auf die nächsten vierzig Jahre!

Alle wussten, dass an diesem Abend zwei Menschen in der Runde fehlten. Jantsje, Koljas Frau und Arjen, ihr Sohn, den er liebte wie sein eigenes Kind. Sie waren ihm aus Amsterdam nach München gefolgt und würden ihn nach zwei schönen und zwei traurigen Jahren verlassen. Ihre Koffer waren gepackt. Sie hatten den Weg nicht gefunden, auf dem eine unternehmungslustige, kommunikative Frau mit einem Mann gemeinsam hätte gehen können, der am liebsten alleine war. Es war die traurige Trennung zweier Menschen, die nicht zueinander passten. Jantsje war es zu wenig, der Humus zu sein, auf dem ihr Mann gedeihen konnte. Kolja würde den Jungen in Amsterdam besuchen und der Junge ihn; zwei, die sich nicht verlieren wollten.

Kolja hob sein Glas, lächelte, als er sagte, er wolle an diesem Abend einen kurzen Blick in die Vergangenheit werfen. Erinnert ihr euch? Vor fünf Jahren haben wir an diesem Tisch ›Zukunft‹ gespielt. Wir dachten, dass sich Wünsche erfüllen, wenn man fest an sie glaubt. Vor uns lagen Papier und Stift und jeder sollte aufschreiben, was er in den nächsten fünf Jahren vom Leben erwartete. Es war ein Spiel und alles war erlaubt: Höhenflüge, Träume, Größenwahn. Nach zehn Minuten sammelte Belo die Blätter ein, las Wünsche, Pläne, Phantasien jedes einzelnen vor. Ich erinnere viel Gelächter. Wir gingen spät auseinander, unsere Wünsche haben wir achtlos zurück gelassen. Belo hat sie an sich genommen und aufbewahrt. Wollen wir hören, wovon wir vor fünf Jahren träumten? Die Freunde waren nicht begeistert.

Hatten sie erreicht, was sie sich wünschten? Hatten sie es versucht oder die Zukunft dem Zufall überlassen? Erinnerte sich jemand an fünf Jahre alte Träume? Belo begann, zu lesen und sie wunderten sich, wie selbstverständlich sie geschrieben hatten: Ich will, ich will, ich will. Ich will der Liebe meines Lebens begegnen, ich will im Ausland Karriere machen, Familie haben, Kinder, ein Haus. Sie hatten von Erfolg und Wohlstand geträumt und saßen nun im gleichen Bistro und keiner hatte den Bestseller geschrieben und niemand war nach Harvard oder Yale berufen worden. Sie lachten nicht wie vor fünf Jahren. Sie trösteten sich. Nicht verzagen. Kann alles noch werden. Krista findet einen betuchten Sammler für Belos Bilder, Felix bekommt den Ruf nach Harvard, Anja findet für sich und ihre Tochter einen reichen Mann, Tim tauscht seinen Platz als Geiger in der zweiten Reihe rechts vom Dirigenten mit dem des ersten Geigers links des Dirigenten bei den Münchner Philharmonikern und Mareike tourt als brillante Fagottsolistin um die Welt.

Vor fünf Jahren waren sie zehn in der Runde. Was aus den Träumen der Freunde geworden war, die nicht mehr zu ihnen gehörten, wusste niemand genau. Es hieß, der Biologiestudent habe das Bauunternehmen seines Vaters geerbt und aus dem Kunstlehrer sei ein Koch geworden – aber, fragte Krista, was hatte eigentlich Kolja geschrieben?

Belo sagte: Den skurrilsten aller Wünsche. Kein Traum von Geld und Ruhm. Kolja wollte in den nächsten fünf Jahren mit seiner neuen Liebe so unauffällig leben wie eine Ameise im Ameisenstaat. Keinem Schicksal und keinem Gott sollte es einfallen, an seinem Glück mit Jantsje und Arjen zu drehen.

Die Freunde schwiegen. Belo sagte: Berufliche Höhenflüge wurden nicht geäußert – große Freude, dass du bei uns bleibst. Die Freunde klatschten: Auf Kolja in München!

Er sah in gespannte Gesichter. Es fiel ihm schwer, den Freunden zu sagen, womit er sich am Morgen seines vierzigsten Geburtstags beschäftigt hatte. Er zog eine zerknitterte Anzeige aus der Hosentasche, erzählte von einem Besuch beim Zahnarzt, einer langen Zeit im Wartezimmer, in der er alles durchblätterte, was auf dem Tisch lag. Bilderbücher für Vorschulkinder, die Dentistenrundschau, ein Männermagazin, eine Illustrierte aus der Welt des Adels und dann, sagte Kolja, dann lag da zufällig …

Gibt keine Zufälle, sagte Felix.

Kolja lachte. Wenn das so ist, dann hatte dort ein Lehrer absichtlich sein Verbandsblatt vergessen. Ich blätterte, las mich kreuz und quer durch diverse Schulprobleme und stieß dabei auf eine Anzeige, die jemand angestrichen und mit einem Fragezeichen versehen hatte: Lehrer/in gesucht. Hallig Nordmoor. Bewerbung, Lebenslauf, übliche Unterlagen und so weiter …

Es wurde still in Belos Bistro. Bestürzt sahen sich die Freunde an. War Kolja verrückt geworden? Dann redeten alle durcheinander. Wie kann man die Großstadt gegen einen Sandhaufen im Meer eintauschen! Wer die Einsamkeit liebt, muss doch nicht Eremit werden! Mit wem will er dort reden? Mit Fischen und Vögeln, Kühen und Schafen? Und im Übrigen: Keine deutsche Behörde schickt einen promovierten Intellektuellen zu ein paar verwilderten Wikingerkindern!

Der Erste, der über den Geburtstagsscherz lachte, war Felix. Dann Anja. Dann Krista, dann Tim, dann Belo und Cora. Sie steckten einander an, bis alle nach Luft schnappten. Nur Mareike, die Nachbarin in der Göhrenstraße, lachte nicht. Sie wusste, dass ihr Freund Stillstand nur so lange liebte, wie der mit Glück verbunden war. Sein Glück in dieser Stadt war zu Ende. Die Menschen, die Kolja verließen, machten München zu einer traurigen Stadt.

Am Morgen nach seinem vierzigsten Geburtstag versuchte Kolja mit geschlossenen Augen für seine diffusen Gefühle ein Bild zu finden. Er stellte sich eine penible Küchenwaage vor, die, je nach Stärke der Gewichte, leicht oder heftig ausschlug. Er probierte Begriffe aus, und stellte sie auf die Waage. Angst vor der Zukunft: siebzehn Gramm. Trauer: dreißig Gramm. So schwer, das wusste er, weil er als Kind beim Kuchenbacken helfen durfte, war ein Suppenlöffel aus dem Besteck seiner Eltern. Das Wort Neugier hatte eine Wucht von fast einem Pfund und als er die Freude auf die Waage legte, wog sie mehr als die Neugier: fast ein Kilo. Er stellte sich einen Kuchen vor, in dem Zukunftsangst und Abschiedsschmerz nicht die Hauptzutaten waren. Er hatte vor langer Zeit nicht nur gelernt, sich in andere Menschen einzufühlen, ich bin du, er hatte nach seinem Sprung vom Schuldach vor allem eine Variation dieses Spiels gelernt: Ich bin ich. Das fühlte sich an diesem Morgen gut an. Auch wenn die Freunde über seinen Plan, sich um die Stelle des Lehrers auf einer Hallig zu bewerben, gelacht hatten. Das Bild des Dorflehrers, der mit dem Zeigestock Zahlen und Buchstaben in den Sand kratzt, gefiel ihm. Die Vorfahren der Halligbewohner waren Walfänger und Piraten, die Kinder ihrer Nachfahren wären seine Schüler. Jemand hatte die Anzeige angekreuzt – sicher war die Stelle längst vergeben.

Unter der Dusche fiel ihm ein Gefühl ein, das er vergessen hatte, auf die Waage zu legen: Heimweh. Die Sehnsucht nach der Landschaft, aus der man ihn gerissen hatte, war die Hauptzutat seines Kuchens, das Mehl und die Eier. Er spülte sich den Schaum aus den Haaren. Sein Heimweh bestand an diesem Morgen aus Farben, Geräuschen und wenigen Bildern. Er sah den ganzen Tuschkasten vor sich, zu dem der norddeutsche Himmel fähig ist. Blau wie der Himmel über der Adria, die Sonnenuntergänge rot wie Feuer oder giftig lila. Er dachte an all die Variationen zwischen einem milchigen Grau und einem bedrohlichen Schwarz. Zu seinem Heimweh, stellte er fest, gehörte der Wind. Nicht der bayerische Fön. Sein Wind war mächtig. Der konnte, wenn er heulend über das Land fegte, Nervosität in Panik verwandeln. Wind und Meer waren, wenn sie gute Laune hatten, charmante Gesellen. Der Wind sanft, das Wasser ruhig. Wenn man sie aber nicht ernst nahm, sie verspottete: Nordseeteich, wird aus dem Wind Orkan und aus dem Meer ein brüllendes Ungeheuer. Dort wollte er leben. Auch, weil er in dieser Landschaft die Nähe zu dem Jungen spüren würde, dem man die Verantwortung für das Unglück seiner Schwester aufgebürdet hatte. Jeder spektakuläre Sonnenuntergang könnte die alten Bilder lebendig machen. So wie in Windeseile aus winzigen Eiern, die unter Dielen lagern, Flöhe werden, wenn der Schall eines Schrittes sie weckt. Er hatte mit gebrochenen Knochen im Krankenhaus gelegen und das Leben entdeckt. Das Glück, lebendig zu sein. Sehen zu können, riechen zu können, laufen, lachen, auch weinen war schön. Sogar die Schmerzen waren schön, weil sie ihm sagten: Du lebst. Es war sein Kopf, der die Augenblicke des Glücks zerstörte, der ihm die Bilder nachtrug, die er vergessen wollte. Die stumme Schwester und ihre Augen, die, wie zur Strafe, durch ihn hindurchsahen. Vielleicht hörte der Blick auf, ihm nachzulaufen, wenn er sich der Landschaft auslieferte, in der dieser Blick entstanden war. Umbringen, hatte der Mann der Professorin Linn gesagt, kannst du dich später und ihm ein Leben auf Probe vorgeschlagen, das Leben als Experiment. Das hatte ihn überzeugt. So konnte er leben und Leben planen. An dem Morgen nach seinem vierzigsten Geburtstag wollte Kolja das Gefühl der Schuld nicht auf die Waage legen. Könnte sein, dass sie schwerer wog als die Neugier und die Freude.

Er war nicht, wie seine Mutter behauptete, auf der Bank sitzengeblieben. Er war aufgesprungen. Er hatte Ragna über den Zaun hechten sehen, hatte sich langsam, mit der Vorahnung eines Unheils, dem Schwimmbad genähert, war dann stehen geblieben, gelähmt vor Schreck. Das Mädchen mit dem komischen Namen, in das er verliebt war, zog seine Schwester aus dem Wasser und schrie mit hoher Stimme, wie ein verletzter Vogel, um Hilfe, während sie Malus Brustkasten aufzupumpen schien. Er sah die Anstrengung ihrer Schulterblätter. Dann schossen schrill heulende Rettungswagen über den Deich. Da hatte er sich umgedreht und war wie ein Schlafwandler zur Bank zurückgeschlichen, als könne er durch diesen Gang alles rückgängig machen. Er hatte aufs Meer gestarrt, ohne das Meer zu sehen. Seine Augen waren blind und seine Ohren taub. Sein Kopf hatte Bilder aus Horrorfilmen produziert. Sie war ihm willkommen gewesen, die Monsterwelle, die ihn mit sich riss. Er hatte sich dem Riesenkraken angeboten, der ihn mit starken Armen unter Wasser zog. Wie lange hatte er so gesessen? Zehn, fünfzehn Minuten? Eine Ewigkeit. Keine Welle, kein Krake, keine Erlösung. Er blieb der Junge auf der Bank, den später alle fragten, wie geschehen konnte, was geschehen war. An das Mädchen von damals hatte er wenige, aber scharfe Erinnerungen. Arme, die durchs Wasser pflügten. Füße mit blauen Schwimmflossen. Wassertropfen auf brauner Haut. Eine Gestalt im schwarzen Badeanzug, die sich über seine Schwester beugte. Flatternde Haare. Ein Mädchen, das wie ein Polizist auf der Straße stand und einen Möbelwagen aufhalten wollte. Ein paar Mal hatte er sie im Traum gesehen, das war lange her, in Wirklichkeit wusste er nicht einmal ihren Nachnamen. Sie wird Karriere gemacht haben. Vielleicht war sie Anwältin geworden oder Ärztin. Oder sie war ausgewandert. Alle wollten damals nach Frankreich oder Kanada. Oder sie hatte Kinder, denen sie immer wieder erzählte, dass sie einmal einem Mädchen das Leben gerettet hatte.

Zwei Tage nach seinem vierzigsten Geburtstag wusste er, dass die Stelle auf der Hallig noch nicht besetzt war. Es gab drei Bewerber, er hatte eine Woche Zeit, seine Unterlagen einzureichen. Lebenslauf, Familienstand, Zeugnisse, Abschlüsse, das Übliche. Ein aktuelles Foto. Er hatte nach dem Namen der Hallig gefragt: Nordmoor.

Die Vorzimmerdame hatte, wie um ihn zu warnen, hinzugefügt: Stellen Sie sich dreihundert Fußballfelder vor. Sieben Häuser auf sieben Warften, keine Bäume, neununddreißig Erwachsene, sechs Schüler. Schafe, Kühe, kreischende Vögel. Wie hört sich das für Sie an?

Erst einmal gut, hatte Kolja gesagt.

Bevor sie den Hörer auflegte, hatte sie gelacht: Ach, das sollten Sie wissen. Auf der Hallig heißt es dreißig Mal im Jahr Landunter. Da klingelt das Wasser an der Haustür.

Am Abend trug er seine Informationen zu Belo und Cora ins Bistro. Sie sahen ihn an, als mache er den zweiten Scherz in seinem neuen Lebensjahr. Cora holte den Atlas.

Wo soll das sein?

Sie schob ihren Zeigefinger von München über Ingolstadt nach Nürnberg, von Nürnberg nach Bayreuth, sprang von dort nach Fulda, von Fulda über Kassel nach Göttingen, von Hannover nach Hamburg, verirrte sich kurz an die Ostsee, schob den Finger durch Schleswig-Holstein nach Westen zur Nordsee, landete bei Husum.

Hier?

In etwa.

Da ist nichts!

Kolja zeigte auf ein paar Punkte im Meer. Eine davon musste es sein – auf seinem Laptop hatte sie einen Namen gehabt. Nordmoor.

Diese hier!

Ein Krümel, rief Conny, ein Vogelschiss mitten im Meer!

Dreihundert Fußballfelder, sagte Kolja, sind doch ein ziemlich großes Stück Erde.

Zwischen Festland und Hallig gab es eine schmale Verbindung. Sieht aus, sagte Belo, als strecke dort jemand sehr vorsichtig sein langes, dünnes Bein ins Wasser. Der kleine Klumpfuß ist dann wohl die Hallig.

Es war nicht so, dass sich Kolja plötzlich vor der eigenen Courage gefürchtet hätte – dass es aber zwischen Meereskrümel und Festland so etwas wie eine Verbindung zu geben schien, wenn auch nur ein dünnes Bein, beruhigte ihn. Die beiden hielten seinen Plan für einen Spleen, den man, wenn man noch ein paar Mal darüber redete, einfach weglachen konnte. Kolja gehörte doch zu ihnen, zu dieser Stadt, und wenn man einmal irgendwo hin- und dazugehört, dann bleibt man da.

Am nächsten Morgen versuchte er, seinen Lebenslauf zu ordnen. Stringent war der nicht. Abitur mit neunzehn, Beginn des Studiums der Medizingeschichte in Würzburg mit dreiundzwanzig. Sie würden nach der Zeit dazwischen fragen und er würde erklären, das Loch habe persönliche und familiäre Gründe. Er habe, was der Wahrheit aber nicht der Anzahl der Jahre entsprach, bei seinem Vater in Amsterdam gelebt, am Goetheinstitut Deutsch unterrichtet und an der Volkshochschule Niederländisch gelernt. Was noch? Sie würden wissen wollen, warum er das Studium der Medizingeschichte nach vier Semestern abgebrochen habe und er würde, was stimmte, sagen, dass er sich von dem Studium persönlich mehr erhofft habe und vor allem bessere Berufschancen. Das Wort ›persönlich‹ sollte er besser nicht benutzen, das würde zu dem Teil seines Lebens führen, der sie nichts anging. Anschließend: Studium der Philosophie und Germanistik an der Universität Augsburg, Promotion mit knapp dreißig, Thema: Der Suizid in der deutschsprachigen Erzählliteratur des 19. und 20. Jahrhunderts am Beispiel der Autoren E.T.A. Hoffmann: Der Sandmann. Gottfried Keller: Romeo und Julia auf dem Dorfe. Annette von Droste-Hülshoff: Das tägliche Leben. Die Judenbuche. Das Thema wird sie erschrecken, zumindest verwundern: Suizid? Wie kommt ein junger Mann auf ein so bestürzendes Thema? Er wird ihnen, was die Schwere des Themas angeht, recht geben und erklären, es sei nicht der Suizid, der ihn interessiert habe, sondern die sprachliche Umsetzung in Literatur. Beruhigen wird sie die Benotung: Summa cum laude. Falsch, dachte er, die Auszeichnung wird sie irritieren. Sie werden sagen, er sei eindeutig überqualifiziert, eine Handvoll Schüler zum Hauptschulabschluss zu bringen. Tatsächlich sagte er zwei Wochen später auf den Hinweis, er sei überqualifiziert, es gebe, seiner Meinung nach, in der Bildung kein Zuviel, und es könnte doch sein, dass sich der eine oder andere Schüler mit einem Hauptschulabschluss nicht zufriedengibt. Dass er in dem einen oder anderen Kind Ehrgeiz wecken könnte, Abitur zu machen, Neugier auf Wissen und Bildung. Aber Sie, Herr Tönning, sagte der Leiter des Schulamtes, sind doch mit diesen Kindern eindeutig unterfordert. Er widersprach. So wie es keine Überqualifizierung in Bezug auf das Unterrichten von Kindern gibt, so wenig gibt es eine Unterforderung. Mein Anspruch, sagte er, ist die Vermittlung von Freude am Lernen, die Schule als Vergnügen.

Er saß vier Personen gegenüber, die sich vorgenommen hatten, das Motiv des gerade einmal vierzigjährigen Mannes herauszufinden, der an der Universität Karriere machen konnte. Kolja ahnte, was hinter den Fragen steckte. Sie wollten herausfinden, ob er ein romantischer Spinner war. Einer mit Flausen im Kopf über den Segen der Ruhe und Einsamkeit. Schließlich hatte der Schulrat am Telefon angedeutet, dass sich hinter der einen oder anderen Bewerbung manch schräger Traum von der Dressur verwilderter Kinder verberge. Tatsächlich, sagte Kolja im Vorstellungsgespräch, habe sein Wunsch, sich auf wenige Kinder zu konzentrieren, mit einem Teil seiner Lebensgeschichte zu tun und wusste in diesem Moment, dass er sie so gewinnen konnte. Er erzählte nicht die volle Wahrheit, aber einen wichtigen Teil. Den Unfall im Schwimmbad, die Schwester im Zustand des Wachkomas. Die Beschäftigung mit Kindern, die, wie seine Schwester, den Weg zurück ins normale Leben nicht geschafft hatten. Seine frühe Leidenschaft für alles, was im Gehirn passiert und kaputtgehen kann. Und weil er bei diesem Thema so ganz und gar bei sich war, kein Kandidat, der einen guten Eindruck hinterlassen wollte, überzeugte er sie weder aus der Welt fliehen zu wollen, noch Gott auf einer Hallig zu suchen.

Und die Einsamkeit? Dort besteht Ihr Kosmos aus sieben Häusern auf sieben Hügeln, fünfunddreißig erwachsenen Menschen zwischen neunzehn und fünfundneunzig, Sie unterrichten in einer Klasse sechs Schüler. Ob er sich das vorstellen könne? Kein Pfarrer, kein Geldautomat. Kein Arzt, kein Supermarkt. Ein Krämerladen für den Notfall. Nichts Frisches. Honig, Marmelade, Gemüse in Dosen. Im Sommer Tagestouristen, die über das Wattenmeer oder mit dem Schiff kommen, in dem kleinen, nur im Sommer geöffneten Imbiss Bratwürste oder Kuchen essen und mit dem Ende der Ebbe die Hallig wieder verlassen. Zu Fuß, mit dem Schiff oder, wer den Rückweg nicht schafft, mit der Lore des Bauern über den Damm. Können Sie sich das vorstellen? Ein paar Ferienwohnungen für Touristen, die das Lehrerhaus neugierig umschleichen, aber keinen Kontakt aufnehmen. Jedes Brot, jedes Ei, jede Kartoffel ... was immer Sie essen und trinken wollen, müssen Sie auf dem Festland kaufen. Können Sie sich das vorstellen? Dafür habe der Lehrer, wie alle Familien auf der Hallig, eine eigene Lore, um jederzeit über den Schienenstrang an Land fahren zu können. Ins Kino oder Theater zu gehen, Freunde abzuholen und sie zurückzubringen. Er habe ein eigenes Lehrerhaus – das Klassenzimmer sei im Erdgeschoss. Im Übrigen lebe dort niemand hinter dem Mond. Es gibt alles, sagte der Schulrat, was der moderne Mensch braucht: Internetanschluss, gute Verbindungen zu anderen Lehrern auf anderen Inseln und Halligen. Kein Lehrer könne alles unterrichten, es gäbe seit vier Jahren E-Learning, Schulstunden per Internet. Bildschirmlehrer auf der Leinwand, die Englisch anbieten, Französisch, Physik, Chemie ... wie klingt das für Sie?

Klingt gut, sagte Kolja.

Es klang wie eine letzte Warnung: Kein Café. Kein Kino. Kein Restaurant. Keine Kneipe für den abendlichen Absacker. Kein Kollegium, das Sie täglich umgibt.

Kolja sagte: Ich fühle mich wohl mit wenigen Menschen. Ich bin ein Esel, den es zurück in den Stall zieht oder besser: Ein Fisch, der ohne Wasser nicht leben kann.

Die Abende auf einer Hallig können sehr lang sein.

Ich kenne keine Langeweile.

Sie würden, wenn wir uns für Sie entschieden, mit Ihrer Familie kommen?

Ich lebe getrennt, sagte Kolja. Ich habe einen Jungen, Arjen, der wie mein eigenes Kind ist, er wird mich besuchen.

Sie haben keine Ausbildung als Grund- und Hauptschullehrer, sagte der Schulrat.

In diesem Moment des Gesprächs ging Kolja davon aus, dass er ihrer Vorstellung nicht entsprach. Sie würden sich für eine nette, junge Lehrerin entscheiden oder den klassisch ausgebildeten, alten Hauptschullehrer, der hier seiner Rente entgegensah. Kolja war völlig entspannt, als er sagte:

Stimmt. Ich bin kein Grund- und Hauptschullehrer. Ich habe Deutsch am Goetheinstitut in Amsterdam unterrichtet und Germanistik an der Universität in München. Didaktik kann man lernen. Wenn ich meinen Studenten glauben darf, bin ich kein schlechter Vermittler.

Bevor er am Nachmittag in den Zug nach München stieg, wählte er die Nummer von Belos Bistro. Bin auf dem Heimweg. Glaube, sie wollen mich nicht. Kolja wusste nicht, ob er erleichtert oder enttäuscht war. Cora jubelte.

An der Haustür klebt eine Notiz der Vermieterin: Wir räuchern – mögen Sie Aale? Die Ferienwohnung ist stickig-schwül. Ich reiße die Flügel der Balkontür auf und lasse mich, erschöpft wie nach einem Marathon, auf die Schlafcouch fallen. Vom Regionalexpress in den IC, vom IC in den ICE, Personenschaden auf dem Gleis, Verspätungen, Umleitungen, Umsteigen und Warten auf Bahnhöfen, die aus verlassenen Ruinen bestehen und einem einsamen Schienenstrang, der von irgendwo kommt und sich im Nirgendwo verliert und alle Züge fahren nach der gleichen Melodie: Du gehörst nicht zu unserer Geschichte. Du gehörst nicht zu unserer Geschichte. Schlafen wäre gut gewesen, aber wie soll man mit einem solchen Satz schlafen. Also ließ ich Felder, Wälder, Dörfer und Städte an mir vorbeirasen, ertrug den Geruch vieler Wurst- und Käsebrote, die neben mir ausgepackt wurden, Pappschachteln, aus denen es nach Hackfleisch stank, hielt den süßen Geruch überreifer Bananen aus, kaufte an einem Bahnhofskiosk eine Currywurst und warf sie nach drei Bissen in den Mülleimer. Vierzehn Stunden Bahnfahrt.

Jetzt habe ich Hunger.

Auf dem Anrufbeantworter sind drei Stimmen, die mir Fragen stellen. Meine Mutter aus Mallorca, ob ich nicht urlaubsreif sei. Warum ich nicht in einer i h r e r Ferienwohnungen arbeiten könne. Du musst dich um die Gäste nicht kümmern, nicht einkaufen, nicht kochen und ein wenig Kontakt mit den Eltern wäre doch nicht zuviel verlangt.

Doch.

Ein Teamkollege fragt, ob ich eine Auswahl der besten Interviews schicken könnte.

Nein.

Der kleine Meinusch: Ob ich Lust hätte, ihn mit seinem Fahrrad zu besuchen, mit ihm zu Abend zu essen und ob es denkbar wäre, danach nicht zurückzuradeln.

Wäre denkbar. Heute nicht. Ich muss nachdenken. Da hilft keine Mutter, kein eifriger Kollege, kein mutig gewordener kleiner Meinusch.

Der Kühlschrank ist leer. Die Aale hängen noch im Rauch.

Im ›Möwenstübchen‹ bestelle ich eine doppelte Portion krosser Bratkartoffeln mit sauren Heringen. Danach gehe ich durch stille Straßen ans Meer. In dieser Nacht ist alles schwarz. Das Wasser. Der Himmel. Der Deich. Ich sehe keine Strandkörbe und am Himmel keine Sterne. Eine Landschaft wie im Tintenfass. Hier bin ich aufgewachsen, hier habe ich schwimmen gelernt und Abitur gemacht. In der Bucht vor mir habe ich Ausdauerschwimmen trainiert und es bis zu einer vollen Stunde gebracht. Am liebsten bin ich mit Flossen gekrault wie damals, als ich Kolja beeindrucken wollte. Die rote Bank, von der aus er mir zusah, gibt es nicht mehr. Die neuen Bänke sind weiß. Egal, wie viele Jahre vergangen sind – wir haben die rote Bank nie verlassen. Er fünfzehn, ich sechzehn. Zwei scheu Verliebte, die nur einander wahrnahmen. Vielleicht ein paar Minuten zu lange.

Ich höre das sanfte Plätschern der Wellen, hinter mir Schritte und den flachen Atem eines Hundes, der an der Leine zerrt. In großen Abständen hatte sich Kolja nach dem gemeinsamen Urlaub am Orta-See bei der Professorin gemeldet, so, wie sie es verabredet hatten. Keine langen Briefe, kurze Grüße, Lebenszeichen im Sinne des Wortes: Zeichen des Lebens. Sein erster Gruß kam aus Amsterdam: Ich lebe. Ich lerne. Ich unterrichte. Versöhnung mit dem Vater. Von Herzen: Kolja. Die zweite Karte kam aus Würzburg: Beschäftige mich mit Medizingeschichte. Weiß nicht, wie lange. Berufsaussichten mager. Von Herzen: Kolja. Immer mal wieder, mit größeren und kleineren Pausen, Zeichen aus seinem Leben. So wusste sie von der Liebe in Amsterdam, dem Jungen Arjen, der ihn an Kai in der Kiste erinnerte. Ein paar Worte, ein paar Sätze, nie ein konkreter

Absender. Aber immer: Von Herzen: Kolja. Sie erfuhr von seinem Studium in Augsburg, der Promotion, dem Leben in München. Sein letzter Gruß kam aus dem Norden, hatte sie gesagt. Er passte zu der Telefonnummer, die Frau Tönning aufgeschrieben hatte. Wie lange lebte er schon mit einer Vorwahlnummer, die mit null, vier, acht begann? Ich hatte im Internet nach dieser Nummer gesucht. Es gibt ein halbes Dutzend Fundstellen, Dörfer und Gemeinden an der nordfriesischen Küste und jetzt weiß ich, dass Kolja nicht in meiner Nähe, aber in der Nähe des Meeres lebt. Ich werde ihn anrufen, wenn sich die richtigen Worte eingestellt haben. Hinter mir Herr und Hund auf dem Rückweg vom Abendspaziergang. Ein leises Hecheln, ein müder Gruß: G'nacht. Als ich von den beiden nichts mehr höre, stehe ich auf und gehe zurück in die Wohnung. Der Plastik-Strandkorb auf dem Balkon ist hässlich, aber gemütlich. Im Kühlschrank liegt eine Flasche Wein.

Wer malte die Mona Lisa? Wie heißt der längste Fluss, die größte Stadt, der höchste Berg? Zwischen Bielefeld und Osnabrück hatte der Großvater mit dem Enkel Wissensquartett gespielt.

Raten Sie mit!

Der Zug war voll, ich konnte nicht fliehen und verlor gegen den Enkel, der die Fragen kannte und die Antworten ausspuckte wie ein kleiner Automat. Leonardo da Vinci. Mississippi. Chongqing. Mount Everest.

Das war nett mit Ihnen, hatte der Großvater zum Abschied gesagt und mir die Hand gegeben. Ich hatte das Flüstern des Enkels verstanden: Opa, die hat Mississippi falsch geschrieben. Stimmt. Ich werd's mir merken. Vier Mal ›s‹, vier Mal ›i‹ und zwei Mal ›p‹. Wir hatten eine Zeitlang an einem Tisch gesessen, Namen ausgetauscht. Der Großvater hieß Opa Erwin, der Junge Kris, ich hatte meinen Vornamen gesagt und somit gehörte ich zur Geschichte des Großvaters und seines Enkels so wie sie zu meiner. Zwischen Bielefeld und Osnabrück sind Opa Erwin und Kris zu einem Teil meines Lebens geworden und ich zu ihrem. Wir können die Begegnung vergessen, rückgängig machen können wir sie nicht.

Du gehörst nicht zu unserer Geschichte.

Ich habe im Zug auf dem Klo gesessen, um nicht öffentlich zu weinen. Ich habe meine verheulten Augen hinter der Sonnenbrille versteckt und versucht, den Satz zu vergessen, mit dem mich Max aus seinem Leben stoßen wollte. Erst jetzt, nach so vielen Stunden, spüre ich, wie sich meine Traurigkeit in Wut verwandelt. Die Tage auf seinem Hof. Die Geburt des Kälbchens, das meinen Namen trägt. Ich habe mit seinem Vater gefrühstückt, wir haben an einem Tisch zu Abend gegessen. Er hat mich mit der Professorin verknüpft. Er kennt meine Geschichte. Er weiß, dass ich Kolja suche. Ich war ein Teil seiner Geschichte, lange bevor wir uns begegnet sind. Ich bin nicht der Bauer in diesem Spiel. Ich lasse mich nicht vom Brett fegen. Ich bin die Königin. Ohne mich keine Malu. Ohne Malu kein Kolja, kein Junge, der in einer süddeutschen Kinderklinik Max begegnen konnte.

Im Strandkorb hängt die Wärme des Tages. Ich horche in die schwarze Nacht. Wind und Wasser. Das dumpfe Horn eines Schiffes. Klaviermusik aus einem offenen Fenster. Satie. Tröstlich. Ich sitze nicht allein im Tintenfass.

Max kann mich vergessen oder verdrängen, aber ich werde immer zu seiner Geschichte gehören, einfach deshalb, weil er zu meiner gehört.

Der Flieger aus Amsterdam hatte Verspätung, Zeit für Kolja, sich den Tag mit dem Jungen auszumalen. Einen Monat hatten sie sich nicht gesehen. Für ein Kind sind dreißig Tage eine lange Zeit, in der es viel erlebt und viel vergisst und auf keinen Fall wollte er für Arjen ein deutscher Schatten werden. Nach leichtem Zögern hatte Arjens Mutter eingewilligt, dass sich ihr Sohn mit dem Mann, den sie verlassen hatte, eine kleine Schule auf einer kleinen Hallig anschaute. Sie hatte den Ort ein ulkiges Plätzchen Erde genannt und gefragt, ob es nicht kontraproduktiv sei, als ein tendenziell einsamer Mensch in die Einsamkeit zu gehen. Aber wenn er denke, Kinder und Schafe seien angemessene Gesprächspartner ... alsjeblieft! Bitte sehr! Frag den Jungen, hatte sie gesagt und den Hörer ihrem Sohn gegeben. Tjus. Tschüß.

Wenn die Vorstufe der Erkenntnis ein vages Gefühl ist, dann hatte er es lange von sich ferngehalten. Irgendwann hatte Kolja sich eingestanden, sich zuerst in den Jungen verliebt zu haben und dann erst in Jantsje, seine Mutter.

Das war vor sieben Jahren. Er saß auf einer Bank im berühmten Amsterdamer Vondelpark, einer Stiftung reicher Bürger, dem einzigen Park, in dem Sex in der Öffentlichkeit erlaubt ist, wenn auch nur in den Abendstunden und der Nacht und nicht in der Nähe von Spielplätzen. Im Park gab es Seen und Teiche, Platz zum Toben, Spielen, Sonnenbaden. Er hatte sich in ein schmales Lyrikbändchen vertieft:

Wenn Weltall endet seine Bahn/ wo bleibt der Schwan? Wo bleibt der Schwan/ der Schwan, der frohe Geselle der Fluth/ nie satt vom Lieben, der stets geblieben von Minnegluth.

Um zu hören, wie Joost van den Vondels alte Verse klingen, hatte er sie, ohne sich dessen bewusst zu sein, laut deklamiert, als ihn ein Kichern unterbrach. Er hob den Kopf und erschrak. Er sah in große, blaue Augen, das sonnengebräunte Gesicht eingerahmt von einer wilden, roten Lockenpracht. Kai in der Kiste, dachte er, die große Puppe mit den blauen Augen und den wilden, roten Locken. Er hatte sich kaum getraut, dem Jungen die Locken zu kämmen, denn unter der Kopfhaut, so stellte er sich das damals vor, war ja alles kaputt. Der Junge war von der Klinik in ein Pflegeheim gekommen und dort gestorben. Dass der liebe Gott den Jungen zu sich gerufen haben sollte, wie es in der Todesanzeige stand, hatte Kolja wütend gemacht. Warum sollte er ihn rufen? Es ging ihnen doch gut miteinander.

Und nun stand da ein Junge vor ihm mit wilden, roten Locken, Sommersprossen, großen, blauen Augen und lachte, weil ein Mann im Park, der ganz für sich allein laut Gedichte liest, seltsam war.

Wie heißt du? Wat is jouw naam?

Arjen.

Wie alt bist du? Hoe oud ben jij?

Vijf.

Wo ist deine Mama?

Die ist hier, sagte die Frau, die sich der Bank näherte. Sie nahm den Jungen an die Hand.

Wir müssen jetzt gehen.

Jammer, hatte Kolja gesagt. Schade!

So hatte es angefangen. Eine zufällige Begegnung im Park, eine zweite, eine dritte. Er lud sie zum Eis ein und irgendwann bummelten sie auch ohne den Jungen durch Amsterdam und dann hatte er sich in die quirlige Frau verliebt, deren Leidenschaft und Beruf das Theater war und dort die Perücken, Bärte und Schminktöpfe.

Der Junge, der ihm jetzt in der Wartehalle entgegenkam, war inzwischen zwölf Jahre alt und trug die rot-weiße Kappe von Ajax Amsterdam.

*

Ich versuche, mir den Mann vorzustellen, der ein Junge war, als ich mich in ihn verliebte. Er war kleiner als ich, schmaler. Ich erinnere mich an graublaue Augen, vielleicht sind die dunkler geworden. Oder heller. Vielleicht sind ihm Haare ausgefallen. Kolja mit Glatze, warum nicht? Oder er ist dick geworden. Es gibt Computerprogramme, die Gesichter altern lassen oder verjüngen, Falten erfinden oder vernichten, Strähnen in Locken verwandeln, aus einem schmalen Gesicht ein rundes machen – auch mit viel Phantasie schaffe ich es nicht, den fünfzehnjährigen Kolja in einen Mann zu verwandeln. Kein Wunder, auf Fotos der jungen Ragna entdecke ich ja auch nicht die Gesichtszüge, mit denen ich es heute im Spiegel zu tun habe.

Dem Kollegen im Institut schicke ich fertige Texte und nehme mir das nächste Gespräch vor.

Hatte Ihre Kindheit eine Farbe?

Einen Geruch?

Erzählen Sie von der Landschaft, in der Sie aufgewachsen sind.

Ich habe die Menschen, die ich befragt habe, angerufen, das Institut vorgestellt, das Forschungsvorhaben, die Fragen, die ich stellen werde, umrissen. Ich habe keine Angst, Kontakt mit fremden Menschen aufzunehmen – dennoch saß ich an manchen Tagen vor dem Telefon wie das Kaninchen vor der Schlange, unfähig, routiniert wie sonst, zum Hörer zu greifen. Gibt es mutige Tage und ängstliche Tage? Wodurch entsteht das Zaudern am Donnerstag, ist am Freitag verschwunden und am Mittwoch wieder leicht zu spüren? Zur Überwindung ängstlicher Tage, an denen die Hand nicht zum Telefon greifen, der Mund stumm bleiben will und sich im Kopf keine leichtfüßigen Sätze finden lassen, hilft mir eine Weisheit aus dem Poesiealbum: Hast du Angst, über den Bach zu springen, wirf deine Schuhe hinüber und hol sie zurück. Für das Zaudern am Donnerstag heißt das: Zähle langsam bis zehn, greife bei ›neun‹ zum Hörer, wähle bei ›zehn‹, warte auf die Stimme, die sich meldet, mach den Mund auf und sprich. Meistens läuft dann alles so reibungslos wie am mutigen Freitag. Woher die Scheu mancher Tage? Abgewiesen zu werden ist kein gutes Gefühl. Ich muss damit rechnen, dass Kolja mich aus dem Gedächtnis verloren hat wie ich ihn.

Hatte Ihre Kindheit eine Farbe?

Einen Geruch?

Erinnern Sie sich an Geräusche, die zu den ersten Jahren Ihres Lebens gehörten?

Ich sitze am Schreibtisch. Ich habe Kopfhörer auf. Ich sehe Kinder, die vor Wonne im Wasser kreischen, aber ich kann sie nicht hören. Ihre offenen Münder sehen aus, als riefen sie um Hilfe. Alles am Strand ist stummes Theater.

Hatten Sie ein Lieblingsessen?

Eine Gruppe sportlicher Urlauber hüpft und springt jetzt ohne Musik, während mir die Frauenstimme im Kopfhörer das Lieblingsrezept ihrer Großmutter verrät, dessen Geruch und Geschmack sie überallhin begleitet und sie jetzt, im Alter von dreiundsechzig Jahren, dorthin zurückgezogen hat, wo es jeden Sonntag saure Nierchen gab. Ich schaue, während ich tippe, den Tanzenden zu und stelle mir vor, sie müssten sich zu dem Text bewegen, den ich abschreibe. Nierchen lange wässern! Die Arme kreisen wie Propeller. Zwiebelchen schneiden! Sie beugen die Knie. In Buttermilch einlegen! Sie beugen den Rumpf. Wenn ich an saure Nierchen denke, sagt die Frauenstimme in meinen Ohren, bin ich zwölf Jahre alt, stehe in der Küche meiner schwäbischen Großmutter, schaue auf sanfte, grüne Hügel und würde vor Heimweh flennen, wenn ich nicht dorthin zurückgekehrt wäre, wo es jeden Sonntag saure Nierchen gibt.

Frage: Welche Eindrücke verbinden Sie mit Ihrer ersten Liebe?

Antwort: Alle Gerüche und Geräusche aus schwäbischen Wäldern. Den Ruf des Kuckucks. Den lautlosen Flügelschlag einer Eule in der Dämmerung. Pilzgeruch. Flirrendes Sonnenlicht in den Kronen der Buchen. Das Atemgeräusch des Waldes, wenn man mit der ersten Liebe auf dem Moosboden unter einer Tanne liegt.

Ohne ihre authentischen Geräusche bewegen sich die Menschen am Strand, als seien sie verrückt geworden oder betrunken. Ich stelle den Recorder aus, setze den Kopfhörer ab und nun kreischen die Kinder vor Wonne im Wasser, und die Sportler bewegen sich wieder im Takt der Musik.

Und noch immer fehlt mir der richtige Satz für die Stimme des Mannes, der am Telefon ›Tönning‹ sagt.

An einem nebligen Herbstmorgen standen sie auf dem Deich und schauten in die Richtung, aus der die Lore kommen musste. Ein Mann und ein Junge. Sie sahen nur wenige Meter des schmalen Schienendammes, der die Hallig mit dem Festland verband. Es war windstill. Um sie herum Schafe und Lämmer, die sich neugierig näherten, solange die beiden sich nicht bewegten und ängstlich davonsprangen, sobald Arjen die Hand nach ihnen ausstreckte. Der Mann und der Junge schwiegen, wie an diesem Morgen auch die Tiere stumm waren. Kein Schaf blökte, keine Möwe schrie. Kein Hund kläffte. Nirgendwo eine menschliche Stimme. Der Junge schob seine Hand in die Hand des Mannes. Er war aufgeregt. Er durfte mitentscheiden, ob Kolja, den er liebte, auf einer winzigen Insel Lehrer werden sollte. Groß wie dreihundert Fußballfelder, hatte Kolja gesagt, mit sieben Häusern auf sieben Hügeln: Palatin, Aventin, Kapitol … na, wie in Rom.

Sie standen seit fünfzehn Minuten auf dem Deich, froren, glaubten fast, die Verabredung falsch verstanden zu haben, als Arjen in den Nebel zeigte und ›horch‹ flüsterte. Zunächst war da nur ein kaum hörbares Brummen, dann ein metallisches Rappeln, das sich näherte, lauter und lauter wurde und schließlich als Lore zu erkennen war, eine große Kiste mit Motor auf Rädern. Vom Fahrer war nicht mehr zu erkennen als ein Schatten hinter der Scheibe. Er winkte, zog mit dem flachen Anhänger an ihnen vorbei, auf dem ein länglicher Kasten stand, schwärzer als die Nacht. Vertäut und verknotet wie eine wertvolle Fracht. Es war ein pechschwarzer, glänzender Sarg. Wäre er leise über das Meer aus der Nebelwand auf sie zugeglitten, hätte der Anblick etwas Unheimliches gehabt, aber das Rumpeln der Räder über das schmale Gleis sah nach Arbeit aus. Dennoch prägte sich das Bild eines aus der Unsichtbarkeit kommenden, schwarzen Sarges dem Mann und dem Jungen für immer ein. Es war der erste Gruß von der Hallig. Kein Omen, beruhigte Kolja den Jungen, nur ein Zeichen dafür, dass überall dort, wo Menschen leben, auch gestorben wird. Der Fahrer hielt die Lore an, stieg aus, gab ihnen die Hand. Es ist die Großmutter aus dem Haus des Schäfers, sagte er. Hat sich im Sessel hinübergeschlafen, schöner, sanfter Tod. Er sah Arjen an.

Wie alt bist du?

Twaalf. Zwölf.

Der Mann legte ihm die Hände auf die Schultern und sagte ernst: Wenn ein Toter die Hallig verlässt und der Erste, der sie betritt, ein junger Mensch ist, dann bringt das Glück.

Wem, fragte Kolja.

Dem Jungen, sagte der Bestatter, und allen, mit denen er heute spricht. Sind Sie der neue Lehrer?

Vielleicht. Mal sehen. Es gibt noch andere Bewerber. Was er nicht sagte: Die Entscheidung hing von ihm ab. Man hatte ihm zu verstehen gegeben, dass er, sollte es ihm auf der Hallig gefallen, ihre erste Wahl war. Trotz des krummen Lebenslaufs, der Überqualifizierung, trotz des fehlenden, schriftlichen Nachweises pädagogischer Qualifikationen. Es hatte ihnen gefallen, wie er über Kinder gesprochen hatte, das mache, schrieben sie, die eine oder andere Schrägheit seiner Biografie wett.

Beeindruckt vom Auftauchen und Abladen eines Sarges waren sie während der Rückfahrt der Lore zur Hallig still. Rechts das Meer, links das Meer, in der Mitte der Damm mit den Schienen, vor ihnen ein Schwarm kreischender Möwen. Arjen war beeindruckt.

Geil!

Als er erfuhr, dass jeder auf der Hallig eine eigene Lore hatte, sagte er:

Wow.

Nach zwanzig Minuten Fahrt verließ die Lore den Damm, fuhr weiter bis zur Lorenstation auf der Hallig. Der Nebel hatte sich verzogen. Die Morgensonne tauchte die Weiden in ein goldenes Licht, schien auf die Wolle der Schafe, ließ die Rücken der tief fliegenden Möwen glänzen.

Hier empfing sie Hendrik, der Lehrer, den Kolja, sollte er sich mit Arjens Einverständnis für ein Leben in dieser Einsamkeit entscheiden, ablösen würde. Er war der Erste, den Arjen, um ihm Glück zu bringen, fragte, welches der sieben Häuser auf den sieben Hügeln, die hier Warften hießen, das Haus des Lehrers sei.

Das mit den vielen Fenstern.

Aus der großen Küche, dem riesigen Wohnzimmer, dem Gäste- und Kinderzimmer: weite Blicken nach Norden, nach Süden, Westen, Osten. Schafe. Rinder. Weiden. Himmel und Meer. Tausende von Ringelgänsen am Boden und in der Luft. Unsere Augen sind zu klein für so viel Landschaft, sagte der Lehrer, das werden Sie noch merken. Er zeigte ihnen das Schlafzimmer im ersten Stock, dem man seine wichtigste Funktion nicht ansah. Es war der Fluchtraum bei Stürmen, wenn das Wasser über die Hallig gegen die Häuser peitscht. Ein Schlafzimmer auf Stahlträgern, ein Nest im Haus, die letzte Flucht, der Ort, an dem der wütendste Orkan scheitert.

Wow!

Hendrik sprach mehr zu dem Jungen als zu dem Mann, der vielleicht sein Nachfolger würde und Arjen begann, den Lehrer zu mögen, der ihm die Hallig erklärte, als sei das ein Abenteuerspielplatz. Der Halliglehrer lachte über jedes beeindruckte ›Wow‹. Siehst du? Dort steht das Haus des Schäfers, die Großmutter haben sie heute an Land gebracht. Er zeigte auf das Haus des Landvermessers, dessen Zwillinge Mimi und Karla hießen und in die vierte Klasse gingen. Er zeigte auf den großen Hof des Bauern, in dem vier Generationen unter einem Dach lebten. Urgroßeltern, Großeltern, Eltern. Sechs Erwachsene und drei Kinder. Boy-Erik geht noch zur Schule, sein Bruder Tim lernt Schreiner auf dem Festland, Pia, die Schwester, will Hebamme werden. In jedem Fenster ein Ausschnitt der Hallig. Schau: Dem Fischer Björn gehört das Haus am Hafen, das Haus des Krämers, der kein Krämer mehr ist, sondern Koch in

Husum, steht dem Lehrerhaus gegenüber. In dem kleinen Haus am Ende der Hallig – dort, wo die Fahne flattert, siehst du – wohnt die alte Marthe. Kannst du lesen, was da steht? Lewer duad üs Slaw. Lieber tot als Sklave. Der Leitspruch der Nordfriesen und ihrer Familien. Zu Kolja sagte er: Die meisten halten die alte Frau für verrückt. Sitzt den ganzen Tag am Fenster und liest, während alle glauben, sie könne nicht lesen. Sie ist nicht arm, sie bezahlt die Lebensmittel, die man ihr bringt. Sie weiß über die Geschichten der Halligen mehr als alle hier. Für guten Rum gibt es gute Geschichten. Skurril ist sie schon, vielleicht ein bisschen unheimlich. Sie glaubt, sie habe die Geschichten, die sie erzählt, selbst erlebt oder ihre Vorfahren. Nahe und ferne Verwandte. Einer soll als Matrose entführt worden sein und war Sklave bei den Arabern – fragen Sie sie, vielleicht ist was dran. Und wenn nicht, haben Sie einen spannenden Abend. Arjen entdeckte hinter der Gardine einen Schatten.

Sklave bei den Arabern? Geil.

Der Lehrer schloss die Schulräume auf. Ein Klassenzimmer mit Wandtafel und Leinwand, Bänken und Stühlen für Kinder aller Größen, daneben ein Raum mit Computerarbeitsplätzen, die Hallig lag mitten im Meer, aber nicht hinter dem Mond. An der Wand hing ein großes Foto der Schüler, die der Lehrer jetzt verließ. Die Zwillinge Mimi und Karla aus der Klasse vier. Die siebenjährige Thyra aus der zweiten Klasse. Das vierte Mädchen in der Zwergschule hieß Miriam. Sie war dreizehn und lernte den Unterrichtsstoff der Klasse sieben. Die beiden grinsenden Jungen waren Boy-Erik und Kjell, vierzehn und zwölf Jahre alt, Klasse acht und Klasse fünf.

Und wo machen die Kinder Abitur?

Machen sie nicht. Die wenigsten wollen weiterlernen. Kein Bock. Oder kein Ehrgeiz. Hab nie rausgekriegt, ob's an ihnen oder an den Eltern liegt.

Und warum verlassen Sie die Hallig? fragte Kolja.

Er lachte. Viele Gründe. Erstens: die Liebe. Ich möchte eine Familie gründen mit Kindern und Eigenheim. Zweitens, drittens, viertens: Ich will mal wieder Kinos in der Nähe haben, Theater,

Restaurants, Kirchen. Ich möchte Freunde sehen ohne lange Reise. Fünftens: Ich habe einmal Theologie studiert und möchte als Pfarrer arbeiten.

Sie besichtigten den Fährhafen, sahen sich den alten Fischer-und Segelhafen an, Lehrer Hendrik zeigte noch einmal auf die Häuser. Das Haus des Schäfers, dessen Großmutter im Sarg an Land gebracht worden war. Das Haus des Krämers, der kein Krämer mehr ist, sondern Koch in Husum. Der Bauernhof. Das Fischerhaus. Das Haus des Landvermessers, zu dem die Zwillinge Mimi und Karla gehörten. Den Menschen, denen sie begegneten, stellte er Kolja als möglichen neuen Lehrer vor. Sie gaben ihm die Hand, nickten höflich und ein wenig gleichgültig, lieber würden sie ihren Hendrik behalten. Viele Lehrer hielten es nicht lange aus, manche wurden wunderlich, beides war schlecht für die Kinder.

Am Nachmittag kochte der Halliglehrer Spaghetti Bolognese, danach brachte er Kolja und Arjen in seiner Lore über den Damm zurück ans Land. Um den Jungen noch einmal zu beeindrucken, sagte er: Weißt du, wie oft wir auf der Hallig Landunter haben? Arjen schüttelte den Kopf.

Dreißig Mal im Jahr. Mindestens.

Wow!

Erst als sie in einem überfüllten Husumer Café Eistorte aßen, fiel ihnen die Abwesenheit von etwas auf, was sie den ganzen Tag lang nicht bewusst wahrgenommen hatten. Die Stille dieses Tages. Die Abwesenheit des Lärms, das Fehlen künstlicher Geräusche.

Wenn Guten-Tag-Sagen als Miteinandersprechen gilt, dann hatte der Junge mit den roten Locken und der Ajax-Amsterdam-Kappe an diesem Tag mindestens acht Menschen auf einem kleinen Stück Erde, das ein alter Mensch im Sarg verlassen musste, Glück gebracht.

Wenn das letzte Schaf geblökt, die letzte Kuh geschnauft, der letzte Vogel sein Lied beendet hatte, ließ sich Kolja, die Fenster weit aufgesperrt, vertrauensvoll in den Schlaf fallen, in den er sich früher quälen musste. Auch in seinem dritten Halligjahr hatten die letzten Abendstunden und die ersten Stunden des neuen Tages nichts von ihrem Zauber verloren. Vereinzelte, leise Piepser in der Nacht waren für ihn Träume junger Vögel. Tagesreste vom Fliegen. Wenn der Wind nicht aufgedreht hatte, fing der Morgen mit der gleichen Melodie an, mit der er eingeschlafen war. Das erste Schaf blökte, die erste Kuh schnaufte. Die Halligkinder hatten ihn gelehrt, den rauen Ruf der Lachmöwe vom hohen Jaulen der Silbermöwe zu unterscheiden. Er kannte die nervige Oberstimme der Austernfischer, das Näseln der Brandgans. Er liebte den wehmütigen Ruf des Landregenpfeifers, ein pummeliger Zugvogel mit sandbraunem Kopf, gelben Füßen und schwarzer Halskrause. Der Kiebitz ist der Gaukler unter den Vögeln, der Clown, mehr übermütiger Tänzer als ruhiger Flieger, nicht größer als eine Taube, auf dem Hinterkopf ein paar lange, kecke Federn. Sein Schrei eine Mischung aus Quietschen und Lachen, der in der Nacht, wenn andere Vögel schliefen, hilflos und verloren klang. Koljas Lieblingsvogel war der Steinwälzer, ein gedrungener Kerl mit kurzen, roten Beinen, der mit seinem kräftigen Schnabel Steine und Muscheln umdreht auf der Suche nach Würmern und Schnecken. Das Geräusch, das ihn bei der Futtersuche begleitet, ist ein leises Klirren und Klickern.

Kolja begann den Tag mit geschlossenen Augen und wachen Ohren. Er hörte inzwischen, mit welcher Laune das Meer die Hallig weckte. Manchmal warf es die Wellen grollend und donnernd aufs Land, und manchmal spielte es leise mit den Millionen Splittern der

Muscheln am Strand, die es zuvor zerschlagen hatte. Als Kind hatte ihn das Meer begeistert, weil er sich beim Schwimmen einbilden konnte, ein Fisch zu sein. Kinder, die am Meer aufwachsen, muss man vor der Macht des Meeres nicht warnen. Er hatte oft gesehen, wie es mit großer Wucht alles kurz und klein schlug, was ihm im Wege war. Er hatte Schiffe auslaufen und Fischer mit vollen Netzen heimkehren sehen. Weinende Frauen hatten ihn gelehrt, dass das Meer seinen Tribut verlangt. Pralle Netze gegen ein Schiff voller Männer. Man konnte das Meer lieben, fürchten oder hassen, gleichgültig ließ es niemanden. Menschen kamen auf die Hallig, um ihren Kummer mit dem Meer zu teilen und fuhren nicht selten getröstet zurück. Das Meer kann nehmen und das Meer kann geben. Der Hund der alten Marthe, eine struppige Mischung aus Dackel und Spitz, kläffte zornig gegen die Wellen an, wenn sie auf den Strand krochen, wedelte überheblich, wenn sie sich zurückzogen und flüchtete, wenn ihm das Wasser über die Pfoten lief.

Dass die Erdoberfläche zu vier Fünfteln aus Wasser besteht, war Schulstoff, Wissen, das er als Schüler hingenommen und widergekäut hatte wie den Satz des Pythagoras: A-Quadrat plus B-Quadrat gleich C-Quadrat. Jetzt aber, auf der Hallig, in einem Haus auf einer Warft, mit einem Schlafzimmer, das auf Stahlträgern stand und Fluchtraum hieß, hatte sich das Wissen von der Größe und Allmacht des Meeres in eine körperliche Empfindung verwandelt. Er fühlte, bevor er einschlief, wie er Teil des Meeres wurde. Ein Stück Treibholz, von den Wellen gewiegt und entführt, geborgen und ihnen ausgeliefert. Das Meer braucht den Menschen nicht, aber der Mensch das Meer. Und wenn er es leerfischt, und wenn er es vergiftet, das Meer wird den Menschen überleben. Und er, Kolja, war nur ein Floh auf einem Krümelchen Erde, verantwortlich für sechs Schulkinder. Ein Lehrer. Ein erwachsener Mann, der zu sechzig Prozent aus Wasser bestand. Auch das hatte er gewusst, natürlich, aber hier fühlte er es.

In der Stadt hatte er auf Jahreszeiten kaum geachtet, manchmal gingen sie fast spurlos ineinander über. Auf der Hallig war der

Wechsel dramatisch. Im Frühjahr rauschten gewaltige Schwärme schnatternder Ringelgänse heran, ließen sich auf den Wiesen nieder und setzten, fett gefressen und gestärkt, ihren Weg in Richtung Arktis fort. Im Frühjahr wurden die Lämmer geboren. Wenn die Brutvögel sich aus Angst um ihren Nachwuchs wie Krieger auf die Menschen stürzten, dann ging der Frühling zu Ende. Im Sommer kamen Rinder und Schafe. Besuch. Pensionsvieh, das auf den Salzwiesen weidete und im Herbst zurück aufs Festland gebracht wurde. Die ersten Touristen liefen über das Wattenmeer und betraten mit schwarzem Schlick an den Füßen die Hallig. Einen Monat lang, von Mitte Juli bis Mitte August, war die Hallig dann violett vom blühenden Strandflieder. Mit dem Herbst kamen die Stürme und mit dem Winter die Ruhe, die große Einsamkeit. Kälte und Schnee. Keine Kuh auf der Weide, keine Schafe, keine Touristen, die Vögel abgereist. Im Winter hatte Kolja das Gefühl, von der Welt vergessen, im Exil zu leben mit fünfunddreißig Erwachsenen und elf Kindern, von denen sechs seine Schüler waren.

Die Geschichten der Halligen hätte er sich anlesen können, schöner war es, mit einer Flasche Rum am frühen Abend vor der Tür der alten Marthe zu stehen. Für sich, zum Verdünnen, mit Eiswürfeln, die sie in das Gefrierfach stellte – immer vergaß sie, vor seinem Besuch für Eis zu sorgen. Wozu Eis? Sie trank den Rum warm und pur und er schien keine Wirkung zu haben, außer Erzählfreude. Kolja wusste nicht, wie alt Frau Marthe war. Steinalt, sagten die Leute auf der Hallig. Für die Kinder war sie eine Hexe, um deren Haus sie schlichen, um Mut zu beweisen und davonliefen, wenn sie das Fenster öffnete und kicherte. Kolja schätzte die alte Dame mit dem verwitterten Gesicht auf nicht einmal achtzig. Sie war hier geboren, hatte nur einmal, und nur für eine kurze Zeit, auf dem Festland gelebt und war mit zwei Kindern zurückgekommen, die die Liebe zum Meer nicht geerbt hatten.

Es schien, als verbarg sich hinter allen Gegenständen ihres Hauses friesische Geschichte oder – wie sie es verstand – Familiengeschichte. So war auch Pidder Lünk nicht nur eine Ballade, sondern ein Urahn, von dem sie erzählte, als Kolja nach dem Motto der Flagge vor ihrem Haus fragte: Lewer duad üs slaw. Lieber tot als Sklave. Ja, ja, der Pidder Lünk, der war ein Aufständischer gegen die Herrschaft der Dänen gewesen und was für ein Kerl! Hat sich dem Steuereintreiber des Königs widersetzt, dem Amtmann von Tondern, Henning Pogwisch, der ihn, mit Hilfe eines Schleimscheißers von Priester und einer Schar bewaffneter Landsknechte zur Abgabe der Steuer zwingen wollte. Wozu Steuern zahlen? Frei ist der Fischfang, frei ist die Jagd, frei ist der Strandgang, frei ist die Nacht, frei ist die See, die wilde See. Die Geschichte dieses Kampfes – schenk ein, Lehrer, vergiss das Trinken nicht – war so kurios, dass Kolja sie, kaum zurück in seinem Haus, überprüfte. Es gab ihn, den Pidder Lünk und die Geschichte des mittelalterlichen Widerstands gegen die Herrschaft der Dänen. Lewer duad üs slaw. Der dänische Amtmann spuckte der armen Fischerfamilie voller Verachtung für ihren Widerstand in den Kochtopf. Ja, ja, hatte die alte Marthe gelacht, das hätte er nicht tun sollen, denn nun sprang unser Pidder auf, packte den Peiniger der Armen und drückte dessen Gesicht so lange in den kochend heißen Grünkohltopf, bis der Amtmann erstickte. Noch in der Nacht fand Kolja die Liliencron-Ballade, in der jede der zehn Strophen mit dem Schlachtruf endet: Lewer duad üs slaw.

Er ertappte sich dabei, die alte Marthe zu kopieren. Ja, ja, dachte er, gute Idee, Rum als Währung. Eine ganze Flasche gegen die Geschichten der ›Mandränken‹, des großen ›Menschen-Ertrinkens‹ im vierzehnten und siebzehnten Jahrhundert, in denen die Sturmflut tausende von Menschen mit sich fortriss, auch Schafe, Kühe und Land. Ja, ja, es war nicht vergessen, es war auch Marthes Geschichte. Das panische Schreien und Flehen der Ahnen, sie hatte die Vergangenheit im Blut. Die großen Fluten zerschlugen, zersplitterten, zerteilten das Land, sie bissen sich vom Festland Brocken ab und spuckten sie ins Meer, so entstanden die Halligen. Ja, ja, das Meer riss Kirchen ein, auch wenn die Glocken noch so verzweifelt läuteten, das Meer kam immer wieder, als wäre das große Menschen-Ertrinken, die Zerstörung von Häusern und Kirchen und

Existenzen ein Fest, das es alle hundert Jahre zu feiern galt. Und die Menschen lernten, Deiche zu bauen, das Land zu befestigen, die Häuser zu verrammeln, sie auf Warften zu stellen, auf künstliche Hügel. Nach einem Rum-Abend hatte ihn die alte Marthe mit einem ihrer endgültigen Sätze auf den Heimweg geschickt: Ja, ja. Gegen jeden Feind hat der Mensch Waffen erfunden, aber keine taugt im Kampf gegen das Meer.

In all ihren Berichten schlug sie sich auf die Seite des Wassers. Sie nahm sich nicht aus, wenn sie sagte, wie dumm der Mensch doch ist, wenn er immer und immer wieder dorthin zurückkehrt, wo er immer und immer wieder vertrieben wird. Kolja lachte:

Wie Sie!

Ja, ja, wie ich. Bei mir ist es nicht Dummheit. Bei mir ist es Liebe. Ich warte, bis das Meer mich holt. Es kennt mein Haus. Es wird mich finden.

Einmal behauptete sie, genau zu wissen, wie er als Kind ausgesehen habe, der Herr Lehrer. Weißblondes Haar, schmal, ein zarter, hübscher Junge mit blauen Augen wie es Hark Olufs gewesen sein musste. Kolja hatte den Namen noch nie gehört. Er kannte nur schwarze Sklaven und hörte an diesem Abend von der alten Marthe die unglaubliche Geschichte der Korsaren. Arabische Piraten, die englische, spanische, französische, dänische Handelsschiffe überfielen, den Teil der Besatzung, der sich wehrte, massakrierten, die Leichen ins Meer warfen und den Rest der Mannschaft fesselten und entführten. Christen als Beute: weißes Gold. Für die reichen Kaufleute erpressten die Korsaren hohe Lösegelder. Wer nicht ausgelöst werden konnte, wurde auf arabischen Märkten in Algier, Tunis, Tripolis verkauft. Und wieder kamen ihm die Geschichten der alten Marthe so übertrieben ausgeschmückt vor, so rumhaltig, dass er sie in derselben Nacht überprüfte. Und wieder hatte sie ihm eine Lektion in Geschichte erteilt. Noch im siebzehnten und achtzehnten Jahrhundert hatte es im Osmanischen Reich zwischen zehn- und vierzigtausend weiße Sklaven gegeben. Auf allen Meeren fürchtete man die ›elenden Mohren‹, die ›schwarzen Teufel‹, das ›verflixte

Türkenpack‹. Kolja fand Bilder im Internet. Die Piraten sahen schaurig aus. Sie hatten rasierte Schädel, griffen mit muskulösen, nackten Armen an, in der Hand die scharf geschliffenen Säbel. Gekaperte Schiffe zerschlugen sie mit ihren Äxten. Ihre menschliche Beute legten sie in Ketten, sperrten auch Kinder in feuchte, dunkle Verliese bis zum nächsten, großen Sklavenmarkt, auf dem man ihnen die Münder aufriss, die Zähne prüfte, die Muskeln der Arme und Beine taxierte wie bei der Viehauktion. Sie waren Freiwild. Man peitschte sie aus, ließ sie tanzen, um ihre Beweglichkeit zu testen, feilschte mit den Käufern um den Preis. Die wenigsten Christen überlebten die Torturen. Jahrhundertelang waren die Korsaren der Schrecken der Seefahrt. Es gab nur wenige Wege in die Freiheit: Geld oder Flucht. Nur wer bereit war, aber das waren wenige, den eigenen Glauben aufzugeben und Muslim zu werden, hatte die Chance, sein Leben zu retten.

Und wer war Hark Olufs?

Ja, ja, sagte die alte Marthe, auf jeder Hallig kennt man die Geschichte des Jungen aus Amrum, dem er, der Herr Lehrer, als Kind so ähnlich gesehen haben musste wie ein Zwilling. Eine unglaubliche Geschichte, fast ein Märchen. 1708 geboren, mit dreizehn Matrose geworden, mit sechzehn von Piraten verschleppt. Auf dem Sklavenmarkt verkauft, geschunden, weiterverkauft … und dann begann der Aufstieg des Jungen vom Lakai des Herrschers von Constantine zum Schatzmeister, zum Kommandeur der Leibgarde, zum Oberbefehlshaber der Kavallerie, zum Kämpfer, Eroberer im Dienste seines obersten Herrschers. Ja, ja, hatte sie gesagt, besuch die Insel, Lehrer, das wird dich interessieren, lies den Grabstein des Gedenkens. Dem begabten Jungen, Hark Olufs, der sich in der Sklaverei Französisch und Arabisch beibrachte und wahrscheinlich – was er leugnete – zum Islam konvertierte, wurde aus Dank für seine Verdienste die Freiheit geschenkt. Ein Kind hatte einst Amrum verlassen, zurück kehrte ein fast dreißigjähriger, sehr exotischer, sehr reicher Mann.

An diesem Abend überprüfte Kolja die Erzählung der alten Marthe nicht. Er suchte im Internet nach einem Bild von Hark

Olufs und fand einen hübschen Jungen. Ein schmales Gesicht. Weißblonde Haare. Blaue Augen. Gekleidet wie ein Prinz. Eine rote Kappe, ein weißes Hemd, eine rote Weste mit goldenen Bordüren. Kolja sah lange in den Spiegel. Die alte Marthe hatte recht, es gab Fotos, auf denen er dem Jungen ähnlich sah. Aber viel mehr noch glich der kleine Matrose aus Amrum Malu. Zu seinem Spiegelbild sagte Kolja: Du hast mich gefunden, Prinzessin. Einverstanden.

Er sei, sagten die Halligbewohner, ein besonderer Lehrer. Ein bisschen verrückt. Starrte abends der untergehenden Sonne nach, als käme die nie wieder. Lauschte entzückt den schnatternden Gänseschwärmen, die unsichtbar durch den dicken Nebel flogen. Die Kinder besuchten ihn auch nachmittags und er ließ es zu, obwohl er ihr Lehrer, nicht ihr Kindergärtner war. Er stach mit dem Fischer in See. Manchmal. Er spielte mit den Bauersleuten Skat. Manchmal. Er fuhr mit seiner Lore zum Einkaufen aufs Festland, aber nicht oft. Er schien die Stadt nicht zu vermissen. Er war ein freundlicher Fremder, der sich keine Mühe gab, einer von ihnen zu werden – wozu auch. Er würde die Hallig verlassen, irgendwann, so wie alle Lehrer über kurz oder lang wieder gingen. Die Kinder mochten ihn, obwohl er kein lustiger Geselle war. Er hatte auf der großen Lore des Bauern ein Klavier in sein Haus transportiert und damit der Hallig neue Töne beschert. Mit der alten Marthe schien er regelmäßig Rum zu trinken und mit dem Fischer stand er abends am Rande der Hallig und sah zu, wie sich das Meer zurückzog oder wie es über das Wattenmeer zurückkam. Immer dasselbe, verblüffende Schauspiel. Das Meer schien kaum sichtbar zu weichen und war dann plötzlich verschwunden. Kaum sichtbar schien es zurückzukommen und war dann plötzlich wieder da. Der Fischer hatte mehr als einem unkundigen Wattwanderer das Leben gerettet.

Vor dem ›Herrn Kolja‹ war es niemandem gelungen, den Kindern das Auswendiglernen eines langen Gedichts als Spaß zu verkaufen. Er ließ sie nicht büffeln, sie probten, mit verteilten Rollen, ein Drama, das ›Trutz, blanker Hans‹ hieß und im Freien, auf dem alten Friedhof mit den umgestürzten Grabsteinen aufgeführt werden sollte. Ein Gedicht als Krimi. Thyra krähte auf der Schaukel: Trutz, blanker Hans. Die Großeltern beobachteten Mimi und Karla, die auf der Wippe saßen. Mimi rief in den Wind: Heut bin ich über Rungholt gefahren. Die Stadt ging unter vor sechshundert Jahren. Und Karla, oben auf der Wippe: Mitten im Ozean schläft bis zur Stunde ein Ungeheuer tief auf dem Grunde. Und Kjell hatte beim Lernen begriffen, dass das, was er sich merken sollte, die Geschichte seiner Familie war, aller Menschen auf allen Inseln und Halligen.

Doch einmal in jedem Jahrhundert entlassen die Kiemen gewaltige Wassermassen/ Dann holt das Untier tief Atem ein, und peitscht die Wellen und schläft wieder ein/ Viel tausend Menschen im Nordland ertrinken, viel reiche Länder und Städte versinken/ Trutz, blanker Hans.

Chemie und Physik lernten die Kinder per Videoübertragung und hatten das Gefühl, ihr Lehrer sei, wie sie, Schüler in der Zwergenschule. Kolja nutzte die Computerleidenschaft von Boy-Erik, schaffte eine Digitalkamera an und machte den Jungen zum Regisseur und Miriam zur Cutterin des Dramas: Trutz, blanker Hans. Er war nicht unterfordert, im Gegenteil. Die Kinder waren mit ihrer scheuen Zurückhaltung, ihrem leichten Misstrauen gegen den Neuen, eine Herausforderung. Er war nicht überqualifiziert, er musste sich anstrengen. Er dachte sich Spiele aus, die nicht an Lernen erinnerten, gab sich Mühe, aus diesen wenig ehrgeizigen Kindern neugierige Menschen zu machen. So hatte er es versprochen: Lernen als Vergnügen. Es war viel Arbeit, sich täglich auf sechs Schüler vorzubereiten, die, wenn sie an Land wären, in fünf verschiedene Klassen gingen. Ob sie mit dem ›Herrn Kolja‹ einen guten Lehrer bekommen hatten, wusste auf der Hallig niemand so genau. Die Kinder gingen gern zur Schule, das war die Hauptsache. Ob Halligkinder anders seien als Stadtkinder, hatten ihn die Freunde gefragt. Nein, hatte er gesagt oder: doch. Sie sind ernster. Sie kennen ein Alphabet, von dem ihr Leben abhängt.

Er lernte von ihnen den ›Himmelsblick‹. So oft wie auf der Hallig, hatte er noch nie den Kopf in den Nacken gelegt. Woher kommen die Wolken, wohin ziehen sie, sind sie langsam oder schnell, kompakt oder zerrissen, stehen sie hoch am Himmel oder hängen sie tief über dem Meer? Bringen sie Regen, bringen sie Sturm, was sagen sie über das Wetter von morgen?

Nach seinem ersten Landunter hatte er sich angewöhnt, Wetterberichte und Wasserstandsmeldungen ernst zu nehmen wie früher die Nachrichten aus aller Welt. Wetter war mehr als ein Schauer ohne Schirm in der Stadt. Wetter war etwas Existenzielles, Persönliches. An einem schönen Sommermorgen öffnete er die Haustür, um den Schülern entgegenzusehen, da stand das Wasser keine zwei Meter vor dem Haus. Ein leiser Besuch, der über Nacht und ganz ohne Sturm gekommen war. Er sah sich um. Keine Hallig mehr. Zwischen dem Lehrerhaus und dem Haus des Bauern: Dunkles, blankes Wasser, auf das die Sonne schien. Zwischen dem Haus des Bauern und dem Haus des Krämers: Wasser. Sieben Inseln, sieben Häuser. Kein Drama. Keine Gefahr. Schulfrei. Wann hatten sie die Tiere auf die sicheren Warften getrieben? Das Wasser stand vor dem Haus und er hatte es nicht kommen hören. Als die Ebbe einsetzte, zog es sich, leise wie es gekommen war, zurück.

Das Meer konnte auch anders.

Sein erster Orkan war rechtzeitig angekündigt worden, aber dieses Landunter war kein sanfter Besuch, es war ein Angriff auf die Hallig. Der Wind heulte, die ersten Brecher schlugen auf das Land, nahmen es schnell, Meter für Meter, in Besitz. Jeder neue Brecher brüllte: Mein Land! Dieses Mal wollte Kolja nichts verpassen, alles beobachten. Er stellte sich an das größte Fenster, sah die Eltern von Thyra heftig winken, schaute auf die Häuser der Nachbarn und tat, was sie taten: Er schloss die Fensterläden und begriff erst, als ihm der Sturm Treibgut gegen die hölzernen Läden schmiss, warum der Schutz der Fenster der erste Handgriff sein musste. Es hätte ihm die Scheibe eingeschlagen. Es war dunkel im Haus und draußen tobte der Sturm. Er wagte nicht, Licht zu machen, befürchtete Stromausfall und las im Halbdunkel des Fluchtzimmers alte Zeitungen, um seine Phantasie von einer Hallig, die vom Meer zerschlagen wird, zu beruhigen. Von der ersten Welle, die der Sturm auf das Land getrieben hatte, bis zum vollständigen ›Landunter‹ waren knapp fünfundvierzig Minuten vergangen. Er stellte sich Arjen neben sich vor und dachte, dass sein ›Wow‹ jetzt vielleicht etwas zaghaft ausgefallen wäre.

Er wagte nicht, den Fluchtraum zu verlassen, versuchte aber, durch die Ritzen zu erkennen, was draußen geschah. Schäumende Gischt, verrammelte Häuser. Wasser bis zu den Haustüren. Die eingeschlossenen Höfe, von Theodor Storm ›schwimmende Träume‹ genannt, glichen einer untergehenden Flotte. Das Meer brüllend zu nennen, war keine Übertreibung. Das Wüten zu hören und nichts zu sehen, war gespenstisch. Bei jedem Ast, bei jedem Gegenstand, den der Sturm gegen die Fensterläden schleuderte, hielt er die Luft an. Er unterdrückte die Vorstellung, das Wasser könne ihm die Läden und dann die Scheiben eindrücken und als schwarze Gewalt durch das Haus toben. Es gab Freunde, die wild darauf waren, nur einmal Zeuge eines solchen Schauspiels zu werden. Es gelang nie. Die Sturmflut kam immer vor ihrer Anreise oder nach ihrer Abfahrt. Die alte Marthe sagte: Ja, ja. Kein Wunder. Das Meer ist kein Zirkuspferd.

Nach dem zehnten Landunter schlug sein Herz weniger wild und irgendwann zählte er Wolken und Wind zusammen und sagte, fast wie ein alter Halligbewohner: Es wird Sturm geben. Dann schloss er rechtzeitig die Fensterläden und las bei Kerzenschein alte Zeitungen. Er mied Bücher, die ihn ablenkten, in eine andere Welt entführten. Er brauchte seine ganze Aufmerksamkeit für die Gewalt vor der Haustür. An den Jungen in Amsterdam schrieb er vor der nächsten Sturmflut: Arjen, das Wasser kommt. Keine Angst. Man sagt hier einfach: Gut, dass die Häuser innen hohl sind.

Null … vier … acht …

Wo ist das Dorf, der Ort, die Gemeinde, zu der diese Vorwahlnummer gehört?

Frag Kolja!

Seit wann lebt er dort? Er hatte der Professorin aus Würzburg geschrieben, sich aus Amsterdam, Augsburg und München gemeldet, der letzte Kartengruß kam aus dem Norden. Wann war das?

Ruf ihn an!

Und was sage ich dann?

Dir wird etwas einfallen.

Aber was?

Ein Wort. Ein Satz. Geh zum Telefon. Zähl bis zehn, langsam oder schnell, nimm den Hörer in die Hand, es wird in irgendeiner Stadt, in irgendeinem Dorf, in irgendeinem Zimmer oder Flur klingeln, ein Mensch wird sich in Bewegung setzen, seinen Namen sagen oder einfach ›Hallo‹.

Und wenn eine Frau am Telefon ist?

Wenn sie ›Tönning‹ sagt, ist er verheiratet. Seine Mutter wird es nicht sein, seine Schwester kann es nicht sein. Wenn die Stimme ›bei Tönning‹ sagt, ist es die Putzfrau. Oder eine Freundin.

Und wenn eine Kinderstimme ›Hallo‹ sagt?

Hat er vielleicht Besuch von einem allein erziehenden Vater. Vielleicht ist der Junge oder das Mädchen sein eigenes Kind. Er könnte getrennt leben, geschieden sein oder ein Kind adoptiert haben.

Und dann?

Dann fragst du, ob du mit Kolja Tönning sprechen könntest.

Und dann?

Dann sagt die Kinderstimme: Ich hol meinen Papi oder meinen

Onkel oder: Herr Tönning ist nicht zuhause. Oder: Ich hole ihn aus dem Garten. Oder: Er kommt erst am Abend. Oder: Moment, er steht neben mir.

Oh Gott, und dann?

Dann sagt eine Männerstimme: Tönning.

Und dann?

Machst du den Mund auf und sprichst.

Was soll ich sagen?

Wie wäre es mit deinem Namen?

Und wie weiter?

Wird sich ergeben.

Ich beende das Selbstgespräch, gehe eine Stunde spazieren, dann schwimmen, kehre in die Ferienwohnung zurück, dusche, creme mich ein, wasche die Haare, ziehe das schönste T-Shirt an, zähle die Tropfen, die mir aus den nassen Strähnen auf die Schultern fallen und stehe beim zehnten Tropfen vor dem Telefon und wähle noch immer nicht die Nummer, die mit null-vier-acht beginnt. Besser, ich male mir das Gespräch erst einmal aus. Also: Er sagt seinen Namen, ich sage:

Hallo Kolja, hier ist Ragna.

Sage ich du oder Sie? Wenn er schweigt, versuche ich in einem unbeschwerten Ton zu sagen:

Ragna. Erinnerst du dich? Das Mädchen aus der Schule mit dem komischen Namen.

Im besten Fall sagt er:

Ragna, mein Gott! Wie sehr habe ich mich nach diesem Anruf gesehnt! Wo bist du? Wie hast du mich gefunden?

Im schlechtesten Fall sagt er:

Ragna? Welche Ragna?

Oder, noch schlimmer:

Ich kenne keine Ragna, Sie müssen sich verwählt haben.

Er könnte auch sagen, nach so vielen Jahren des Schweigens gäbe es zwischen uns nichts mehr zu reden.

Aber wir haben doch beide geschwiegen!

Vorwürfe sind kein guter Anfang für ein Gespräch. Und wenn er sagt:

Was wollen Sie von mir?

Oder, sehr höflich und noch viel schlimmer:

Was kann ich für Sie tun?

Bei dem Gedanken an eine solche Frage spüre ich einen Druck auf dem Magen, als hätte ich einen Backstein verschluckt. Aber vielleicht ist ein Staunen in seiner Stimme, ein Jubeln.

Ragna! Das Mädchen, das wie ein Verkehrspolizist auf der Straße stand, um einen Umzugswagen zu stoppen!

Dann breche ich in Tränen aus und er vielleicht auch. Aus meinen Haaren fallen keine Tropfen mehr und noch immer stehe ich vor dem Telefon wie eine Säule. Was auch immer ich mir vorstelle: Alles wird anders sein, weil ich nicht weiß, was aus ihm geworden ist. Ich kenne nur ein paar Puzzleteile seines Lebens. Das größte Puzzle der Welt, habe ich einmal gelesen, besteht aus dreiunddreißigtausend bunten, bizarren Teilen und die ergeben erst ein Bild, wenn sich alle nahtlos ineinanderfügen. Ich habe nicht mehr in der Hand als einen Farbklecks, ein paar Ecken, Kanten, Bilder und Motive, Geschenke der Professorin Linn.

Wie viele Teile sind nötig, damit ein Mensch erkennbar wird? Die Hälfte? Ein Viertel? Vielleicht ist aus Kolja ein Schweiger geworden. Oder ein Griesgram. Oder ein Schweiger und ein Griesgram. Oder er ist scheu. Einen Charmeur kann ich mir nicht vorstellen. Er könnte ein freundlicher Mann geworden sein und dennoch ins Telefon schweigen. Und dann? Dann frage ich:

Ist da vielleicht Kolja Tönning?

Ja.

Und dann? Vielleicht so?

Hier ist Ragna. Ich habe vor vielen Jahren deine/Ihre Schwester … Ja, was? Aus dem Wasser gezogen? Gerettet? Ich habe ihr das Leben gerettet, aber habe ich sie wirklich gerettet? Ich könnte sagen: Ich habe mich mit deiner/Ihrer Mutter getroffen. Oder ganz einfach: Ich habe Malu besucht.

Nichts wird sein, wie ich es mir ausmale. Oder es wird eine Variation all dessen sein, was ich mir vorstelle. Wie war das mit dem Sprung über den Bach? Schuhe ans andere Ufer werfen und dann springen. Ich zähle sehr langsam bis neun, hole tief Luft, sage: Zehn, greife zum Hörer und wähle: Null, vier, acht … die ganze Nummer. In irgendeiner Wohnung, einem Haus, einem Zimmer, einem Flur, einer Küche wird es jetzt klingeln. Einmal, zwei Mal, drei Mal, vier Mal … Als ich beim siebten Klingelton erleichtert den Hörer auflegen will, springt der Anrufbeantworter an. Eine Männerstimme sagt: Kolja Tönning. Hallo. Moin. Ich freue mich über eine Nachricht. Ich rufe zurück. Blitzschnell werfe ich den Hörer auf die Gabel. Wenn ich schon nicht weiß, wie ich mit dem Menschen am anderen Ende der Leitung sprechen soll, wie mit dem kleinen Stückchen Schweigen, das mir der Apparat anbietet?

Aufschub. Ich bin erleichtert. Gott sei Dank. Bis zum Abend quäle ich mich mit der Frage, warum es so schwer ist, einen Menschen anzurufen, mit dem mich so viel verbindet. Oder verbunden hat. Weil ich den Unfall am Meer, ohne es zu wollen, verloren habe? Die Stimme war freundlich. Leicht. Kein Bass. Ein leiser Bariton. Ich lege mich in den Strandkorb und schlafe so lange und so tief, dass ich, als das Telefon klingelt, im Dunkeln ins Zimmer tappe und verschlafen meinen Namen in den Hörer murmele.

Die Stimme, die alles an Vergangenheit enthält, was ich mir vorstellen kann, sagt:

Hallo Ragna. Ich bin's. Kolja.

Seit einer Woche war der Lehrer ohne Schüler. Er sah ihnen nach, wie sie frühmorgens zum Hafen gingen, um in das Schiff zu steigen, das sie ans Festland brachte. Zwei Wochen lang besuchten sie die Klassen, in die sie vom Alter her gehörten: Mimi und Karla die Klasse sieben, Thyra die Klasse fünf der Hauptschule in der Stadt. Kjell ging in die achte Klasse der Realschule, Boy-Erik hatte den Sprung aufs Gymnasium geschafft. Miriam, die Tochter des Fischers, war beim Schreiner in der Stadt, ihrem Onkel, Lehrling geworden und kam nur noch am Wochenende auf die Hallig zurück. Kolja hatte in den letzten drei Jahren zwei Schüler ›verloren‹ und zwei für die erste Klasse dazubekommen: Thore aus dem Haus des Bauern und Annalena, die jüngste Tochter des Fischers. Vormittags war es jetzt still im Lehrerhaus.

Kinder, die zum Lernen aufs Festland gingen, waren auch für Kolja eine Prüfung. Konnten sie dort mithalten? Hatte er ihnen genug beigebracht? Würden sie sich behaupten können? Kämen sie gerne zurück, hatte er sich in seinem ersten Jahr als Halliglehrer gefragt – oder würden sie lieber in großen Klassen mit vielen Kindern lernen? Auf jeden Fall veränderte sie das Lernen an Land. Sie waren munterer, wenn sie in ihre Zwergschule zurückkamen, weniger scheu, redeten mehr und waren lauter. Ob sie glücklicher in den großen Schulen waren als zu sechst in einem Klassenraum – konnte er auch nach drei Jahren nicht mit Sicherheit sagen. Sie waren mit der Hallig verwurzelt und sie würden es bleiben, egal, wo sie später einmal leben, lernen, studieren oder arbeiten würden. Die kurzen, spitzen Schreie der Möwen, das Palaver der Gänseschwärme, das Meer, das Heulen des Windes, die Gewalt der Sturmflut, verrammelte Fenster, Landunter, das Licht im Sommer, die zarten Sonnenauf- und dramatischen Sonnenuntergänge, die Stille in der Nacht, die Sterne am Himmel groß wie Kohlköpfe – die Hallig wird immer ihre Sehnsuchtslandschaft bleiben. Bald auch Koljas. Wie eine eifersüchtige Konkurrentin stülpte sie sich über seine Erinnerungen an bayerische Täler, Schluchten und Bergmassive.

Es war einer jener späten Sommertage, in die sich ganz vorsichtig der Geruch des Herbstes eingeschlichen hatte. Auf den Wiesen lag Nebel, der Wind war kühl. Kolja hatte sich bei seiner abendlichen Umrundung der Hallig, wie immer, zu dem Fischer gesellt, der vom Himmel das Wetter ablas und, wie zum eigenen Frieden, seinen Blick über die weite Fläche des Wattenmeeres zwischen Hallig und Festland gleiten ließ. Die Touristen hatten die Hallig rechtzeitig verlassen. Die beiden Männer sahen dem auflaufenden Wasser entgegen. Der Boden des Meeres schimmerte in der Abendsonne wie ein goldener Teppich. Der Fischer hob das Fernglas vor die Augen, eine Gewohnheit, die schon manchem Touristen und einigen verletzten Vögeln das Leben gerettet hatte. Er ließ den Blick über den feuchten Meeresboden gleiten, schüttelte den Kopf, drückte Kolja das Glas in die Hand.

Verdammt, Lehrer, siehst du, was ich sehe? Die Spinner sterben nicht aus. Bei auflaufendem Wasser auf die Hallig zulaufen! Der Kerl ist lebensmüde!

Die, sagte Kolja. Die Lebensmüde ist eine Frau. Eine Frau mit einem Rucksack. Schau, wie sie geht. Nicht langsam, nicht schnell. Die läuft nicht zum ersten Mal durchs Wattenmeer. Die kennt sich aus. Die weiß, dass die Zeit reicht.

Sie sahen es beide. Die Gestalt ging wie ein Bauer über den Acker. Sie näherte sich stetig, Schritt für Schritt, dem Ufer der Hallig. Sie ging barfuß, schien sich an den spitzen Muschelsplittern nicht zu stören. Als sie die Männer am Ufer bemerkte, blieb sie stehen. Kolja gab dem Fischer das Fernglas zurück. Er breitete die Arme aus, als wolle er die Flut, die Zeit, den Augenblick, einen Möbelwagen oder das ganze Leben anhalten.

Danksagung

Mein Dank gilt den Müttern und Vätern der Kinder im ›Wachkoma‹, die mich an ihrem Leid und ihren Hoffnungen haben teilnehmen lassen. Dem Lehrer Henning Schlüter, der mir seine Halligabenteuer anvertraute.

Maike Rau, die beim Lesen nicht nach Fehlern suchte aber viele fand. Und, wie immer: Doris Engelke für die Begleitung mit einem schönen, stillen Satzzeichen: ? Et naturellement Madame Francine.

Dieser Titel ist auch als E-Book erschienen

Eichborn Verlag in der Bastei Lübbe AG

Originalausgabe

Textredaktion: Doris Engelke, Frankfurt a. M.
Umschlaggestaltung: Massimo Peter
Einband-/Umschlagmotiv: getty-images/Francesco Carta fotografo;
© shutterstock/Maxx-Studio; © shutterstock/p_ponomareva;
© shutterstock/sumroeng chinnapan
Satz: Dörlemann Satz, Lemförde
Gesetzt aus der Berkeley
Druck und Einband: GGP Media GmbH, Pößneck

Printed in Germany
ISBN 978-3-8479-0626-1

5 4 3 2 1

Sie finden uns im Internet unter www.eichborn.de
Bitte beachten Sie auch www.luebbe.de